錦鯉大仙要出道
2
BEHOLD THE COLORED CARP SPIRIT

目錄頁

CONTENT

【第一章】備受爭議的比賽

侯勇這幾天都快瘋了，蘇錦黎剛剛有要紅起來的跡象、工作室剛剛跟世家傳奇簽了合約，蘇錦黎立刻出了事情。

拿著蘇錦黎的檢查報告，看著他不能說話的模樣，侯勇還哭了一場，心疼自家藝人，也自責沒教好蘇錦黎，才會讓他一點防備心都沒有。

不過侯勇還算冷靜，會勸蘇錦黎別在意，錯過這次機會還有以後，現在好好養好身體才是正事。

這次是侯勇送蘇錦黎回來的，臨走的時候侯勇被沈城單獨叫了過去，交代很多事情。

沈城沒跟侯勇說，自己是蘇錦黎的哥哥，但是侯勇自己猜出來了。

蘇錦黎剛到公司就要找一個人，侯勇還答應幫忙留意。

現在看來，蘇錦黎要找的人居然是沈城。

蘇錦黎是沈城的弟弟，這種爆炸性的新聞，讓侯勇大腦當機了好久，他一個僅僅看長相就跟蘇錦黎簽約的經紀人，真是撿了一個大餡餅，哥哥是沈城，以後紅不了才奇怪！

沈城一開始交代的事情，侯勇全部都能接受。

比如蘇錦黎怕冷，要注意保暖。比如蘇錦黎不懂很多人情世故，讓侯勇多照顧。

這些侯勇都答應了，結果沈城接下來又說：「絕對不能讓安子晏跟蘇錦黎單獨說話，如果他們倆碰面，你死皮賴臉也要留在蘇錦黎身邊。」

侯勇滿臉問號。

「不許讓安子晏加蘇錦黎的微信。」

侯勇繼續滿臉問號，這個控制不住吧？

「還有，不許讓安子含叫蘇錦黎弟弟。」

「這個……」這個侯勇可控制不了，安子含哪裡是一般人能管得住的？

侯勇頂著巨大的壓力來跟節目組討論之後的方案，好在他們已經跟世家傳奇簽約，世家傳奇也派人來協助跟節目組談判。

「並不是我們難為你們，搞什麼特殊關係，但我們的藝人送到你們訓練營，出了這麼大的問題，以後能不能唱歌都不一定，我們的要求過分嗎？我們還沒追討你們的責任呢。」

世家傳奇派來負責談判的是一位女士，一頭短髮，髮尾微彎，看起來有些年紀了，不過妝容讓她顯得很年輕。

節目組一開始客客氣氣地打馬虎眼，張鶴鳴是節目組的主要負責人之一，這一次也來了，他知道蘇錦黎是在訓練營出的事，最近連粉絲的禮物都不敢收了，一個勁地給侯勇他們道歉。

「我們只要求下一輪沒有選手挑戰蘇錦黎，讓他安安穩穩地坐在那個位置上直到第四輪結束，順利晉級。再給蘇錦黎一週的時間，讓他順利康復，之後再有什麼問題，我們也不會說話了。」

「這個我們可以私底下跟選手們打招呼，我相信他們會照顧蘇錦黎的。」張鳴鶴努力微笑著回答。

侯勇擦了擦額頭上的汗，扯了扯胸口的衣服，繼續說道：「上次我們配合你們，讓你們把消息封鎖了，很多事情還是我們親力親為。你應該知道最近蘇錦黎經常上熱搜，這樣控制之後會影響他的人氣，所以我們希望蘇錦黎的鏡頭能多一些。」

張鶴鳴看向侯勇，心裡真是五味雜陳。

當初看上蘇錦黎這位選手，主要是因為蘇錦黎外形優秀，足夠吸引觀眾目光。

但他沒想到侯勇那個小破工作室裡的蘇錦黎，居然能夠成為節目裡的黑馬，在眾多選手之中脫穎而出。現在，還成了世家傳奇的藝人，這真的是……風水輪流轉啊。

侯勇原本被趕出華森娛樂後，等同於被趕出了一線圈子。結果，居然憑藉一個新簽約的藝人，又一次進入世家傳奇。

最要命的是侯勇的上級就是安子晏，相比較之下居然是晉升了。

「鏡頭，我們給得足夠多了……」張鶴鳴回答得很無奈。

節目裡，因為蘇錦黎突然引起關注，真的給蘇錦黎多了不少鏡頭，許多選手的鏡頭被刪減，蘇錦黎卻從來都沒有刪過。

現在還要求更多鏡頭，確實有點難為他們了。

女負責人又開口了：「你們節目組的公關團隊我真是不敢恭維，你們鬧出來的問題，居然需要我們世家傳奇自己壓下去。現在還擺出一副為難的樣子……」

「好好好，我們努力安排。」

他們幾個人聊了一會，就又來了一位惹不起的人物，波若鳳梨的首席經紀人——麥楓。

張鶴鳴剛跟侯勇以及世家傳奇的談判負責人聊完，扭頭又要跟波若鳳梨的祖宗聊天，這真的是酷刑，全都是得罪不起的大爺。

張鶴鳴進入會議室就覺得麥楓的態度比世家傳奇的那位女士好多了，還真是有什麼樣的領導，員工就是什麼樣的畫風。

安子晏雷厲風行，張揚霸氣，手底下的人也都是底氣十足。

沈城溫文爾雅，手底下的人就也是笑臉對人，讓人覺得舒服。

結果聊了幾句，張鶴鳴就覺得還是世家傳奇的人比較好相處了，至少不是笑面虎。

「讓周文淵被淘汰？」張鶴鳴睜大了眼睛，難以想像這個要求。

周文淵也是華森娛樂的吧？波若鳳梨敢這麼要求？

「這是最能讓節目組保住顏面的方法，也是最穩妥的處理方式。」麥楓笑得雲淡風輕，好像這只是一件無足輕重的小事情。

「總該有個理由吧？」張鶴鳴問。

麥楓將手裡的一疊資料丟給張鶴鳴，張鶴鳴看了看就忍不住皺眉。

這些周文淵的負面消息傳出去，絕對可以毀了周文淵剛剛起來的人氣，讓他再難出頭。連帶著，這個節目都有可能被攻擊，讓其他選手跟著遭殃。

「我知道這很難為你們，畢竟也是一位人氣選手，太唐突地被淘汰你們也需要費些力氣。所以我們會做得足夠周全，華森娛樂那邊你不用擔心，我們會去處理，同時還會補償節目組。」

「怎麼補償？周文淵現在的人氣很高，在第四輪就淘汰有點說不過去。」

「我們可以請陸聞西來做助唱嘉賓，費用全部由我們公司承擔，陸聞西那邊已經答應了。」

張鶴鳴立即被震撼住了。

陸聞西，整個娛樂圈裡微博粉絲數最高的藝人，沒有之一。

沈城想處理周文淵，並不會貿然行動。

蘇錦黎還想繼續參加這個比賽，沈城就需要處理周文淵，讓他對比賽沒有影響才可以。

在第四輪，讓即將被淘汰的選手挑戰周文淵，替換周文淵的位置。接著讓周文淵被淘汰出局，既有戲劇性，又能將周文淵被踢出局。

等周文淵被淘汰之後，沈城就會讓周文淵徹底的銷聲匿跡。

敢傷害蘇錦黎？不用出道了，下地獄去吧。

晚上，訓練營裡出現了讓眾鬼懼怕的身影，沒錯，眾鬼。

陸聞西跟許塵啟動了自己的隱身項鍊，將自身轉化為陰間之物，以至於陽間的人無法看到他們。

因為「隱身」，還可以用符篆瞬移，所以隨意進出訓練營也不會被人發現。

但是沒有去輪迴的魂魄是能夠看到他們兩人的，並且可以進行對話。

昨天夜裡，陸聞西就來了一趟，找了幾個常駐這裡的魂魄，問了這裡的情況，著重瞭解周文淵。

最開始，魂魄們有點怕陸聞西。在陸聞西給他們點了KFC後，就把這些鬼收買了。

要知道，在陰間的魂魄只能吃陽間燒過來的食物，食物被燒過之後一般已經不好吃了。

而且，好多祭品都中看不中用，味道賊犀利，吃完恨不得再死一次。

但是從陽間轉化過來的食物，他們吃著就非常美味了，都是久違的味道。

在陰間缺錢嗎？不，這裡有錢沒地方花。

在陰間缺什麼？美味的食物、最新款的衣服，還有網路。

陸聞西投其所好後，就開始問：「那個周文淵是什麼情況？」

「身上的靈魂不大對勁。」鬼A回答。

「看著像惡靈，但是又不大像，沒接觸過，他從來不理我們。」鬼B回答。

「對，巧克力就是他放的，他居然能夠轉換東西到陰陽兩界。巧克力就是他靈魂出竅之後，拿到禮物箱那邊，又轉換為陽間的物品，放進箱子裡。」

陸聞西跟許塵對視了一眼，心中了然，卻沒有打草驚蛇，對幾個魂魄叮囑了不許聲張之後，就聊起別的。

「你們長期待在這裡，生活挺幸福吧？」陸聞西揚了揚眉，一副我都懂，你們別想騙我的樣子。

「的確有幾個不錯的……」

「我跟你們講，偷看洗澡不道德。而且，這裡有位選手的哥哥性格非常糟糕，知道你們偷窺他弟弟，會讓你們立即去輪迴。」

鬼A立即問：「是蘇錦黎嗎？」

陸聞西點了點頭，「對啊。」

鬼B揮了揮手，「我們一般不偷看他洗澡，太幻滅了。」

鬼C跟著點頭，「挺好看的小夥子，進浴室就瞬間一身魚鱗，真的什麼重點也看不到，光看魚鱗了。」

「還是安子含身材有看頭！」

「烏羽也不錯。」

陸聞西開始想像蘇錦黎一身魚鱗的樣子，跟著覺得一身雞皮疙瘩，真的是……挺煞風景的。

但是，人家是錦鯉精，有魚鱗是正常的，有羽毛就是鳥精了，有絨毛就是其他的精了。再想想電影裡面的美人魚，又覺得……應該也還不錯？

陸聞西很快緩過來，從許塵手裡拿走扇子，敲這幾個鬼的頭，「幾個小姑娘家家的，怎麼這麼不矜持？安子含也不許看了，我看著這小子長大的。至於烏羽嘛，我不認識，隨意吧。」

教訓完幾個鬼，陸聞西就離開去聯繫沈城，告訴他這些消息。

沈城得到確定的結果後，就開始安排行動，陸聞西也表示會配合。

然而，沈城特別小氣，還是不願意給他魚鱗。

第二天，也就是今天夜裡，陸聞西得知沈城的弟弟回到訓練營，他又跟許塵過來一次。

他還是不死心，想去蘇錦黎那裡摳幾片魚鱗，許塵慣著他，也就跟著來了。

他們進入蘇錦黎的寢室瞬間，蘇錦黎就睜開了眼睛。

陽氣！非常濃郁的陽氣！他現在已經能夠跟兩個陽氣男同住一間寢室，但是屋子裡聚了四個陽氣男他就受不了了，一下子從睡夢中驚醒。

睜開眼睛，就看到寢室裡出現兩道陌生的陽氣，然而是空心的。蘇錦黎只能看到兩個人周身散發的陽氣，卻看不到人，這讓他瞬間睜大了眼睛，嚇得一動不敢動。

最恐怖的是，那個身上帶有紫金之氣的男人，正扶著欄杆湊近來看他。

蘇錦黎覺得，他應該是跟紫金之氣的主人對視了，然而他依舊什麼都看不到，只看到空心的輪廓對他勾了勾手指，示意他出來。

他欲哭無淚，知道自己應該打不過這兩個人，又不能驚擾了寢室的室友，就乖乖爬下床，跟著兩道身影走出寢室，去了沒有攝像頭的樓梯間。

到了這裡，兩個人就轉換氣場，蘇錦黎終於能看到他們兩個人的樣子。

他慫巴巴地靠著牆壁，警惕地看著面前的兩個人，怕得不行。

陸聞西看到蘇錦黎就覺得有意思，抬手捏了捏蘇錦黎的臉，「你就是蘇錦黎？」

「嗯……」蘇錦黎抬起手來，從掌心升騰出一張卡片，雙手遞給陸聞西，「我的成妖許可證，我是合法的妖。」

陸聞西還是第一次看到這玩意，所以覺得十分新奇，拿在手裡看了看，又還給蘇錦黎。

蘇錦黎趕緊又按回掌心裡。

「我是你哥哥的朋友，我是陸聞西，他是我相公，許塵。」陸聞西自我介紹，還順便介紹了許塵。

蘇錦黎看了看陸聞西，又看了看許塵，有點不明白：「你們倆都是男孩子啊！」

「啊？我是GAY。」

「我老聽他們說這個詞，但是我不懂。」

「就是男人喜歡男人，我跟他……呃……怎麼說，在你們那邊叫……交配？」

許塵聽完這個形容，都覺得有點難以接受，於是輕咳了一聲。

蘇錦黎就好像發現了新大陸，驚訝地問：「兩個男生怎麼……啊？」

「我們不聊這個，不然你哥知道了，能跟我沒完沒了的。」陸聞西不再解釋了。

然而，蘇錦黎的世界觀還是受到了衝擊，男人跟男人可以談戀愛嗎？人類世界這麼精彩的嗎？

「你身上好香啊。」陸聞西忍不住感嘆了一句，然後繼續捏蘇錦黎的臉。

平時沈城就是一張假笑臉，碰到慫巴巴的蘇錦黎，陸聞西還覺得挺可愛的。見蘇錦黎都不敢反抗，還變本加厲地雙手揉蘇錦黎的臉。

「他是陰性體質，會散發出一種吸引陽氣重之人的元素，也就是你聞到的香味。」許塵解釋道，同時拽回陸聞西的雙手。

「哆哆怎麼沒有味道？」

「她還沒有到可以……的年齡。」

「我有個乾女兒，也是陰性體質，要不要認識一下？」陸聞西對蘇錦黎介紹自己的乾女兒。

許塵卻再次無情地打斷他：「就算他們兩個人的年齡合適，兩個陰性體質的人在一起，睡過的床單都會長出青苔來。」

「這麼可怕！」陸聞西震驚了。

蘇錦黎也跟著點頭，「而且越靠近，越覺得冷，我估計跟您的乾女兒合不來。」

「那算了。」陸聞西終於甘休了。

蘇錦黎小心地盯著他們兩個人看，弱弱地問：「還有事嗎？」

「你能不能給我兩片魚鱗？我要當平安符用。」陸聞西露出「和善」的微笑，如果蘇錦黎看過《銀魂》，估計會覺得這種笑容跟銀桑的笑容如出一轍。

「能不給嗎？」蘇錦黎委屈巴巴地問。

「為什麼啊？」

「拽魚鱗……疼……」

陸聞西是什麼人？最開始真不是什麼好人，如果不是因為之前倒楣，碰上個千年惡靈附身，被迫做好人好事，估計現在依舊是個紈絝子弟，不比安子含好到哪裡去，然而，他看到蘇錦黎可憐巴巴的樣子時居然心軟了。

他不大確定是不是因為蘇錦黎身上散發著香氣的作用，總之，他千里迢迢地過來，準備摳魚鱗，結果在蘇錦黎委屈地拒絕後，居然心軟了！

陸聞西自從知道沈城是錦鯉精之後，就開始惦記魚鱗項鍊。但是沈城不好招惹，他就只能放下這個想法，好不容易碰到沈城還有一個弟弟，想要過來試試，居然被秒殺了。

「啊……那就……算了。」陸聞西妥協了。

蘇錦黎指了指樓上：「我能回去了嗎？」

陸聞西點了點頭，同意了。

蘇錦黎剛要走，就聽到陸聞西再次開口：「對了，害你的人我們調查出來了，的確是那個周文淵。你哥哥準備收拾他了，不過得等第四輪比賽結束之後，所以這些天裡你自己小心一點。」

蘇錦黎震驚地回過頭，看向陸聞西，「真的嗎？為什麼呢……我跟他都沒有來往。」

「惡靈的想法都是極端的，他們不是正常人能夠理解得了。」

「惡靈……」蘇錦黎心口一顫，緊接著對陸聞西鞠了一躬，「謝謝小哥哥幫我調查。」

「哎喲喂，沒事，你蛻皮的時候給我幾塊魚鱗就行。」陸聞西還惦記這個呢。

「我們……不蛻皮……」蘇錦黎回答，他又不是蛇。

「太可惜了。」

「再見。」蘇錦黎說完，趕緊跑了。

陸聞西看向許塵，問：「你能不能像他一樣，委屈巴巴地給我賣個萌？」

「不能。」許塵回答得乾淨俐落。

「我就喜歡我相公這麼果斷的樣子。」陸聞西秒變臉，在許塵要離開的時候蹦上了許塵的後背，「背我回去。」

「下去。」

「不下，走，回家交配去。」

「……」

然後，許塵背著陸聞西，手掌覆蓋在牆壁上，牆壁變成波紋形態，緊接著兩個人走進牆裡離開了。

第二天，第四輪比賽。

蘇錦黎因為是人氣前十名，這個星期就算沒怎麼練習也沒有關係。

今天，他們也不需要參加彩排，所以等其他的選手結束後，他們幾個才過來。

他坐在化妝間裡，盡可能無視坐在不遠處的周文淵，配合地化妝，聽到波波問他：「身體怎麼樣了？不能說話了？」

蘇錦黎點了點頭。

「我聽說，你跟安子晏提了讓我做你私人造型師？」

蘇錦黎不敢動，怕打擾波波工作，於是只是用鼻音回應了一句：「嗯。」

「你第一次誇我，我還當你是違心呢，結果沒想到，你是真覺得我厲害啊？」

「嗯。」

「你的事情我會考慮的。」波波因為開心，對蘇錦黎的態度又好了一些。

他們化妝師不多，所以都要排隊化妝。波波對蘇錦黎一向照顧，每次都會把蘇錦黎安排在自己這裡，用心做造型。

今天也是一樣。前十名的服裝都是統一訂做的，全部都是很顯成熟的西裝加白色襯衫。

或許是為了配合蘇錦黎小仙男的形象，蘇錦黎這回的襯衫依舊要比其他人的花俏一些，看起來就像一個小公子。

波波將蘇錦黎的劉海都攏到頭頂，做了定型，接著配了一副復古款的眼鏡，捏著蘇錦黎的下巴看了半天，「你底子怎麼這麼好？」

蘇錦黎回以微笑。

「知道你沒整過，你的骨頭我碰就知道沒問題，底子好是本錢，好好珍惜，以後千萬別亂打針什麼的。」波波叮囑蘇錦黎。

「嗯。」

等做完造型，波波讓蘇錦黎站起來，「看著像一下子長大了似的。」

蘇錦黎嘿嘿地笑。

「今天是禁慾風，你自己把握好，別繼續崩你的人設了。你的人設真的是……崩得四分五裂的。」

「嗯。」蘇錦黎覺得很委屈，跟著點了點頭。

這種一個人乾說，另外一個人只是嗯嗯啊啊答應的聊天模式，除了安子含，其他人真的堅持不了多久。

波波也不再說什麼了，繼續給下一名選手做造型。

蘇錦黎到舞臺旁邊準備，安子含找到蘇錦黎，左右看了看，注意到周圍沒有別的人，這才小聲跟蘇錦黎說：「我聽說了，他們在彩排前悄悄跟需要比賽的選手說，踢館的時候不要挑戰你。」

蘇錦黎聽到之後鬆了一口氣。

他現在嗓子還沒完全恢復，如果真的要唱歌，估計聲音狀態不會太好，如果逞強唱高音，說不定還會破音。

所以這麼安排的話，他就放心了。

安子含把蘇錦黎拉到一邊，說道：「昨天我一宿沒睡著，光想你的事情了，在知道你是沈城的弟弟之後，我不知道還能不能繼續跟你做朋友。」

蘇錦黎趕緊拿出本子，寫字問：為什麼啊？

「你不知道，我以前招惹過沈城。」

蘇錦黎睜大了眼睛，一臉的不可思議。

「之前我哥得影帝的那次是跟沈城競爭，大家都覺得這次影帝肯定是沈城，結果被我哥拿到了。當天就開始一群人批評有黑幕，全網罵我哥，說我們家自己買個獎玩。」

安子含提起那些事情，到現在還覺得氣呢，氣鼓鼓地繼續說下去：「平常沈城老黑我哥，我就覺得那次說不定也是沈城做的。剛巧幾天後有慈善晚會，我見到沈城坐在花園裡清淨的時候，就去找沈城理論了。」

蘇錦黎拿著本子，寫字詢問：你們吵起來了？

「說起來特丟人，我站在沈城面前說了半天，他也只是冷漠地看了我一眼。就像被氣場壓制了似的，我越說越激動，還說到哭了。」

蘇錦黎寫字：你說什麼了？為什麼哭？

「就是說我哥不容易，他這麼多年的努力累積才能拿獎，並且非常努力演戲，這次拿獎是實至名歸，你憑什麼黑我哥之類的。」

蘇錦黎繼續寫：然後呢？

「然後啊……我一個人自言自語十幾分鐘，他都沒說一句話，我就被趕過來救場的江平秋帶走了。我哥知道了之後，告訴我，不是沈城黑他，帶我去給沈城道歉。」

蘇錦黎寫著：我哥人很好的，他不會沒有理由地攻擊人。

安子含看到蘇錦黎的字，忍不住翻了一個白眼，沈城是好人？天都能下紅雨。

「從頭到尾沈城只看了我幾眼，然後跟我哥說：『你弟弟倒是隨你。』」安子含說完，聳了聳肩，「這絕對不是一句好話。」

蘇錦黎快速寫字回答：那也不是髒話啊。

「不能因為他是你哥，你就無腦護他啊！」

蘇錦黎：可確實是你不分青紅皂白，先去罵他的啊。

安子含被說得啞口無言，想了想之後感嘆：「好像也真是這麼回事啊。」

蘇錦黎寫道：而且，昨天晚上我起來的時候，你睡得特別香。

安子含立即回答：「別拆臺啊，我確實失眠了，沒有一宿，也有半宿吧。」

蘇錦黎吧唧吧唧嘴，一副無奈的樣子，點了點頭，就像是被迫妥協。

安子含還有點不自在，還想繼續跟蘇錦黎掰扯掰扯，就被人打斷了。

「密謀什麼呢？」安子晏走過來，手裡還拿著腳本，身邊的江平秋在給他身上掛設備。

「就他和沈城的事兒唄。」安子含回答。

安子晏聽完忍不住蹙眉，看了蘇錦黎一眼，緊接著扭頭就走了。

他們兩個人目送安子晏離開，安子含立即對蘇錦黎說：「你是沈城的弟弟，估計我哥也緩不來這個勁兒呢，引狼入室。」

蘇錦黎見安子含說得越來越難聽，表情就不大好看了，不理安子含朝場地走過去。

安子含就是嘴賤，說完還得追著蘇錦黎哄，瞬間忘記蘇錦黎是沈城的弟弟了。

安子晏扭頭看過去的時候，蘇錦黎跟安子含正一前一後地離開。

蘇錦黎腿長，身材也好，穿西裝顯得格外好看，走路的時候顯得更加修長，讓安子晏忍不住多看了兩眼蘇錦黎的腿。

不過，越看越生氣。他難得看一個人順眼，結果是沈城的前男友，看這架式應該是復合了，他到現在都還沒法把失落的心情調整過來。

這個時候，有工作人員過來跟安子晏悄悄地說節目組的最新安排。

「周文淵嗎？」安子晏微微蹙眉。

節目組對安子晏是最沒有信心的，因為安子晏完全不受他們控制，上一次想捧周文淵的時候，安子晏完全沒有配合。

這回，節目組的人特別小心翼翼：「對。」

「是波若鳳梨的安排？」安子晏一邊問一邊看著腳本。

「是的。」

「華森娛樂那邊呢？」

「波若鳳梨公司的人會去談。」

「好，我知道了。」安子晏答應完，就回到自己的化妝間。

走進去後，江平秋忍不住問：「沈城那邊讓周文淵退賽，難道是跟蘇錦黎的意外有關？」

「沈城輕易不會做這種事情。」安子晏對老對手還是非常瞭解的。

「所以，要配合嗎？」

「別忘了，蘇錦黎現在是世家傳奇的藝人。」

江平秋點了點頭，表示自己知道了。

安子晏站在鏡子前，看著鏡子裡的自己，做了一個深呼吸。

——平常心、平常心。

第四輪比賽開場時，所有的選手會一起跳他們的主題曲舞蹈，前十名也不例外。

這個舞蹈他們早就會了，在開場前彩排了三次，確定走位就沒問題了。

前十名的人氣選手站前排最醒目的位置，並且是站在升降臺上表演，其他的參賽選手都會成為陪襯。

跳完主題曲，前十名選手在裁判席旁邊落坐，觀看比賽。

其實這樣的比賽制度，多少有點偏心，就好像蘇錦黎他們幾個肯定會給範千霆、常思音稍稍高一點的分數，其他人則是按水準來了。

好在，他們幾個人的分數只占總分的三成，七成都是由評審老師決定的。

第一輪比賽，是由所有的參賽隊伍進行表演，接著由前十名人氣選手跟評審老師給出分數，最終平均分數後，評選出這些選手的名次。

讓人意外的是，之前一直很強勁的一名選手，居然進入危險待定區，如果他之後不選擇踢館挑戰的話，就會被直接淘汰。

「羅耀閣有點可惜啊！」安子含看完比賽，都忍不住感嘆起來。

蘇錦黎跟著點頭，他覺得羅耀閣表現得很好啊。

等到了踢館環節後，羅耀閣果然選擇了挑戰：「我選擇周文淵。」

周文淵先是意外了一下，不過還是迎戰了。

如果是被進入安全區的選手挑戰，輸了頂多會從前十名裡下去，不至於被淘汰。

但是如果被進入危險待定區的選手挑戰，輸了就會被直接淘汰，所以這是一個非常刺激的環節。

周文淵的人氣很高，他剛剛出場就有不少人開始尖叫歡呼。

周文淵對他們揮手致意，接著進行正常的對決。

先歌曲，後舞蹈，兩輪比拚之後，由四位評審老師及一位主持人進行投票，獲得投票多的人獲勝。

這輪比拚後，最終的得票讓很多人意外。

周文淵兩票、羅耀閣三票，周文淵被淘汰了。

評審老師們是這樣解釋的，這個票數歸功羅耀閣是唱一首原創歌曲，兩個人的舞蹈平分秋色，因此原創歌曲要更占優勢，如今的娛樂圈需要原創型人才。

周文淵意外地看著評審老師們，有一瞬間的愣神，不過還是在粉絲們不甘的尖叫聲中，對所有人鞠躬，說了一句：「謝謝。」

坐在評審席的安子含他們也都震驚了，蘇錦黎卻暗暗握緊了拳頭，他似乎猜到是怎麼回事。

大家的震驚還沒有結束，下一位危險待定區的選手走了出來，準備挑戰前十名的選手。

喬諾站在臺上，聽著臺下的呼喊聲。

很多粉絲都在遺憾自己的愛豆沒有正式上臺，所以會喊出他們愛豆的名字。

蘇錦黎的人氣很高，粉絲們不知道蘇錦黎受傷的事情，所以都覺得蘇錦黎會秒殺喬諾，以至於喊蘇錦黎的聲音一波高過一浪。

喬諾看著前十名的坐席，現在羅耀閣已經坐了進去，這似乎給了他勇氣，讓他斟酌了片刻後，說出了一個名字：「蘇錦黎。」

全場歡呼。

安子含跟烏羽等人的臉色瞬間就變了，蘇錦黎自己也沒想到。

他現在的嗓子不適合唱歌，他曾經在醫院試過，聲音有些啞，唱歌乾巴巴的，高音的時候還會破音。

安子晏已經離開評審席，走到臺上進行主持，聽到喬諾說出蘇錦黎的名字後並沒有說話，而是等待耳機裡的聲音。

耳機裡陷入沉默。

安子晏站在臺上，重複問喬諾：「你確定要挑戰蘇錦黎嗎？」

喬諾被安子晏的氣場鎮住了，不過最後還是說道：「對，蘇錦黎。」

沒錯，蘇錦黎受傷了，估計能挑戰贏吧？他不想離開這個舞臺。

曾經嘲笑過蘇錦黎，後來卻被蘇錦黎碾壓，現在他有機會翻身了吧？

安子晏依舊等待耳機裡的聲音，然後聽到耳機裡的安排：「穩住現場，讓蘇錦黎迎戰，這是現場，不能露出故意袒護的破綻。」

安子晏聽完，揚起嘴角冷笑了一下，接著狠狠地將麥克風摔在舞臺上，甩袖離去，頓時全場譁然。

沒有了主持人，評審老師也沒有控場經驗，雖然有工作人員出來維持秩序，卻沒有多大效果。場面陷入混亂之中。

喬諾站在舞臺上，在安子晏摔麥克風的瞬間嚇得身體一顫，驚恐地看著安子晏離場。

全場陷入混亂後，喬諾一個人站在臺上，既尷尬又恐慌。所有人的視線都集中在他一個人的身上，這無疑是一種酷刑。

他當然知道之前節目組安排不要挑戰蘇錦黎，可是前十名的選手裡，沒有一個他有自信能夠挑戰成功，只有趁蘇錦黎受傷了，他才可能有些機會，他不想離開這個舞臺，如果他失敗了，回到木子桃就真的不知道什麼時候才能正式出道。

上次歸還手機時，他也看到這個節目目前勢頭很猛，如果能多留一段時間，他也能混個臉熟。

他自己也知道，當初他是被公司派來跟著安子含胡鬧的，但誰都沒想到這個節目會有如今的聲勢。公司裡其他優秀的練習生都沒有來，然而上次他在討論群組裡聊天時，幾位他之前一直沒能超越的練習生，都在羨慕他現在的人氣。

所以，他只能出此下策，但他顯然是惹到了節目組，就連安子晏都氣到不主持。

現場的氣氛讓喬諾陷入恐慌，拿著麥克風想說他放棄挑戰，卻發現節目組將他的麥關了，他應該怎麼辦？

就在這個時候，蘇錦黎從選手席上站了起來，他剛剛起身，身邊的烏羽就伸手拽了他一下，安子含也在前面攔著，「你別理他。」

蘇錦黎看了看臺上，又看了看現場，還是走了出去，到喬諾的身邊接受挑戰。

按照賽制，就應該這樣。

藏艾在此時被派了出來，臨時客串主持人，走上臺，拿著麥克風開始解釋：「大家恐怕不知情，前陣子蘇錦黎的嗓子啞了，所以最近的狀態非常不好。」

藏艾試圖為這場面進行解釋，但是「嗓子啞了」這個解釋真的是太讓人無語了。嗓子啞了，就矯情成這樣了？這是有多金貴？觀眾席立刻出現喝倒彩的聲音，聽著尤其刺耳。

還有人開始喊：「不敢比了嗎？」

「矯情逼！」

「不行就下去吧。」

「耍大牌嗎？還沒紅呢！」

蘇錦黎站在臺上，想要裝出不在意這些批評的樣子，然而他的聽力要比其他人好，根本做不到完全釋然，所以表情難免有些失落。

藏艾這個時候用麥克風採訪蘇錦黎：「你現在覺得怎麼樣，可以迎接挑戰嗎？」

蘇錦黎拿著麥克風遲疑了一下，還是開口：「嗯，還好。」

帶著沙沙的聲音，就像玻璃上撒了沙子，然後用鞋底碾壓的聲音。

這一次踢館還是開始進行了。第一輪比拚唱歌，由守擂的人先開始，蘇錦黎拿著麥克風，遲疑了一會，唱了自己熟悉的歌，依舊是那首《倔強》。

「我和我驕傲的倔強，我在風中大聲的唱，這一次為自己瘋狂，就這一次，我和我的倔強……」聲音很乾澀，帶著沙啞，調子是對的，但是聲音不敢恭維，甚至聽著讓人覺得難受。

臺下依舊有人喝倒彩，讓蘇錦黎陷入焦躁，有些想哭，於是乾脆閉上眼睛，讓別人看不到他發紅的眼睛，逞強似地繼續唱。

安子晏站在後臺，一群工作人員圍著他勸說，他本來還在發怒，聽到歌聲卻突然閉了嘴。

這種歌聲就像刺在安子晏心口的針，一針接著一針，一點一點地蹂躪他的心臟。

他扭過頭，看到導播視頻上，蘇錦黎閉著眼睛唱歌的樣子。

閉著眼睛，眉頭緊蹙，睫毛上似乎有些濕潤，然而並不明顯。

或許上一首《新不了情》因為蘇錦黎沒談過戀愛，讓他沒有唱到最淋漓盡致。然而這種面對困難迎頭而上的氣魄，倒是很好地詮釋了這首《倔強》，如果聲音不出問題就好了。

——等等……蘇錦黎說過他沒談過戀愛，他是一個不會撒謊的孩子。

安子晏看著螢幕，扭頭問節目組：「你們打算淘汰他嗎？」

「這個……」

「他這首歌唱得非常難聽，如果我們投他，是不是上一場淘汰周文淵就有點噁心了？」

「這件事情，的確是我們控制不住的。」

就在安子晏要罵人的時候，節目組突然混亂起來：「蘇錦黎唱完了，讓我們給他一個琵琶，你們準備了嗎？」

「琵琶？」節目組的人都震驚了。

「估計是想表演才藝吧。」

安子晏走到後臺，看到蘇錦黎站在臺邊，看著喬諾唱歌，表情還算淡然。

他找人要琵琶，就是還想放手一搏吧？蘇錦黎還沒放棄。

「庫房裡有，我去拿。」有工作人員說了一聲，就快速跑開了。

這樣樂器取了很久，因此，他們只能讓喬諾唱完歌之後接著表演舞蹈，蘇錦黎依舊站在臺邊等待。

等喬諾跳完舞，依舊等待快五分鐘，蘇錦黎要的琵琶才被準備好。

蘇錦黎接過琵琶，看到上面已經掛上了設備，於是伸手接過來，戴上假指甲，試了試音。確定可以後，他拿著琵琶走上臺，脫掉西裝外套，解開襯衫的領口，並且連續解開了三顆，這樣才不會影響發揮。

現如今，很多琵琶表演都是坐著，將琵琶放在腿上，專注於樂器的表演。

然而蘇錦黎不是，他是偏表演性質的，在彈琵琶的時候還會搭配動作。

他的動作大開大合，是傳統的舞蹈，柔中帶剛，剛柔並濟。演奏上音律分毫不差，可以看出他是有功底的。當蘇錦黎將琵琶舉起，倒彈琵琶的時候，只有部分人給予了掌聲，因為大多數人不懂這種動作的難度。

敦煌有倒彈琵琶石像，讓很多人猜測這只是一個傳說。還有人說，古代人的確有神奇之人可以掌握這種技藝，表演倒彈琵琶，然而到如今這項技藝失傳，已經很少見到了。

這種動作光是擺拍都會很吃力，更別說真的做出來，並且完成彈琵琶這種動作了。

這一場表演下來，甚至可以達到非物質文化遺產的水準。口技是一項，倒彈琵琶是一項。

蘇錦黎的身材修長，韌性極好，就算是男生做出這個動作也不顯得很娘，甚至帶著渾然天成的美感。這是一個足以震撼心靈的畫面，漸漸的，現場的掌聲越來越多。

在一些觀眾的眼裡，這就是一個雖然不大懂，但是看起來很牛逼的畫面。

然而內行的觀眾就是完全被震撼到了。

從最開始的噓聲到後面的滿堂彩，蘇錦黎成功地用自己的實力，撼動了這個舞臺。

喬諾站在場邊看著，原本在聽到蘇錦黎唱歌之後就覺得自己穩贏了，沒想到蘇錦黎簡直是表演起了「雜技」，這種技術沒個三五年是練不出來的，蘇錦黎果然是扮豬吃老虎！

然而他們不知道，蘇錦黎在成妖初期曾經看過人間的表演。

一位秀女就是因為這種倒彈琵琶的技藝，得到聖上的賞識，成了聖上寵愛的妃子。

他曾跟沈城有幸看到過一回，現在則是將之前看到的表現，完全複製下來而已。

他也不想離開這個舞臺，當第一次在現場表演時，聽到一群粉絲呼喊他的名字，他就漸漸喜歡上了這種感覺。

他因為這個舞臺認識了很多朋友，跟朋友一起在訓練營裡奮鬥，他很喜歡這種感覺，不想這樣遺憾地結束，所以他非常努力。

直到評分，安子晏都沒有回到臺上。

安子含在評審席上坐著，有點著急：「趕緊回來啊，不然蘇錦黎就少一票呢！」

烏羽也沉著臉，覺得蘇錦黎雖然第二場表現得足夠優秀，但是第一首歌唱得真的是不怎麼樣，這一次的評分依舊凶多吉少。

蘇錦黎跟喬諾並肩站在臺上，兩個人同樣忐忑。

喬諾突然打開麥克風，對正在商量的評審老師說：「希望各位老師給出公平的評價。」

這回，可真的是給了一個下馬威了。

安子含終於坐不住，真沒想到喬諾能無恥到這種程度，居然站起身衝到評審席，從顧桔手裡搶走麥克風質問：「你還有臉說公平嗎？」

喬諾沒想到安子含居然會這樣做，他們可是同一間公司的！

現場有人驚呼起來。

「我到現在還記得，蘇錦黎被送去醫院搶救的時候，你還笑著說這回能空出一個位置吧。我告訴你，空出來，這個位置也不是你的，因為你人品太差。」安子含說完，就將麥克風還給顧桔，重新回到選手席。

再一次，全場譁然。

誠然，安子含跟蘇錦黎關係好，也不至於跟自己同公司、首輪比賽組合出戰的隊友這麼針鋒相對吧？安子含的性格愛恨分明，直來直往，再加上被安子晏警告過，讓安子含在節目裡已經將脾氣收斂了很多，能讓安子含這樣，就是喬諾做得真的非常過分了。

而且……搶救？搶救是怎麼回事？不是單純的嗓子啞了嗎？

顧桔在安子含離開後，笑呵呵地接了話：「蘇錦黎總是給我們各種驚喜，就算身體不舒服，也能有這麼好的發揮，剛才的那個姿勢我覺得很厲害，我有點想學習一下。」

說著走上臺，到蘇錦黎的身邊，想讓蘇錦黎教他如何倒彈琵琶。

顧桔真的跟蘇錦黎學了一會，所有人都知道，顧桔在機智救場。

現在現場的氣氛已經變得非常詭異，因為安子晏的暴走，安子含的講話，讓現場有了火藥味。現在，顧桔來暖場，先化解一些尷尬，調節一下氣氛，緩和後，評審老師們的點評就不會那麼難以開口。

「這個姿勢真的非常難做。」顧桔拿著琵琶，對臺下的觀眾說：「我剛才真的是大開眼界，就是一種很少見的表演，讓我覺得眼前一亮。」

顧桔一邊說，一邊往評審席走，「蘇錦黎在第一次上節目的時候，就說過自己想要一個復古少年的人設，當時我還以為他只是靠一身古裝呢。現在看來是靠實力，我想投蘇錦黎一票，我還想看他吹簫。」

經過顧桔這樣的化解之後，其他的評審老師也開始了他們的點評。

喬諾已經不敢說話了，無論評審老師說什麼，他都只是點頭。

蘇錦黎也一樣，他現在的嗓子非常不舒服，於是也是簡單說一句謝謝。

最後，蘇錦黎獲得三票，喬諾一票。

韓凱很坦然：「蘇錦黎這首歌唱得的確不好，是因為他的嗓子原因，這個是他自己無法控制的。但是讓我驚喜的是，他唱歌時的感情到位了，有戳到我。再加上我們沒有一個人敢否認蘇錦黎唱歌的水準，之前的C位，他憑藉的是歌聲。之前的得票王，他也是靠歌聲贏來的。」

蘇錦黎被留下了。

似乎依舊有人覺得是黑幕，如果蘇錦黎被淘汰，安子晏估計都不會再接主持工作了吧？現在蘇錦黎是人氣選手，估計不會想要淘汰這樣的選手吧？

這就是一場備受爭議的比賽。

第四輪比賽結束了。

過程非常混亂、非常意外，很多事情都不受控制。

選手們到後臺後，安子含還想衝去跟喬諾打架，被烏羽跟範千霆攔住了。

安子含就跟個暴躁的小獸一樣，指著喬諾的鼻子罵，其他的選手就在旁邊看著，常思音也是木子桃公司的，只能推著喬諾趕緊走。

烏羽看著沒辦法，蹲下身，扛著安子含離開，也不去化妝間卸妝了，打算直接回寢室，他對工作人員說：「明天把服裝給你們送回來。」說完繼續走。

範千霆一直跟在烏羽身邊，攔著安子含，讓安子含別再罵了。

「我操！放我下來，髮型都亂了，傻逼喬諾，你真不要臉！」安子含依舊在罵。

蘇錦黎沒跟安子含他們一塊，他剛剛下臺就被顧桔叫走了。

顧桔將蘇錦黎叫到一邊，跟蘇錦黎解釋，這只是一場意外，在正式播出的時候，節目組會想辦法將這段剪輯掉，讓蘇錦黎不要有心理負擔。

「嗓子怎麼樣？用不用再去醫院看看？或者吃點藥？」顧桔問蘇錦黎。

蘇錦黎搖了搖頭，表示自己沒事。

顧桔抬手似乎想安慰蘇錦黎，想了想後，又收了回去，「你的琵琶彈得真的很好，沒有黑幕，我就是想給你投票，別亂想。」

「謝謝顧老師。」蘇錦黎回答。

顧桔抿著嘴唇笑了笑，帶著蘇錦黎往安子晏的休息室去，同時說道：「你也來幫忙勸勸安少吧，他這回挺生氣的。」

「要不要把安子含也叫來？」蘇錦黎問。

「叫來了，他們哥倆一碰面，兄弟倆一起生氣，場面一定很炸？」

「啊……也是。」蘇錦黎跟著顧桔到安子晏的休息室，就看到安子晏坐在裡面，腿搭在化妝臺上，身邊的導演以及工作人員圍了一圈，都在勸說安子晏。

安子晏扭頭看到蘇錦黎來了，表情才好轉一點。

「比完了？」安子晏問他。

「嗯。」

「你們先出去吧，我跟蘇錦黎單獨聊聊。」安子晏跟身邊的工作人員說。

張鶴鳴帶著其他工作人員都出去了，顧桔看了看蘇錦黎，也跟著離開。

「現在嗓子會不會不舒服？」安子晏收回腿，調整了一個坐姿坐好，然後伸手拉著蘇錦黎到他的面前。

「其實還好，就是……唱歌不大好聽。」

「確實不好聽，聽著就渾身難受。」

「喔……」

「但是琵琶彈得不錯。」安子晏這樣誇獎了之後，對蘇錦黎勾了勾手指，「俯下身。」

蘇錦黎俯下身，安子晏抬手幫蘇錦黎扣好襯衫的釦子，這才覺得看著順眼了不少。

蘇錦黎就適合規規矩矩的形象，看著乖。

他喜歡乖的孩子，所以出奇地不喜歡安子含，可惜弟弟沒法選，安子含還是被他慣的。

「你生氣了？」蘇錦黎小心翼翼地問安子晏。

「不然我之前是在搞行為藝術嗎？」安子晏不爽地問：「我本來就心情不好，結果他們還搞這種事情來惹我。」

「是喬諾挑戰的，也不是他們能控制得了。」

「可是他們妥協了！為了節目組的名譽犧牲你，就算解釋一下你出現了意外，無法唱歌，所以不能挑戰你，讓喬諾挑戰別人也行啊。可是他們非得進行下去，還不是不想曝光他們出現管理疏忽的事情。」

「可是你這樣做……對你不好吧？」

「我自己也知道，現場這麼多人，肯定有人錄影了。今天這件事情，絕對會被大炒特炒，我估計又會被黑一波。」

「沒事的……」蘇錦黎抬手揉了揉安子晏的頭，送了祝福。

安子晏就像一隻超凶的大貓，被摸了頭居然就順從下來，安靜地坐在椅子上獨自生氣。

在蘇錦黎即將把手拿開的時候，安子晏突然抓住他的手，抬起頭來直視蘇錦黎問：「你摸頭有什麼特殊的含義嗎？」

「就是……祝福你啊。」蘇錦黎回答。

「摸頭之後會留下什麼痕跡？會傳遞信號嗎？」

「會……會……讓你髮型亂了。」蘇錦黎緊張地回答，回答完就打了一個嗝。

安子晏看著蘇錦黎慌亂的模樣，覺得有意思，拉著他的手，翻開看了看蘇錦黎的手心，繼續問：「你會什麼特異功能嗎？」

「啊？」

「比如隔空取物。」

「怎怎怎麼可能！」蘇錦黎緊張得聲音都拔高了。

「不用那麼大聲，我聽得到。」

「喔喔。」

「我現在也算是你的老闆，需要瞭解你的情況，所以我需要跟你確定幾件事情。」安子晏突然說起其他的事情。

「好，你說。」蘇錦黎心虛地回答。

「你談過戀愛嗎？」安子晏問。

蘇錦黎覺得這個問題莫名其妙，他回答過好多次了：「沒有啊。」

「我要聽實話。」

「確實沒有。」

「現在呢，是戀愛狀態嗎？」

「哎呀，都沒談過戀愛，現在怎麼會是戀愛狀態？」

安子晏覺得疑惑，想了想，又問：「怎麼，沈城不想談戀愛嗎？」

——啊？怎麼突然跳到他哥哥那裡去了？

蘇錦黎想了想，回答：「他怕影響工作，才一直不肯談戀愛。」

安子晏聽完也不知道是該高興還是生氣，只是說了一句：「你以後少跟他來往，只顧他自己，渣男。」

蘇錦黎兩頭霧水。

安子晏突然站起身來，讓蘇錦黎下意識後退了一步，然而沒能退走，被安子晏拽著手，拉到他的懷裡。

蘇錦黎比安子晏矮一些，突兀地進入到安子晏的懷抱，有點措手不及。

安子晏則是疼惜地抱住蘇錦黎，緊緊地抱著，低聲說：「別怕，以後我護著你，這次的事情我會拚盡全力，不會讓你受到任何波及。」

蘇錦黎能夠感受到安子晏是在關心他，也是在護著他。

他都沒想到，在喬諾挑戰他之後，安子晏會那麼生氣。

所以，蘇錦黎沒有拒絕這個擁抱，也張手抱住安子晏的後背，「謝謝安大哥。」

安子晏不喜歡這個稱呼，立即抗議：「換個稱呼。」

「啊……安少？」

「再換。」

「大鼻孔？」

「……」安子晏突然想把安子含拽過來踹兩腳後再轟出去。

「我回去好好想想行嗎？」蘇錦黎真是不知道該怎麼稱呼安子晏了，說著推了推安子晏。

安子晏抱著蘇錦黎就不想鬆開，最開始是想安慰他，還有就是知道蘇錦黎沒談戀愛，心情好了一些，想找蘇錦黎要個抱抱。

抱住以後，鼻翼裡都是蘇錦黎的香味，讓他越發捨不得放手。

「嗯。」安子晏應了一聲，耍賴似地繼續抱著蘇錦黎不鬆開。

「你也別生氣了，消消氣行嗎？」蘇錦黎試探性地問。

「嗯。」天知道，這個擁抱多有治癒效果。

「其實你今天有點耍脾氣了……」

蘇錦黎剛說半句，安子晏就鬆開蘇錦黎，問：「還不是因為你吐了那麼多血，還不能說話，可憐巴巴的讓人心疼！」

「我……我下次不亂吃東西了。」

什麼跟什麼啊這是！安子晏又有點不爽了。

「你別生氣了，跟節目組好好談談吧。」蘇錦黎勸說道。

「不，看到他們就煩。」

「你再這樣我就收拾你了啊！」蘇錦黎威脅道。

「嘿，你還挺厲害是吧，你收拾一個我看看。」安子晏抬手擰了擰蘇錦黎的臉，又很快鬆開了。

蘇錦黎鼓足勇氣，伸手拽了一下安子晏的手，往下一擼，好像只是拽了一下手指尖，就沒了。

安子晏被擼得一愣，問：「這是……什麼酷刑？」

「吸你陽氣！」蘇錦黎凶凶地回答。

「喔……」安子晏懂了，忍著笑回答：「我怕死了。」

蘇錦黎指了指門口，「你先冷靜一下，我得回去了。」

「行，你去吧。」

等蘇錦黎離開後，江平秋進入房間，問安子晏：「這件事情怎麼處理？」

今天的鬧劇必須要有一個收場。

要麼公開真相，這個節目必定會名譽受損，安子含還在參加這個節目，會影響到安子含的前途，影響收視率。

要麼隱藏真相，保全劇組，那樣會導致蘇錦黎一身罵名。

還有就是，著重洗白安子晏自己，還是洗白劇組，又或者洗白蘇錦黎，這都是不同的選擇。

安子晏抬手，聞了聞自己的手指尖，似乎還有一點香味，同時回答：「保蘇錦黎。」

【第二章】這條錦鯉由我守護

蘇錦黎一回到寢室門口，就看到安子含滿屋子晃悠，美其名曰要找一把順手的兵器，出去找喬諾替天行道。

範千霆見蘇錦黎進來，立即解釋說：「別看我們的安二少年紀不小，中二病倒是一直沒減輕。我年輕的時候也曾像他一樣意氣風發。」

烏羽都不願意看安子含了，手裡捧了本英文書，蘇錦黎看不懂。

蘇錦黎嘆了一口氣說：「剛才我碰到常思音跟喬諾，拖著行李箱走了。」

「什麼？」安子含氣得不行。

「嗯。」蘇錦黎走進寢室，也不裝啞巴了，直接用沙啞的聲音跟他們說話。

「常思音還算是聰明，知道把人送走。」烏羽感嘆了一句，接著翻了一頁書。

他們訓練營有規定，主動打架的一方會被踢出比賽，安子含這一晚上都在躁動，說不定半夜就去找喬諾打架了。

常思音瞭解安子含的個性，喬諾也是木子桃娛樂的，不想鬧得太難看，於是趕緊幫著喬諾收拾行李，把喬諾送走了。

離開的路上碰巧遇到剛剛回來的蘇錦黎，常思音有點尷尬，結結巴巴地解釋道：「我……我不想安子含鬧事。」

「我懂的。」蘇錦黎回答，看都沒看喬諾一眼。

「那我回來以後跟你說！」常思音繼續帶著喬諾「逃亡」。

安子含終於老實下來，坐在寢室的桌子上，對蘇錦黎張開手臂，「來，到哥哥懷裡來，哥哥安慰你。」

「剛才安大哥安慰過了。」

「他能安慰你？是不是桌子一拍，跟你說『沒事，以後老子罩你』？說話的時候，還有種占山為王的架式？」

蘇錦黎被安子含的話逗樂了，好半天才停下來。

「我就是覺得，是我不小心給你們添麻煩了。」蘇錦黎小聲說完，寢室裡安靜了一瞬間。

「這種受害者理論真的是……」範千霆的心裡有點不是滋味。

「是你想吐血，還是你想被搶救，還是你想耽誤比賽的？別人害你，為什麼要你來道歉？」安子含跟著問。

「是我太不小心了。」蘇錦黎回答。

「粉絲送的零食我也吃過。」烏羽放下書，安慰蘇錦黎：「現在最重要的是調查出兇手是誰，然後……」

蘇錦黎將寢室的門關上，指了指攝像機。

安子含現在關攝像機都是老手了，直接抬手關掉，估計節目組只能默默流淚。

「是周文淵做的。」蘇錦黎回答。

「有證據了？」安子含震驚地問。

「就是沒有直接證據才關攝像機的，不過已經調查到了，是周文淵做的。」蘇錦黎回答。

三個人都震驚了。範千霆平時喜歡看熱鬧，跟著樂，今天他突然覺得自己吃了好大一個瓜，比安子含三個前女友匯合起來要脅安子含，還讓人震驚。

「所以今天周文淵被淘汰不是意外？」烏羽問。

蘇錦黎點了點頭。

安子含又拿起了自己的「兵器」——布拖把，準備去找周文淵決一死戰。

「太可惡了，這是謀殺吧？」安子含氣勢洶洶地就要出門。

「沒聽到說了沒有直接證據嗎？」烏羽立即吼了一聲，緊著問蘇錦黎：「是已經確定了，只差證據了嗎？還是說一切只是懷疑？」

「確定了，但是他做得太乾淨了。」

「怎麼發現的呢？」範千霆問。

蘇錦黎只能回答：「我哥派人調查的，具體沒說，但是他不做沒有把握的事情。」

「你找到你哥了？」範千霆還不知道這件事情呢。

「是啊，找到了，還是一個大大瓜，但是我們不準備告訴你，想要憋死你。」安子含立即擋住蘇錦黎，對範千霆說道。

範千霆直接蹦了起來，「憑什麼啊！」

上次猜測蘇錦黎是沈城的弟弟，範千霆笑了笑就過去了，覺得這件事聽起來就特別不靠譜。難道現在又有新瓜了？蘇錦黎的哥哥真的是沈城？

「誰叫你天天看我們吵架就跟著樂，這回讓你樂不出來！」安子含回答。

蘇錦黎聳了聳肩，對範千霆說：「我要是跟你說了，他一準跟我沒完沒了……」

「行了，弟弟，你別說話了，對嗓子不好，乖，睡覺去。」安子含對蘇錦黎大手一揮，接著又握住自己的「兵器」。

烏羽倒是很相信沈城，不會做誣陷好人的事情，也不會沒確定之前就隨意淘汰周文淵，所以只是沉默了一會，就接受了這個事實。

抬頭看到安子含要去找周文淵打架，範千霆口不對心地攔著，一個勁地討好說：「先別走，快、快，給我口瓜吃。」

烏羽覺得這個場面很讓人無語，只能沉聲說道：「現在我們不能上網，我估計，外面已經開始一場腥風血雨了。」

安子含終於停下動作，倒是不在意：「沒事，有我哥呢，我哥是被黑紅的，不怕這個場面。」

安子晏絕對是倒楣蛋中的精英，從出道起就被黑，一路黑下來，演戲的畫面成表情包，演戲的臺詞成調侃的話，屁大點的事就上熱搜。

到如今，他漸漸成了粉絲口裡的「真性情」，慢慢被粉絲發現安子晏居然有點可愛，轉粉的人越來越多。現在，安子晏已經成為熱度最高的男藝人之一。

這種大場面，世家傳奇真的是見多了，都是小意思。

烏羽看向蘇錦黎，蘇錦黎正在撕開乾脆麵的袋子，暗搓搓地偷吃零食。

安子含立刻一把抓走，「這零食鹹！你不能吃。」說著，自己吃了一塊。

「就是！」範千霆跟著抓了一把。

烏羽嘆了一口氣，總覺得自己的室友智商不線上，然而手卻伸出去，跟著抓了一把乾脆麵。

蘇錦黎眼睜睜看著他們幾個人把自己的零食瓜分完畢。

於是他只能報復性地說：「這個是別人送的。」

三個人立即風中凌亂，看到蘇錦黎壞笑才知道是蘇錦黎反擊了。

網路上果然開始掀起紛爭。

事件是從網友上傳安子晏怒摔麥克風的視頻片段開始的。

這個人只截取了一小段視頻，似乎是想黑安子晏脾氣壞。

但是評論裡倒是沒有一面倒地黑他。

九醉哥哥保護你：一直在看節目，不知道前因後果不敢說什麼。但是安子晏是第一次在公開場合發這麼大的脾氣，之前參加真人秀，在泥潭裡泡了一天，想爬上岸就被人用水沖下去，當時也沒見他發火。

小小燕子飛啊飛：這個選手好像是要挑戰蘇錦黎，安子晏才生氣的吧？我突然想起了前幾天看到的新聞，蘇錦黎一身血，被安子含抱出訓練營，這有沒有什麼因果聯繫？

小火苗：然而我的關注點居然是，我們燕子哥摔麥克風的姿勢賊帥！

很快，就有人傳了相對完整的現場視頻打臉，將事件小小地反轉了。

第二份視頻，從喬諾說要挑戰蘇錦黎開始，到安子含公開質疑喬諾人品，並且話語裡暴露了蘇錦黎被送去搶救的事情。

這段視頻放到網路上後立刻引起軒然大波，網友們分為好幾派。

一派是理智型，討論蘇錦黎為什麼會被搶救？為什麼挑戰蘇錦黎後，安子晏會那麼生氣？他們需要真相。

一派是批評型，聽說結果是蘇錦黎贏了，可是蘇錦黎唱得真的不好。據說世家傳奇收購蘇錦黎的工作室了，這是要搞後臺嗎？捧安子含的同時再捧一個蘇錦黎？怪不得安子含跟蘇錦黎關係那麼好。搞什麼比賽啊，直接捧你們的人就好了。

一派是震驚型，我擦我擦！倒彈琵琶！蘇錦黎是神仙下凡嗎？

一派是堅持轉發型，聽說轉發這條錦鯉能轉運。

一派是狂噴型，盲目轉發的滾開行嗎？最近老刷屏，煩死了。

網友們吵了幾個小時，終於有娛樂大V曝光了完整的事情脈絡。

這個娛樂大V整理了長圖，梳理這件事情。

首先，是之前曇花一現的新聞被找出來，安子含抱著渾身是血的蘇錦黎衝出訓練營，烏羽幫忙開車的相片。

娛樂大V應該是去醫院調查過，知道些許「內部真相」。

「據瞭解，是節目組管理疏忽，沒有檢查過濾粉絲們的禮物，蘇錦黎吃了黑粉送的巧克力後中毒。喉嚨以及腸胃、部分器官都被腐蝕，原本很好聽的聲音，現在已經成了菸酒嗓。」

之後的內容開始解釋安子晏為什麼會那麼生氣。

蘇錦黎身體不在狀態，被喬諾這個在危險待定區的選手挑戰，如果蘇錦黎輸了就會被淘汰。

從之前的節目就可以看出來，安子晏很喜歡蘇錦黎這名選手，安子晏向來不是好脾氣，也不搞人設，會暴怒也正常。

再加上安子含的一句話也被分析得很透徹，喬諾本來就人品有問題，蘇錦黎出事後，喬諾還幸災樂禍過，這也是現場場面失控的原因之一。

最吸引注意的是這個娛樂大V神通廣大，還拍到視頻資料，截了動圖同時發布。

動圖裡，明顯是一個人偷偷用手機拍的視頻，還能看到擋在前面的人的一半頭髮。視頻的內容是蘇錦黎在寢室裡，突然吐血強撐著地面的畫面。

第二張動圖的內容是安子含從洗手間抱著蘇錦黎出來的動圖，當時蘇錦黎已經完全昏厥了。

這回評論終於開始一面倒了。

喬巴：這個劇組有毒，真的有毒！

天雅夜蝶：光看動圖我都要心疼哭了，安家兄弟會護著蘇錦黎也不奇怪。

木七雙：以前不大喜歡安子晏，現在突然喜歡上他的暴脾氣，就該這麼做！

小丹：按照賽制，喬諾挑戰蘇錦黎其實沒有毛病，只是這樣做顯得很噁心。有種你去挑戰烏羽啊！趁人之危算什麼？

安子晏拿著手機刷微博，忍不住舉起手機給江平秋看，「這是我們雇的水軍嗎？」

「這回還真不是。」

「突然不被罵了，甚至有人轉粉，我還真有點不適應。」安子晏看著手機說。

刷著刷著又看到蘇錦黎吐血的圖，手指尖一顫，就把手機扔到一邊，繼續看劇本。

看了一會，他又問：「沈城那邊有什麼動靜嗎？」

「動靜沒有，不過……周文淵失蹤了。」江平秋回答。

「喔。」安子晏點了點頭，「這就是動靜了，我就不信沈城看了這些圖不心疼。」

不過，這種非自然事件沈城是怎麼調查到的呢？

安子晏有點迷茫，他現在除了控制輿論，還能做點什麼嗎？

第二天起床後，安子晏怒摔麥克風的事情，已經發酵到了白熱化的程度。

網路是一個沒有門檻的平臺，聚集著數以萬計的網友，這麼多人肆意推動的地方，有的時候真的是瞬息萬變。

讓安子晏都震驚的是，這件事情在他們沒有控制的情況下，居然自動升級了。

現在為蘇錦黎說話的人越來越多。

一個有實力的選手，長得好看又有實力，在這件事中明顯是受害者，自然有更多人袒護他。

有一位網友發布了一段視頻，被其他網友自發地推到熱門微博第一條：蘇錦黎廣場版倔強

鍾情蔡先生：從蘇錦黎剛剛開始紅的時候，我就已經在關注他了，因為我曾經看過蘇錦黎唱現場！用這首廣場版無修音沒假唱，充滿了雜音的《倔強》，為蘇錦黎平反！這才是他的真實水準。沒錯，我還捏過他的臉！捏過之後我考試門門過，考卷上的題全會寫！【視頻】

這條微博的評論裡，眾多粉絲差點把博主生吞活剝了。

吃饕餮的正太：拿開妳的手，讓我來，我也想捏小魚兒的臉！

醉世浮生：真的很邪，蘇錦黎真的靈，之前找客戶總是被拒絕，轉發之後，居然有客戶主動聯繫我了。捏不到蘇錦黎的臉，我可以捏妳的手嗎？

陳小咪：這段錄影是還沒參加《全民偶像》之前唱的嗎？氣息很穩，聲音也好聽，現場版的話，這種水準非常可以了。

劉清：是哪個廣場？我要每天去蹲點！

泠芸：以前唱歌那麼好聽，再去聽沙啞的版本簡直心疼死了。尤其是看到他難過的表情，簡直想抱抱他。

逐風浪跡：原來我的愛豆也會去擼串，還在廣場唱歌，可說是非常接地氣了。希望早日康復。

池塘太小：反正我是站小錦鯉的，就算他以後一直是菸酒嗓，我也會給他投票。別怕，魚塘們送你躍龍門。

當天中午，再次有人發布了一段私錄的視頻。

視頻是第三輪比賽，蘇錦黎跟安子含組的表演，還有蘇錦黎後期的才藝展示。

胖千兒：知道私錄發出來不好，但是這次真的忍不住了。在第三輪比賽的時候，蘇錦黎的海豚音炸翻全場，還有那段口技真的非常圈粉。聽完這個，你絕對會更心疼蘇錦黎的嗓子。【視頻】

小灰：聽完了，震驚了，這種高音絕對是實力派的了，在國內都能排得上號了。現在嗓子毀了，太可惜了，送零食的黑粉請原地爆炸好嗎？

子夜藍：太優秀了，所以被嫉妒了嗎？這種聲音如果沒了，絕對是歌壇的一個損失。

青葙：如果是我，我絕對比安子晏還生氣，這種嗓音被毀了，他們還要淘汰掉蘇錦黎？節目組道歉了嗎？該給一個說法吧？

越單純越幸福：不接受道歉，送禮物的人抓住了嗎？

到了晚上，事情再次發生轉折。

有一檔知名的電視節目名為《國家文化寶藏》，節目主要在介紹傳統文化，很多即將失傳的技藝等等。是個難得的收視率高、評價高，還是在黃金時段播出的綜藝節目，堪稱口碑製作。

這個節目組的主持人發了一條長微博。

楊澤華：大家@我的微博，我都看到了，並且去跟節目組確認了視頻的真實性，還拿到原版的視頻片段。

口技跟倒彈琵琶的片段都是真的，我已經跟《國家文化寶藏》節目組申請，他們也很重視，並且跟@蘇錦黎的經紀人取得聯繫。@蘇錦黎的確受傷了，嗓子跟部分器官受損，目前還沒有完全恢復。不過，他的恢復情況很好，如果好好休養，是可以康復的。

待@蘇錦黎康復後，我們會正式邀請他來參加節目，成為我們的嘉賓。

微博下又出現許多留言。

兩個BB：有點生氣，正式的聲明居然不是節目組和工作室發的，而是珍惜人才的其他節目的主持人！讓蘇錦黎退賽吧，有實力，在哪裡都能紅。

去哪：感謝華哥，看到你這麼說我就放心了，同時感謝您重視我們的小魚兒。

南國：義憤填膺地跟著罵了一天了，看到華哥的微博，終於放心了一些。仔細想想，之後還會看這個節目嗎？也許會看吧，不是因為節目優秀，而是想看看蘇錦黎能不能恢復。

盤盤：現在@蘇錦黎還排在第三名，投票救救這個被節目組放棄的孩子，讓他人氣穩一些，不要再被影響了。

事件爆發二十四小時後，張鶴鳴已經忙瘋了。因為有醜聞爆出來，世家傳奇再也不幫忙控場，甚至還火上澆油，讓節目組處於被動的狀態，投資方也開始打電話轟炸他們，甚至有三家提出要撤資，讓他們快速處理好這件事情。

他拿著手機，遲疑了很久後，才給侯勇發了一條消息。

張鶴鳴：你有什麼辦法嗎？

侯勇：站出來承認錯誤吧，態度端正，現在還來得及，不然只會越來越嚴重。

張鶴鳴：好。

結束聯繫後，張鶴鳴到運營部門，讓他們編輯聲明，並且寫了幾個版本，最後發出一個大家覺得可以接受的版本。聲明裡寫了幾條，大致可以歸納為：

一、節目組的確有管理疏忽，收到禮物後直接拿給選手，他們正式道歉。

二、節目組並未放棄蘇錦黎，當時喬諾的挑戰的確符合賽制，他們無法阻止。

三、蘇錦黎正在配合治療，並且有痊癒的希望。

四、節目組會積極配合警方，協助調查。

聲明發出後，評論裡依舊罵聲一片。

rosyyyy：我們的要求很簡單：第一，公開送禮時的監控。第二，公開蘇錦黎的病例，並不是你們說能痊癒就能痊癒的，器官都被腐蝕了，你當我們傻？第三，第一時間公布調查結果。

奶昔：一個選秀節目沒能選拔出優秀的人才，卻毀了一個天才。

絲塔芙雷阿諾斯：對安子晏的道歉呢？

柒：如果安子晏不發怒，你們是不是就打算一直隱瞞真相，然後悄悄淘汰蘇錦黎，讓蘇錦黎被淘汰好像只是他自己唱得不好？

當天夜裡，蘇錦黎還發了微博，估計也是緩兵之計。

蘇錦黎寫道：喝完這杯珍珠奶茶，頓時覺得自己充滿力量，過不了多久，就又能唱歌給你們聽了。【圖片.jpg】

圖片裡，是蘇錦黎喝奶茶時的自拍，漂亮的笑眼，臉頰鼓鼓的，以自拍的角度看，意外地可愛，真的像一條臉鼓鼓的小魚。

初陽：看到你可愛的樣子，媽媽就放心了，一定要早點康復啊，等你唱歌給我聽！

Yoyo：喝奶茶對嗓子不好，你最近先忍忍，多喝點清淡的粥，養養身體，等你康復了再吃好不好，乖，媽媽愛你。

Chenmen：評論裡的那些媽媽粉真是夠了，這麼多婆婆，我跟小錦鯉結婚以後一定很麻煩吧？

唐祁：今天給你投票了，以後姐姐每天都給你投票。

當天晚上，最新一期的《全民偶像》播出了。

這一期的收視率不但沒有受到影響，反而炸了，成為同時段的第一名，遠遠超越了第二名。之後的網路版點擊率更是火爆，曾經因為網站伺服器當機，一度無法充值會員，修復後才好。

這一期的內容是潑水節，緊接著公布票數、淘汰選手、搶歌的片段。在結尾，還預告了下一期的節目內容。

預告裡出現了蘇錦黎的高音節選，音質比網友發的帶著尖叫聲的現場版好太多，讓大家能夠更加清楚地聽見蘇錦黎的歌聲。

這天的彈幕非常壯觀，每次蘇錦黎出現都會霸占整個螢幕，大多被幾句話刷屏。

「這條錦鯉由我來守護。」

「慕名而來，錦鯉大仙好可愛。」

「蘇錦黎，你是我見過最性感的魚！」

「聽說給蘇錦黎發彈幕會有好運。」

安子晏因為要挪時間錄《全民偶像》，最近在劇組裡都會拍戲到凌晨才結束，他在回去的路上，坐在保姆車裡看了最新一期節目。

他是童星出道，進娛樂圈已有些年頭，還是第一次見到節目被罵成這樣，收視率跟點擊率居然暴增的。

《全民偶像》創造了兩個神話。三線製作組，前景不被看好的策劃案，居然逆襲成功。出現問題後反而被更多人注意了，雖然……很多人是想來看看蘇錦黎這位天才型的選手。

安子晏拿著手機看完新一期的節目，看到彈幕裡批評他們兄弟倆居然欺負蘇錦黎，忍不住嘆氣：「他怎麼那麼多媽媽粉呢？」

江平秋在開車，淡定地回答：「女生們很想不用自己生就有一個這麼大年紀，還很乖很帥的便宜兒子。」

「嘖，玩水槍，追著蘇錦黎跑那一段，居然也被刷屏罵，等蘇錦黎反擊我們倆了，她們反而開始高興了，刷屏孩子長大了，這麼雙標呢？」安子晏繼續不爽。

他坐在車裡又看了一會，就看到蘇錦黎為了搶歌，跳了性感舞蹈的片段，拿著手機突然沒說話，只是盯著螢幕看。

等這一段播完，他又關了彈幕重新看了一遍。

看了三遍後，他開始笨拙地研究怎麼截屏，弄了大半天，也不知道怎麼才能截出短視頻或者動圖來。

專注弄視頻的安子晏沒注意到已經抵達目的地，江平秋已停好車，等著他下車。見他半天弄不明白，江平秋主動問：「用不用我幫你弄？」

「呃……」安子晏愣了一下，接著輕咳了一聲，故作鎮靜地回答：「我只是覺得這段視頻挺有意思。」

「嗯。」

安子晏將手機遞給江平秋，江平秋拿著手機，問安子晏：「是蘇錦黎跳舞的這段吧？」

「啊……嗯，我……就是覺得有意思。」安子晏心虛地再次解釋。

「嗯，截完了。」

安子晏接過手機，看了一段動圖，還有短視頻兩種，點了點頭，「行。」

「那我們下車？」江平秋問。

結果安子晏將視頻往回拖拽，對江平秋說：「他吐舌頭這段也給我截下來。」

「好……」江平秋接過手機，通過照後鏡，看到安子晏故作鎮定又有點期待的樣子，忍不住想著得開始準備日後要做藝人的戀愛公關了吧？

陸聞西挺佩服沈城的，坐在廢舊的倉庫空桶上，居然也能坐姿優雅，真的是偶像包袱八百噸，才能詮釋得這麼好。

沈城拿著手機看最新一期的《全民偶像》，看到蘇錦黎被安家兄弟追到角落，說等找到哥哥後，要讓哥哥收拾他們的時候，忍不住「嘖」了一聲。

他真是越看越覺得安家兄弟十分礙眼。

陸聞西站在廢墟裡，看看優雅的沈城，再看看被鎖魂鏈鎖著，痛苦得滿地打滾，發出聲嘶力竭低吼的周文淵，就覺得……這兩邊的畫風不大對。

再扭頭，就看到許塵正在整理自己扇子的流蘇，也不管這邊的事情。

陸聞西深呼吸，問沈城：「這怎麼處理？」

沈城微微蹙眉，對陸聞西比量了一個別說話的手勢，別耽誤他看自己弟弟的視頻。

陸聞西也不著急了，跳上油桶，蹲在沈城身後跟著看視頻。

等到蘇錦黎為了搶歌跳舞的片段，陸聞西看到就「喲」了一聲。

沈城看完就直接關了視頻，撥通節目組的電話，讓他們找蘇錦黎。

節目組似乎是覺得很為難，卻還是答應了，畢竟現在他們關於蘇錦黎的事情都不敢怠慢。

等了大約三分鐘，蘇錦黎就過來接電話了。

「喂？」蘇錦黎興奮地接通電話。

「是我。」沈城拿著手機嚴肅地說。

「嗯嗯，我知道的，我可想你了！」蘇錦黎知道不能暴露身分，所以說話還挺小心的，聲音特別小聲。

「剛分開幾天。」

「剛分開兩分鐘的時候就想你了！今天就更想了。」

沈城原本還在蹙眉，現在表情終於好了些許，對蘇錦黎說：「你搶歌時跳的舞我非常不喜歡，以後不許跳這種舞了。」

「喔……那我不跳了。」

「還有，以後少跟安子含玩。」

「為什麼啊？」

「你被他帶壞了，你沒發現嗎？」

「不會的，子含人挺好的。」

沈城開始數落：「好什麼好，小小年紀抽菸喝酒打牌，還濫交女朋友，一點也不自愛。跟他在一起，能學什麼好？」

「我都十八歲了，他是朋友……你這樣我會為難的。」

沈城又不爽了一會，最後還是妥協了，總覺得自己有點管得過度。

他還是下意識把蘇錦黎當成一條什麼都不懂的小魚，於是補充道：「總之，在訓練營裡不要學那些不好的，這種舞蹈少跳，不然我就把你帶出訓練營，立即退賽。」

「喔。」蘇錦黎答應了一句，聽到傳來奇怪的聲音，又問道：「你那邊是什麼聲音啊？聽著好磣人啊！」

「喔，周文淵。」

「啊？」

「他原本應該已經死了，是變成惡靈後才活下來的，我們正在處理他。」沈城回答。

「那、那你小心啊！」蘇錦黎立即緊張起來。

「放心吧。」

「別犯法啊……」

「我心裡有數。」

「那……那我……」

「好好養好身體，我有看你比賽，加油。」

蘇錦黎立即應了一聲：「好！」

「好了，我沒事了。」

「好！你最好了！最喜歡你了！」

「嗯。」

「我還想跟你聊一會。」蘇錦黎又開始可憐巴巴地請求。

沈城無奈地嘆了一口氣，又叮囑了幾句，蘇錦黎才戀戀不捨地掛斷電話。

掛斷電話後，陸聞西忍不住感嘆：「你這個弟弟挺黏人啊。」

「嗯，從小就喜歡跟著我跑。」

「兄控？」

「有一點，但也不是特別嚴重。」

「既然你已經暫停了，就先處理一下這邊的事情吧。」陸聞西指了指周文淵，對沈城說道。

「所以他是自身附體嗎？」沈城看向周文淵問。

許塵終於不再擺弄自己的扇子，對沈城詳細地解釋：「我算出來他的陽壽只有十六年，他在十六歲的時候發生意外身亡。因為執念太深變成惡靈，附體在自己的身上，竟然讓身體自然生長，繼續存活，還能做惡靈能做的事情。」

「祭天血呢？」沈城追問。

「他為了能夠穩定自己的靈魂狀態，不會太痛苦，特意跟顧家重金買了我的血來穩定自己的靈魂。知曉我的血可以讓蘇錦黎現出原形後，他就動了邪念。」

沈城身體輕輕一躍，就到了周文淵的身邊，冷漠地看著。

周文淵依舊在掙扎，因為難受，靈魂幾次脫離身體，又被鎖魂鏈禁錮住。

「呵——蘇錦黎……挺厲害啊……娛樂圈就……就這麼幾個流量，居然全都認識……參加什麼選秀啊……」周文淵難受得話都說不利索，卻還在嘲諷。

的確，娛樂圈風頭正旺的幾位，有兩位站在這裡收拾他，還有一位為了蘇錦黎怒摔麥克風。有這麼多人護著，他還來參加什麼選秀啊，隨便捧捧就紅了。

「不知悔改？」沈城問。

「也是妖啊……不過你妖丹都……空了，還在囂張。」

沈城的靈力全部用來治療蘇錦黎了，如今妖丹裡法力虧空，加上工作繁忙，沒有時間修煉及休息，恐怕需要一陣子才能恢復。

但是這也輪不到周文淵來嘲諷。

「一般你們是怎麼處理這種情況的？」沈城問陸聞西。

「很棘手啊，我不想惹麻煩，如果把他就地正法了，突然死了一個人，屍體怎麼處理，我們算不算殺人？」陸聞西回答得很為難。

「所以呢？」

「我想要魚鱗。」

沈城嘆了一口氣，最終還是點了點頭，「好。」

陸聞西終於滿意了，蹲在周文淵的身前說道：「碰到你這種呢，我們一般會淨化你的靈魂。然後呢，你若能堅持住就繼續活著，不過會完全失憶。如果堅持不住，一般就掛了，並且變成一具乾屍，看起來就像死了幾年一樣。」

周文淵用力掙扎起來，卻完全沒有用。

「其實你之前活著，真的自在嗎？顧家的人跟沒跟你說，你逆天改命，損耗的是你至親至愛的人的陽壽？你多活一年，你的父母其中一人就要少活三年。」

周文淵終於停止掙扎，震驚地看向陸聞西。

「看來也不是完全黑心啊，還在乎別人嘛，不過沒用了，你已經活了好幾年，他們的陽壽已經損耗了。所以呢，你要祈禱，你被淨化之後還能活著，這樣，你就能繼續損耗他們的陽壽了。」

「留一口氣。」沈城突然開口。

「怎麼？」陸聞西奇怪地問。

「他還沒跟我弟弟道歉呢。」

「我們用淨化陣法的話，他頂多堅持七天就失憶了，你弟弟比賽結束都幾個月後了吧？」陸聞西覺得這個有點不妥。

沈城拿出手機，對著周文淵開啟錄影功能：「我給他錄下來。」

「別了，這模樣再嚇到孩子。」陸聞西立即按住沈城的手機。

沈城這才甘休，退後了幾步，「那你們做吧。」

許塵很快開始布陣，陸聞西也在幫忙淨化周文淵的靈魂。

沈城看了一會，見到周文淵痛苦得面目猙獰，終於滿意了一些，對陸聞西說：「你們忙，我先回去了。」

「魚鱗呢？」

「我現在法力不足，控制不好身體，等我恢復。」沈城說完就在身前憑空畫了一個屏障，接著走了進去。

陸聞西氣得不行：「法力不足你還用瞬移？你又要賴帳是不是？」

沈城沒回答，直接離開了。

陸聞西只能在這邊念叨：「不能惹錦鯉，會倒楣的、會倒楣的……」

此時《全民偶像》這裡宣布了新一輪的比賽規則。

這一次居然是網路投票，網友選出他們喜歡的選手進行組合，然後安排歌曲。

「這個……什麼規則？」蘇錦黎聽得直糊塗。

「我也沒明白。」安子含回答。

這個時候，顧桔已經開始宣布分組了。

之前幾組還挺正常的，範千霆跟另外一位選手合作一首說唱歌曲，常思音則是跟一位男選手，合唱一首抒情歌曲。

到了蘇錦黎的隊伍，就有人起鬨了。

「蘇錦黎呢……」顧桔看到這個名單後，笑了一下，「跟張彩妮一隊。」

「哇……」

「厲害了。」

「故意的吧？」

蘇錦黎跟張彩妮都沒想到，詫異地看向對方。

緊接著，顧桔就宣布了歌曲名稱：「網友們票選的結果，你們倆要合唱《不僅僅是喜歡》。」

宣布完立即全場沸騰，這一屆的網友非常合格啊，這個組合、這首歌都有點……曖昧啊。

「怎麼了嗎？」蘇錦黎奇怪地問。

「沒事沒事，很好，對你來說是新的挑戰。」安子含回答，卻在幸災樂禍。

「接下來的組合也很有意思，安子含跟……烏羽。」

顧桔宣布完，引得安子含驚呼：「不是吧！」

「為什麼是和他？」烏羽也很不滿意。

現場其他選手立即追問：「什麼歌？」

顧桔忍著笑回答：「《一個像夏天，一個像秋天》。」

安子含要崩潰哭了，瞪了一眼笑得像個骰子的範千霆。

「聽歌名很合適你們啊。」蘇錦黎說。

「屁！」安子含反駁。

「一點也不合適。」烏羽跟著說。

搞事！這群粉絲搞事！

範千霆特別嘴欠地問：「你們倆要不要改編一下歌，叫《一個像夏天，一個像冬天》。」

「你再廢話，晚上回寢室我划船了啊！」安子含憤怒地威脅。

「哈哈哈，不用，蘇錦黎那邊划船，我跟烏羽跟著晃悠。」範千霆回答。

蘇錦黎委屈極了：「我睡覺挺老實的……」

「老實什麼啊，我有一次晚上是盯著你的，你就像在床上游泳似的，能睡覺翻個跟頭，頭腳換個方向。神奇的是第二天早上又轉回原位了。」範千霆跟蘇錦黎都睡在上鋪，所以最知道這個。

「不可能吧，床那麼小，蘇錦黎還那麼高。」蘇錦黎未來的隊友張彩妮問道。

「妳很關心啊？」範千霆故意地問。

張彩妮無奈了，聽著周圍的人起鬨。

蘇錦黎從來不知道自己睡覺的時候是什麼樣，他只記得哥哥很不喜歡跟他一起睡，每次跟他一起睡都會失眠一整夜。

之後他都是自己睡，直到最近來了訓練營才住寢室的。他記得，有次他睡著了，烏羽崩潰地站起來推醒過他一次。

還有一次，範千霆爬到他床上，過來拽他的腿。他迷迷糊糊地醒過來，範千霆跟他解釋：「你的姿勢就像腿卡在床欄杆上了。」

他揉了揉腿，發現真挺疼的，可是，他睡得很沉啊！他不覺得他有翻身啊！而且他每天醒過來的時候，都沒有什麼奇怪的動作。

顧桔拿著卡片，又宣布了其他的分組。

全部宣布完畢後，顧桔接著公布了這次的網路投票排名。這次的規則很殘酷，排在後面十五名的選手，全部都會在危險待定區。

如果這十五個人中，在現場表演的票數依舊不夠的話，就會被淘汰十人。

安全區的選手們，也會有現場票數最低的五人被淘汰。

而目前的投票結果為：第一名蘇錦黎、第二名烏羽、第三名魏佳餘、第四名安子含……第十三名常思音……第十八名範千霆……第二十一名張彩妮……

蘇錦黎憑藉這一次的風波，兩天時間就衝到了第一名。

烏羽跟魏佳餘也是一直憑藉實力在前三名，倒是安子含掉了名次。

範千霆因為鏡頭少，明明是一名非常有實力的選手，最後居然進入危險待定區。

至於張彩妮，雖然有跟著蘇錦黎蹭了鏡頭，但是因為出場太晚了，還是耽誤了票數。

而且，張彩妮的情敵略多，人氣也沒漲上來太多，反而經常被罵。

範千霆似乎早就已經想到了，沒表現出什麼，這幾天他已經淡定許多。

其實能留到現在已經非常不錯了，畢竟他自己也知道，他的外形不適合走偶像路線。

就在這個時候，安子含突然打了一個響指。

所有人都朝安子含看過去，覺得安子含又要開始作妖了，就看到蘇錦黎居然也走過去跟著安子含一起胡鬧。

他們倆站在範千霆身後，突然開始跳舞，同時還異口同聲地說口訣：「左手比一個心，右手比一個心，再在胸前畫一個大心心。啊，心心飛走了，抓回來，拍拍灰塵，來，送給你我的心，最愛你了，木馬。」

範千霆坐在椅子上都傻了，看著他們倆問：「你們在幹什麼？」

「給你拉票啊！」蘇錦黎回答。

「別……這簡直就是公開處刑。」範千霆覺得這個畫面簡直太羞恥了。

安子含又打了一個響指，大喊了一聲：「再來一次！」

蘇錦黎則是伸手去拽烏羽，烏羽不情不願地走過來，跟蘇錦黎、安子含站成一排。

他們三個顯然是提前練過，動作還滿整齊的，用左手跟右手分別比量一個心，再在胸前畫一個心的形狀，接著好像心分走了一樣，蹦起來去抓。

抓回來後，拍了拍心，然後送了出去，接著飛了一個吻。

「我的天啊！」範千霆的羞恥心氾濫，簡直要受不了。

「你們寢室的關係真好啊。」顧桔跟著感嘆。

「寢室得四個人才熱鬧啊！」蘇錦黎回答。

「對，不然他們三個就跟一家三口似的。」範千霆說完，指著安子含，「媽媽。」再指烏羽，「爸爸。」最後指蘇錦黎，「兒子。」

「為什麼我是媽媽？」安子含不滿。

「我瞎了才會娶他。」烏羽也這樣說。

「就好像我能看上你似的。」

很快，他們又吵了起來。

蘇錦黎看到鏡頭在對著他，於是他又對著鏡頭跳了一次比心舞，烏羽跟安子含吵架，就跟背景板似的。

飛吻的時候，還會放電了，天然撩，笑眼就好像是最強大的必殺技。

這次也是在公布票數後，會歸還手機兩天的時間。

寢室裡，安子含是一個標準的夜貓子，很晚都還沒有睡，拿著手機，開啟彈幕，看最新的《全民偶像》。

蘇錦黎則是第一時間給沈城發消息：哥！我拿到手機了，這次會給我們兩天的時間，我們來聊天吧！

發過去後，許久都沒有回覆，蘇錦黎猜沈城應該是在忙。

他拿著手機聽自己之後要唱的歌，發現又是他沒唱過的風格。

他背完歌詞後，探頭對範千霆唱了一次。

範千霆聽完，拿著刮鬍刀都迷茫了，「你是在吟詩嗎？」

「啊，可是這段不就是用說的嗎？」

「你哪裡是說唱啊，簡直就是在詩歌朗誦，根本不對勁啊。」

烏羽也從下鋪站起身，唱了一段蘇錦黎的那一段，教蘇錦黎：「應該是這樣。」

「你好厲害啊，什麼唱法都會。」蘇錦黎感嘆。

「其實還好，你再試試。」

蘇錦黎又唱了一次，範千霆跟烏羽對視了一眼後，烏羽說：「要不，你念首詩給我們聽聽。」

蘇錦黎點了點頭，「風月亭危致爽，管弦聲脆休催。主人只是舊時懷。錦瑟旁邊須醉……」

「嗯，誰的詩？」範千霆問。

「辛棄疾啊，我男神！」

「棒棒噠！」範千霆誇獎道：「你唱歌跟吟詩是一個腔調的，不如你用口技複製下來吧。」

「或者你跟張彩妮改編一下？她是菸酒嗓，你現在嗓子也不是特別好，改改的話，說不定也挺帶感的。你的吟詩腔調改成戲腔也能好點。」烏羽這樣建議道。

「我明天跟她碰碰想法。」

蘇錦黎回到被窩裡，又開始用手機看些其他的東西。

過了十幾分鐘後，沈城終於回覆了。

沈城：我剛拍完戲，你在做什麼？

蘇錦黎：在查怎麼去魚腥味，你上次給我的東西去的不是很徹底啊！

沈城：查到什麼了？

蘇錦黎：他們說放點薑跟蔥花去腥，還有說放酸菜的，放生的還是熟的？是需要泡澡嗎？

沈城：嗯，記得放最熱的水，盡可能沸騰，然後你就能吃了。

蘇錦黎：吃？

沈城：這是烹飪魚去腥的方法。

蘇錦黎：怎麼這樣！網路怎麼這麼恐怖？

沈城：很晚了，早點休息吧。

蘇錦黎：可是我想跟你聊聊天！

沈城：乖，早點休息，你現在身體不好，等出訓練營了，搬來跟我一起住。

蘇錦黎：好。

蘇錦黎放下手機，立即美滋滋地睡覺了。

那邊，安子含看完視頻，在拍攝MV那裡，他跟蘇錦黎對著鏡頭合影的片段居然播出來了！

他之後去看微博，就看到他們倆居然上了熱搜頭條！

蘇錦黎、安子含合影。

點進去，就看到網友截屏的合影，全部都是蘇錦黎美美的，他則是一道道虛影，鏡頭都沒能捕捉到他完整的美麗。

偏偏這樣，網友還配文字：我已經盡力了，完全拯救不了安子含這條二哈。

他氣得半夜睡不著，十二點多居然開了直播，還跟範千霆借了手機。

安子含將自己的手機放在懶人支架上，調整好方向，鏡頭對著窗簾才不至於被粉絲們看到混亂的寢室。

接著，他拿著範千霆的手機，滑著螢幕，對著鏡頭說：「看看你們截的圖，這絕對是前男友水準的。尤其這個叫聖兒的，還怪我擺造型擋住蘇錦黎了，你是有多不願意看到我？」

彈幕也是非常恐慌了。

「啊啊啊，離粉絲們的私生活遠一點。」

「公開屠宰現場。」

「小錦鯉太美了，根本不捨得把他的盛世美顏截錯了啊！」

「剛才被公開點名批評的是我，臥槽！」

「我現在發微博，能被安子含看到嗎？」

「子含，小錦鯉身體怎麼樣了？」

安子含看到彈幕後，站起身來，拿起手機，「他好多了，就是嗓子還沒恢復到最好的狀態，我還沒批評你們給我選的破歌呢！」

安子含說著，調整了攝像頭，照向蘇錦黎的床，接著快速掀開被子，「看，你們的小錦鯉……我去，怎麼是腳丫子？」

「小錦鯉睡覺好不老實啊。」

「小魚兒的高難度睡姿。」

「白白的腳丫子，指甲很乾淨，加分！」

安子含在床的另外一邊，才把蘇錦黎從被子裡挖出來，一邊說一邊樂：「現場直播蘇錦黎花式游泳睡姿，以後你女朋友有得遭罪了。」

蘇錦黎剛才已經睡著了，迷迷糊糊地睜開眼睛，看向安子含，就看到安子含拿著手機對著他，於是問：「你幹麼啊？」

「來，給關心你的粉絲打個招呼。」

蘇錦黎還不瞭解直播這些東西，伸手要去拿手機看看，安子含立即將手機轉過來，給他看螢幕。蘇錦黎看到螢幕上，是安子含自己的大臉，還有好多彈幕在刷屏而過，他根本看不清。

安子含很快又轉過手機，繼續照著蘇錦黎迷迷糊糊的睡顏。

「你們好。」蘇錦黎說完就鑽進被子裡，結果又被安子含拽開被子。

「麼麼啾一下。」

「什麼啊？」

「大家在關心你，你得麼麼啾一下回報他們，就像我這樣，嘛嘴，麼麼啾。」

蘇錦黎看著安子含，學著安子含的樣子，對著螢幕「麼麼啾」了一下。

「啊啊啊，深夜福利。」

「小魚兒太萌了！」

「睡不著了。」

「求大神做動圖啊！」

「兒子！媽媽愛你！」

安子含看著螢幕，突然覺得有意思，對著視頻說：「來，我帶你們去夜襲常思音的寢室。看烏羽？他有什麼好看的，看常思音去。」說完就拿著手機走了。

蘇錦黎迷迷糊糊地看了一眼手機，看到有人申請加他為好友，驗證寫的是安子晏。

他立即加了安子晏好友。很快，安子晏就發來了消息。

安子晏：身體怎麼樣了？

蘇錦黎立即回覆：好多了。

想到安子含剛才說，被人關心了要麼麼啾一下，於是打開錄小視頻的功能，他還是剛剛跟安子含學會的。

他對著視頻錄了一段「麼麼啾，晚安」的視頻，發給安子晏，就放下手機繼續睡覺了。

另一頭的安子晏看著手機裡的視頻，手指微微輕顫。

他剛剛從劇組裡出來，看到安子含的留言，知道他們能拿到手機了，於是跟安子含要了蘇錦黎的微信號加他。

結果都到家了，洗漱完畢，蘇錦黎也沒加他。

他剛剛準備睡覺，蘇錦黎卻加了他好友。

他很少躲在被窩裡跟誰發訊息，這種體驗還挺新奇的。

現在，他看著蘇錦黎發來的視頻，突然心臟猛跳個不停。

這……這是兩情相悅嗎？

他故作鎮定地打字回覆：嗯，晚安。

對面沒回。又等了一會，安子晏將蘇錦黎的視頻小心翼翼地收藏起來。

第二天，蘇錦黎一睜開眼睛就看到三個人在圍觀他。

見他醒過來，範千霆立即指著他說：「看，他是不是轉過來了？」

「這麼大的個子，在這麼小的床上怎麼做到的呢？」安子含頗為好奇地問。

「看看那個攝像機不就知道了？」

幾個人一齊看向攝像機，一起笑了起來。

「我第一次覺得這個攝像機不錯，還能探討蘇錦黎的睡覺奧祕。」安子含感嘆。

蘇錦黎覺得特別無奈：「你們圍觀我睡覺幹什麼啊？」

「乖，以後早上別說話了，你聲音真難聽。」安子含安慰完，就去洗漱了。

蘇錦黎爬下床，站在安子含的身邊，張開嘴就開始詩朗誦地唱歌，煩得安子含一邊刷著牙一邊滿屋子亂轉。

胡鬧了一早上，四個人結伴走出寢室，剛出去就看到張彩妮靠著牆壁，在轉角處等候。見他們出來，她立即站好了說：「你們寢室可真吵，幸好是單獨的地方。」

「其他的寢室都有空床位了，我們寢室最全的了。」安子含回答。

「在等我嗎？」蘇錦黎主動走過去問，他們倆現在是隊友。外加剛才安子含那句話在別人聽來有點刺耳，他趕緊打斷了。

「對，昨天晚上我想了一整晚，我想做一些改編，想跟你碰一下。」張彩妮回答了一句後，只是看了安子含一眼，沒說什麼。

蘇錦黎點了點頭，「我也有這種想法。」

張彩妮跟蘇錦黎並肩去了食堂，吃飯的時候，張彩妮還在拿著印著歌詞的紙，指著每一句，哼唱給蘇錦黎聽。

蘇錦黎一邊吃飯一邊聽，偶爾搭一句話。

「加戲腔這首歌會變得非常奇怪。」張彩妮隨便吃了幾口，就繼續哼歌了。

「妳不吃了嗎？」蘇錦黎問。

「嗯，我怕胖。」

蘇錦黎點了點頭，然後挾走了張彩妮盤子裡的排骨。

張彩妮看著他的動作，忍不住笑了起來，卻什麼也沒說，繼續哼歌。

這一次的訓練不再是之前的教室，蘇錦黎為了遷就張彩妮，來了B組的教室。

兩個人盤腿坐在地上，拿著歌詞，一邊勾畫，一邊哼歌。

張彩妮聽完蘇錦黎的說唱部分，忍不住問：「你看我，是不是頭髮都變得濃密了？」

「啊？」

「我現在滿腦袋的問號，顯得我頭髮十分濃密。你怎麼會唱成這樣，我對你一直很有信心的，結果現在全崩塌了。」

「我沒唱過這種類型。」蘇錦黎回答得很委屈。

張彩妮拿來了吉他，彈著找感覺，跟蘇錦黎碰了整整一天才找到些許感覺，張彩妮耐心地一遍一遍地教蘇錦黎怎麼唱，兩個人光改歌，就改到凌晨。

蘇錦黎疲憊地回到寢室，就看到寢室裡只有烏羽一個人。

烏羽跟他對視了一眼後，解釋道：「你的小哥哥離寢室出走了，範千霆去安慰了。」

小哥哥指安子含。

蘇錦黎點了點頭，問：「這次因為什麼？」這種事情太常發生了。

「我說他唱歌難聽。」

「喔，那我先去洗澡了。」蘇錦黎拿著自己的洗漱用品，跟腳氣一次淨進了浴室。他知道，到了睡覺的時間安子含就會自己回來了。

烏羽也沒在意，繼續低頭看書。

【第三章】蘇錦黎的男友力

次日，前三十名的選手聚集在一起，集合後一起進行點評。這次很少有帶舞蹈的歌曲，選歌也是網友評選，很多是熱門歌曲，大部分難度不高，只要給出一些點評就可以了。

韓凱聽著烏羽跟安子含唱歌，點了點頭，「音是準的，感情沒到位，你們倆唱歌的時候，會帶著一股子殺氣，根本沒有冰釋前嫌，而是持續看對方不順眼。你們倆好不容易有眼神互動，還是瞪了對方一眼。」

不少人小聲笑了起來，尤其蘇錦黎早就習以為常了，烏羽則沉默著沒說話。

安子含拿著歌詞，隨意地回答：「等上臺的時候，我們倆表演一下就可以了。」

「平時練習的時候都沒有互動的話，你們上臺也沒有默契，一個想往前走，一個留在了原地；一個看向對方了，一個不理他。」

這回，安子含不說話了。

韓凱讓他們兩個人面對面，直視對方，以此培養感情，讓兩個人尷尬得渾身難受。

韓凱老師沒理，繼續讓下一組上來，剛巧是蘇錦黎他們。

「改編過？」韓凱問他們倆。

兩個人一齊點頭。

「你們倆的畫風不大一樣，所以我一直覺得你們倆的組合挺有意思，來吧。」

等他們倆唱完之後，韓凱老師點了點頭，「你們倆也是，全程沒有眼神互動。」

蘇錦黎有點羞澀地回答：「不大好意思……」

「別不好意思，在這首歌的意境裡，你對她不僅僅是喜歡，甜一點，有點互動。你們兩個人之間的感覺要比烏羽、安子含組還親密一些才可以。」

「喔，好。」蘇錦黎答應了。

「謝謝老師。」張彩妮也這樣回答。

韓凱終於放過了烏羽跟安子含，讓他們倆也歸隊自己去找感覺。

可惜蘇錦黎去了B組，他們倆單獨訓練，簡直是地獄模式，估計很難破冰。

蘇錦黎這邊自顧不暇，只能勸了安子含幾句，就去跟張彩妮碰歌了。

他們回到B組教室，又練習了一陣子，互動方面還是不行。

張彩妮對蘇錦黎說：「你跟我來一下。」

兩個人躲開鏡頭，私底下去了沒有攝像頭的地方，張彩妮這才開口：「其實你不用有太多心理負擔，我最開始就是想跟你炒CP，讓我多一點鏡頭。我也沒想到會弄成這個樣子，你別因為避嫌什麼的耽誤了比賽。」

蘇錦黎看著張彩妮，她微微低著頭，說話的時候，手一直玩著自己的衣襬，說完抿了一下嘴唇，垂著的眼眸似乎有些要哭的徵兆。

「嗯，那妳為什麼哭啊？」蘇錦黎問她。

張彩妮本來在強忍著，被問完之後，原本緊繃著的神經突然就繃不住了，轉身抬起手臂擋著臉，哭著說了起來：「他們都這麼說，你也這麼想就行了，你管我哭不哭呢？」

蘇錦黎不擅長應付這種場面，立即亂了陣腳：「我倒是沒多想……」

「我就不明白了，唱搖滾怎麼了？身上有紋身有問題嗎？天天罵我老司機、罵我心機婊，還說我倒貼什麼的……我……我怎麼就不許喜歡誰了嗎？」

張彩妮突然失控，讓蘇錦黎措手不及，「呃……妳冷靜一下。」

「韓凱老師也說我們倆畫風不一樣，怎麼了？你純純小可愛，我就是烏鴉嗓老巫婆了是不是？我這種女生就必須喜歡叛逆的中二病少年嗎？非得全部統一，為什麼男人喜歡男人，女人喜歡女人，他們還排斥？他們怎麼那麼多事！」

蘇錦黎看著張彩妮哭，頓時覺得頭都大了，著急得不知道該怎麼辦，於是勸說道：「要不妳……歇會再哭？」

「你當哭是接力賽啊？還歇會……」張彩妮凶巴巴地說完，又開始哭。

她是菸酒嗓，哭的時候「哇呀呀」破馬張飛的。蘇錦黎聽著她的哭聲，忍不住問：「我前陣子嗓子壞了，唱歌就跟妳哭的時候一樣難聽吧？」

這個問題問完，張彩妮的哭聲戛然而止，看向了蘇錦黎。

蘇錦黎被看得有點慌，立即站好，大氣不敢喘。

「你就這麼哄女孩子嗎？」她問。

「妳……妳挺會哭的，真棒。」

張彩妮被蘇錦黎的這句話氣笑了，擦了擦眼淚，說道：「你是憑實力單身，為你哭真不值得，大豬蹄子！」

「我……聽他們說，要互相喜歡才能在一起，我對妳沒有那方面的感覺，所以……」蘇錦黎想了想後，還是覺得應該說明白，不然他們倆在一塊怪尷尬的。

「別別別，別發好人卡，你就當成什麼都不知道，我就是一個追星的小迷妹，最後給我留點面子，行嗎？」

「嗯。」

「你唱歌的時候別管緋聞啊什麼的。你就把我當成一件道具，看我幾眼，你死不了，你也愛不上我，放心吧。」

「好。」

蘇錦黎回答完，張彩妮突然挽起褲腿，給蘇錦黎看自己腳踝上的紋身，「紋身是我前男友的名字，分手有一陣子了，但是我一直沒洗掉。我猜，他早就洗掉了，耿耿於懷的只有我一個。」

蘇錦黎不懂這些，只是盲目地跟著點頭。

「我只有他一個前男友，不是老司機。」張彩妮補充。

「喔。」

「別人罵我無所謂，雖然你拒絕我了，我還是不想讓你也這麼想我。我不是一個好女孩，但他媽的也不是個婊子！我只是做我喜歡的事，打扮成我喜歡的樣子，一直在做我自己，喜歡了就喜歡了，不行就是不行，你懂嗎？」

蘇錦黎被張彩妮氣勢洶洶地問了一句話，傻乎乎地回答了一句：「不大懂。」

「就是你放心吧，我不會糾纏你的，唱完這首，就算完成任務了。而且，我覺得這可能是我最後一次上臺了，所以……我想好好表演。」

蘇錦黎點了點頭，他看出來張彩妮的努力了，而且這種個性張揚的女孩子並不會讓人討厭。

「你先走吧。」張彩妮揮了揮手，「我哭過，容易被看出來，緩一會再出去。」

「好，那我先走了。」蘇錦黎真的走了。

張彩妮看著蘇錦黎離開的背影，沒忍住，又哭了起來，一個勁地擦眼淚。

蘇錦黎這個人，說不出來究竟哪裡比較吸引人。

一開始就是覺得蘇錦黎長得不錯，後來覺得他的性格很好，人很單純，以及在舞臺上特別迷人。這種人越是靠近，越是讓人喜歡，被拒絕了，張彩妮還是會有點難過。

不過最後她還是拍了拍臉，「張彩妮，振作一點，那些粉絲都見不到蘇錦黎本人，妳跟他合唱過歌，妳是王者！」

說完，就開始用力把眼淚逼回去。

蘇錦黎回去的時候，看到烏羽難得地早早往寢室走。

安子含追在後面，說著：「你也別太在意，這是你沒辦法控制的。」

烏羽沒回答，大步離開。

蘇錦黎趕緊走過去，問：「怎麼了？」

「烏羽的前女友被人肉了。」

「人肉包子？」

「不是，人肉搜索，被曝光了，現在被罵得挺慘的。」

蘇錦黎不理解這些事情，他剛學會中文拼音，打字速度特別慢，每次打開微博就想每條留言都回覆，然而他根本沒有那個時間，就乾脆不打開看了。平時用手機上網，也都是和朋友聊聊天，或者查詢怎麼去魚腥味，還沒參與過這種紛爭。

所以他只是跟著安子含一起回到寢室，進門就看到範千霆在幫忙關攝像機。他們寢室這個可憐的攝像機，沒事就被蹂躪一次，節目組還對他們寢室敢怒不敢言。

烏羽坐在窗臺下面，手搭在膝蓋上，額頭枕著手臂，看得出來心情很差。

蘇錦黎盤腿坐在他對面，揉了揉烏羽的頭。

「我發現，誰紅了的話，前女友都會被曝光一波。網友怎麼就那麼喜歡扒前任呢？」範千霆坐在椅子上，忍不住問。

「好奇唄。」安子含回答：「平時聽你說你喜歡的類型，他們還不滿足，還想看真人。看到真人了吧，還非得去攻擊一下，比如這個人長得不怎麼樣嘛，我愛豆的眼光也不好嘛，之類的。」

「唉……烏羽，你也別煩了。」範千霆勸說。

「她什麼都沒做錯，分手也是我做得不好，不應該被這麼攻擊。」烏羽聲音沉悶地回答。

「你們為什麼分手啊？」蘇錦黎問。

「在一起後，我一直在努力練習，經常會約會遲到，還有忘記她的生日，不會哄人。」烏羽回答。

「忘記生日，遲到約會，多喝熱水是不是？你這樣的能找到女朋友全靠臉。」安子含忍不住數落一句。

「你比我強很多嗎？劈腿渣男。」烏羽立即反駁，別人說他都無所謂，但是安子含有什麼資格批評他？

「嘿！我知道我自己人不怎麼樣，所以找的都是炮友，你是對不起人家小姑娘。」

「種馬。」

安子含氣得不行，還要再回擊兩句，卻被蘇錦黎攔住了：「你就適合找安大哥那樣的對象。」

「我找一個身高一百九十三公分的對象？比我高六公分？天天拎著我玩嗎？我投進她的懷抱？」安子含嫌棄地問。

「不是，就是你只要不乖就揍你一頓，你便老實了。你就是欠收拾。」

「別逗了成嗎？我喜歡軟萌可愛的。」

「烏羽至少比你強，他很專一好嗎？而且分手了也不說前任一句壞話。」蘇錦黎幫著烏羽嗆安子含，安子含氣得不行，往床上一倒。

等安子含不說話了之後，蘇錦黎就開始幫忙想辦法：「你能幫忙阻攔一下嗎？」

「發微博保護估計會起反效果，原本不知道的，都跑去圍觀了。而且，會引起女友粉的反感，從而更加攻擊女朋友。」範千霆搖了搖頭。

範千霆拿出手機搜索了一下，感嘆道：「你前女友挺漂亮的啊，清純型。」

烏羽特別無奈，問：「什麼時候了，你還關注這個。」

蘇錦黎已經好奇地伸手去拿範千霆的手機，結果被烏羽訓斥了之後，又可憐巴巴地收回手，就好像什麼都沒發生過。

「你們公司不管嗎？」範千霆問。

「波若鳳梨對烏羽是零公關，他根本就是放養的。」安子含又接了一句。

「那我跟我哥說一聲，讓他幫幫忙吧。」蘇錦黎立即說道。

烏羽卻立即按住蘇錦黎，「你哥現在在公司裡的情況很尷尬。」

「嗯？怎麼了？」

「他剛轉股東，跟公司高層鬥得厲害，雖然一直在碾壓對方，但是一直被盯著抓把柄。我身分尷尬，如果他幫我，對他不大好。」

安子含終於坐起身來，問：「要不要找我們世家傳奇公關組來幫忙？」

烏羽看向安子含，微微蹙眉。

「我們家的情況不複雜，風格就是簡單粗暴，財大氣粗。」安子含繼續補充。

「那……幫幫我吧。」烏羽很少跟安子含低頭，這次是真的不想前女友被連累，所以第一次對安子含這種態度。

「叫聲哥哥我聽聽。」安子含得寸進尺。

「我比你大！」

「我就愛當哥哥。」

烏羽氣惱了一會，還是叫了一聲：「哥。」

安子含立即美滋滋地拿出手機，給江平秋打電話，沒一會就吩咐完了。

「全網刪，控制熱搜，費用你後期得還給我。」安子含對烏羽說。

事情解決，在安子含這裡只用了三分鐘。

烏羽最開始還不信，等了一會上微博看，果然少了很多消息，他的熱搜詞也不見了。烏羽又抬頭看了看安子含，見安子含一副等待誇獎的模樣，心裡又一陣不爽，卻還是說道：「謝謝。」

「謝什麼啊，小意思。」

另外一邊，蘇錦黎暗搓搓地去拿範千霆的手機，看了一眼烏羽前女友的相片，然後小聲感嘆：「好漂亮啊。」

安子含則是大大咧咧地走過來，跟著看，問烏羽：「你喜歡酒窩類型啊？」

「反正不是蛇精類型。」烏羽接了一句，從口袋裡取出手機給前女友發了一條消息：我會努力控制輿論的。

前女友很快回覆了一句：嗯，好的。

烏羽想了想，回覆了一句：嗯。

然後就發現他被前女友拉黑了，頓時又失落了幾分。

安子含眼神亂瞟看到了，到烏羽身邊問：「你女朋友倒是不糾纏啊，她不知道你紅了嗎？」

「你當誰都像你的蛇精姐妹團一樣啊？你是不是都不敢讓她們趴在你胸口，以防下巴扎進你心口裡。」

「你怎麼總那麼煩呢？一件破事來回提。」

烏羽跟安子含又互相看不順眼了一會，蘇錦黎突然站起身來，開始唱自己的歌。

其他三個人全看傻了，問：「你幹麼？」

「緩解一下尷尬的氣氛。」蘇錦黎回答。

「你怎麼跟你哥一點都不一樣呢？」安子含問。

「你跟你哥還不一樣呢。」實力反駁。

範千霆又好奇了：「蘇錦黎哥哥到底是誰啊？」

「不告訴你。」蘇錦黎跟安子含異口同聲地回答。

烏羽拿著手機看了一會，問：「周文淵的新聞是你們家搞的嗎？」

其他人的目光立即被吸引過去，網路上出現新的熱搜詞：周文淵校園暴力。

這個突然出現在熱搜第五位，點進去就能看到周文淵在學生時代，曾經對同學進行過校園暴力。微博上還附了周文淵穿著少年犯的服裝，被記者採訪的圖片。

蘇錦黎看著相片，詫異地問：「他以前還欺負同學啊？」

「本來你說周文淵是兇手，我還不大相信，現在終於相信了。最近周文淵了無音訊，是被抓起來了嗎？」範千霆看著這些新聞，問道。

蘇錦黎自然知道一些事情，怕自己說露餡，於是沒回答。

安子含則是說道：「周文淵家裡挺殷實的，如果周文淵想出道，這些消息肯定處理乾淨了，不該被找出來。」

「被人花了更大的價錢找出來了唄。」烏羽回答。

安子含跟烏羽同時看向蘇錦黎，蘇錦黎立即搖了搖頭。

沈城說過，他們要低調地處理這件事情，就怕有新聞傳出來，影響了他們的事情。畢竟他們的處理方法是不能公開的。

安子含低頭給江平秋發消息。

安子含：江哥，周文淵的消息你知道是怎麼回事嗎？

江平秋：你不是要幫你朋友公關嗎？

安子含：是啊。

江平秋：你哥最近在調查周文淵，手裡有料，就順便拿出來轉移視線了。

安子含拿起手機，給烏羽看。

烏羽看完，問：「周文淵的黑料炒作費用，不用我還給你們吧？」

「你的關注點居然是這個？」

「我很窮的好嗎？我固定補貼金目前只有一個月一萬多一點。」

蘇錦黎立即跳了起來，「你一萬多啊？我才五千五百塊，勇哥跟我說算是高的了。」

安子含聽完做了一個往下滑的手勢，「你那個小破地方，給五千五不錯了。我聽說，還有公司一個月只給一千補貼，包吃包住的。」

「我現在算你們公司的吧，我工資多少啊？」

「扣完保險跟稅，八千多吧。」

範千霆突然弱弱地舉手，「我一個月一千五，包吃包住型。」

蘇錦黎突然覺得他的工作室對他非常不錯了，果然是一哥待遇。

「你們合約什麼時候到期，來我們世家傳奇啊？」安子含問。

範千霆還真挺感興趣的，追問了起來。

烏羽則是比出兩個手指頭，「我還有將近兩年。」

這個時候，蘇錦黎的手機響起了提示音。

侯勇：小錦鯉，我們加班加點，給你製作了一首曲子，就差填詞了！

侯勇：想不想聽一聽？

侯勇：我們加班加到還沒時間看你新一期的比賽，等一下我們要一起在工作室裡看。

蘇錦黎：辛苦你們了，我聽聽看。

侯勇放下手機，揉了揉眼睛。

工作室的其他同事已經開始整理大螢幕了，他們打算看最新一期的《全民偶像》，如果不是加班加點，給蘇錦黎量身訂做自己的曲目，他們也不會拖這麼久沒看。

他們工作室前陣子，全是靠德哥的部門給別人作詞作曲來維持。現在，因為蘇錦黎，他們真的是鹹魚翻身了，最近已經開始有廣告商來聯繫侯勇，想要讓蘇錦黎接一些代言，費用是世家傳奇把關，給得合理，才會送到侯勇這裡。

就算他們給蘇錦黎的合約划算到不行，工作室也能因為蘇錦黎大賺一筆，一個月安排七個代言要拍，最近還有劇本往他們這裡送。

老闆都難得地大手一揮，給他們改善了工作室的環境，換了一批新設備，當然，這筆錢是世家傳奇給批的。

打開螢幕，播放網路電視。每次蘇錦黎出現，他們都會驚呼一聲，然後說：「我們公司的一哥非常帥了。」

「我覺得C位應該是烏羽，他太穩了。」

「說不定就是我們小錦鯉呢。」侯勇打了一個哈欠，看著評審們選擇。

初期，大家好像比較喜歡烏羽，只有顧桔一個人堅持幫蘇錦黎說話。

德哥忍不住說道：「顧桔好像對小錦鯉滿照顧的。」

等播放到確定C位是蘇錦黎的時候，工作室裡就像申辦奧運會成功了一樣，全場歡呼，甚至有兩位女同事直接哭了出來。

等蘇錦黎化妝完畢，出現在鏡頭裡，直接有人尖叫：「我們的小錦鯉太好看了！」

「實力與美貌並存。」

「說什麼呢，我們一哥那叫英俊瀟灑。」

「太爭氣了，我光想到我跟他做同事，就覺得特別神奇。」

貧民窟公司，飛出了一條金錦鯉，帶著整個工作室「發家致富奔小康」。從私人工作室的員工，突然享受了五百強公司的福利待遇，他們之前想都不敢想。

就像上次的全民潑水節一樣，這次節目組又準備了選手們的互動，當做節目裡的彩蛋環節。節目組的策劃案也是一邊錄製，一邊緊急修改。如果總是清一色的選秀內容，觀眾們也會覺得乏味。就好像他們在寢室裡安裝攝像機，就是想拍攝選手們生活裡的花絮內容，觀眾們也喜歡看。

他們要帶著前三十名的選手去參加音樂節，在音樂節上選手們還會表演節目，為自己拉票。表演在晚上，他們當天白天就先抵達會場，給他們派發的任務就是……給自己發傳單，宣傳他們自己。

節目組給他們每個人都製作了音樂節的傳單，傳單上是他們在MV裡的造型相片，還有邀請話語。得到傳單的觀眾，只能憑藉一位選手的傳單入場，今天晚上，憑藉個人傳單入場最多的選手，將會額外得到場外投票數量。

剛剛到七月份，是天氣正炎熱的時候，今天的天氣格外好，幾乎萬里無雲，連霧霾都沒有。

安子含在車上就開始幫蘇錦黎塗防曬，「這種天出去發宣傳單，絕對會被曬脫皮。」

蘇錦黎也覺得有點難為人，於是回答：「你慶幸沒下雨吧，不然更難受。」

「你說節目組這個點子怎麼這麼餿呢，不會引起混亂嗎？」安子含忍不住問。

「真瞧得起你自己的人氣。」坐在另外一邊的烏羽突然說道。

「你不看微博都不知道，你曉得我微博有多少粉絲了嗎？」

「不想知道，而且你的微博粉絲也沒全在這裡。」

蘇錦黎塗完防曬，就去看自己的宣傳單了，看著自己的相片忍不住說：「還真滿好看的。」

「什麼時候變得這麼自戀的？」安子含拿著防曬噴霧猛噴。

「就是上次粉絲截圖只截我的那次開始。」

安子含又立即不爽了起來。

下車之後他們開始分頭行動。

節目組目前經費充足，所以防衛工作做得算是到位，不會讓選手們出現什麼問題。

蘇錦黎下車後原本還跟安子含他們在一塊，沒一會就分開了。

安子含下車後就直奔賣小吃的地方，知道那裡人最多，走了沒幾步，就開始誇張地大叫：「烏羽！烏羽！你怎麼在這裡？」

烏羽看過去，就看到魚缸裡的烏魚，忍不住翻了一個白眼，扭頭就走。

蘇錦黎在旁邊看了看，也不知道追誰好，周圍的人又特別多，他拿傳單發著發著就被粉絲們簇擁著，跟其他人分開了。

「蘇錦黎，我超級喜歡你！」

「小錦鯉，你嗓子好點沒？」

「身體好了嗎？」

「我可以捏你的臉嗎？」

很多粉絲認出了蘇錦黎，主動過來跟蘇錦黎要宣傳單，還在打聽蘇錦黎的情況。

蘇錦黎笑呵呵地依次回答，還會配合地幫忙簽名，之後又繼續發宣傳單。

有粉絲拿走一些宣傳單，幫他一塊做宣傳，幾個小姑娘聚在一起，特別熱情地推銷蘇錦黎，把蘇錦黎誇得天花亂墜，就跟天神下凡了似的。

蘇錦黎走過去問她們：「妳們是仙女嗎？怎麼這麼好？」

「我們就是小仙女啊！」女孩們回答。

「你這麼會說話，是怎麼單身的？女孩們怎麼會放過你？」

「能幫到你，我們特別開心！」

蘇錦黎口袋裡沒帶紙巾，就用自己的袖子幫她們擦了擦汗，結果引得一陣尖叫聲，他有點不好意思地笑了笑，「我真心實意誇妳們的，妳們人真好。」

沒一會，女孩們就開始給蘇錦黎宣傳，只要願意拿著蘇錦黎的宣傳單入場，就讓蘇錦黎跟他們合影。到後來，宣傳單都是幾個女孩在發，蘇錦黎全程都在配合拍照，外加給粉絲簽名。

「我想請妳們喝汽水，可是我沒帶錢。」蘇錦黎摸了摸口袋，為難地說。

「你是汽水專業戶嗎？上次在廣場上就請人喝汽水。」

「啊，妳們怎麼知道？」蘇錦黎詫異地問。

「你沒看微博嗎？」

蘇錦黎搖了搖頭。

女孩們七嘴八舌地跟他說著八卦，蘇錦黎聽得目瞪口呆，他帶著幾個女孩轉移陣地，路過一個小攤子停了下來，對她們說：「誰能借我二十塊錢。」

立即有女孩子掏錢了。

蘇錦黎拿著二十塊錢去小攤子前遞給攤主，接著拿起弓箭，問身邊的女孩們：「妳們想要什麼東西？」

女孩們非常興奮，指著攤子上她們喜歡的玩偶。

蘇錦黎的箭法是特意練過的，堪稱百發百中，他只要瞄準一個就會射中，拿到禮物。以至於，蘇錦黎最後用二十塊錢射中了九個玩偶、一個五十元現金。

攤主很崩潰，但是因為蘇錦黎來過，他這裡倒是一下子吸引了不少人。外加有鏡頭在，他也沒說什麼，就沒見過這麼砸場子的，把好的禮物拿走了一大半。

蘇錦黎將錢還給一個女孩，接著拿三十塊錢對她們說：「我給妳們買甜筒吃吧。」幾個女孩立即興奮得尖叫起來，能跟愛豆近距離接觸，先是被蘇錦黎送禮物，愛豆還給她們買甜筒吃，簡直要興奮哭了。

一個女孩一直念叨著：「這絕對是我人生中最幸福的一天。」

「妳最幸福的那天，是妳出生的那天。」蘇錦黎回答完，遞給她一個甜筒。

蘇錦黎因為有人幫助，宣傳單很快發完了，他跟攝像師溝通一下，決定現在就返回集合地點。他在發宣傳單的時候已經走出很遠，回去時為了避開人群，特意走了比較偏僻的小路，是攝像大哥開著導航引路的。

他們途經了一處小茶館，蘇錦黎看到這個建築覺得很好看，於是抬頭看了一眼，突然看到熟悉的人，他立即抬手揮了揮：「老爺子！嗨！」

坐在二樓涼亭下面的老爺子，探身朝蘇錦黎看過來，並未說話。

「您身體好點了嗎？」蘇錦黎問。

「你是？」老爺子問。

「上次你在車裡暈倒了，我給你送去醫院的啊。」

老爺子盯著蘇錦黎看了一會，又重新坐好了。

蘇錦黎以為老爺子不打算理他，準備離開，沒想到很快被人請去了二樓，還有人控制住攝像師跟保鏢，讓他們不許再繼續拍攝。

他疑惑地上樓，走進去後，就看到二樓室內只有幾個穿著西裝的人，也不是喝茶的，反而像是保鏢。蘇錦黎跟著請他上樓的人走到露臺上，看到老爺子，於是繼續笑著問好：「您身體康復得很快啊。」

「嗯，是啊，你坐下喝口茶吧。」老爺子說得還算是客氣，可是身上的那種生人勿近的氣勢，還是帶著生疏。

「我確實渴了。」蘇錦黎坐在老爺子的對面，看著面前的茶壺擺放，又看了看老爺子，將雙手放在了椅子的扶手上，翹起二郎腿來，垂而不抖，這也是一種規矩。

老爺子看了蘇錦黎兩眼後，主動幫蘇錦黎斟茶。

喝茶講究七分滿，很早就有講究「酒滿敬人，茶滿欺人」，這點愛茶之人自然不會疏忽了。

蘇錦黎端起茶碗喝了一口，誇讚道：「真香。」

「現在年輕人喜歡喝茶的倒是不多。」

「我經常陪我爺爺一起喝茶，不過我家裡的茶大多拿不出手。」

「再吃點核桃。」老爺子推了一盤核桃到蘇錦黎面前。

蘇錦黎一臉苦兮兮的表情，「我不大喜歡吃這個，感覺有點苦。」

「這盤不苦，你嘗嘗看。」老爺子繼續勸說。

蘇錦黎吃了兩顆，還是覺得不好吃：「我真的不大喜歡吃。」

「這個多吃點好，補腦子。」

「哎呀，可是不好吃。」

「你們這些年輕人，就愛吃一些垃圾食品。」

蘇錦黎還急著回去，所以坐了一會，就說道：「既然您身體好了，我就先走了。」

「你跟那位女士有聯繫嗎？」老爺子突然問了這個問題。

「你說尤拉姐啊？有啊。」

「她跟沒跟你說過，我曾經幫助過她？」

「說過啊。」

老爺子覺得有點意外，問蘇錦黎：「你就沒有什麼需要我幫你的嗎？」

蘇錦黎被問得莫名其妙，「您都幫尤拉姐了，算是報恩了，我還能要求您什麼啊？再說了，在路邊碰到有人出車禍肯定是要出手相救的，這就跟在路邊撿到一塊錢，交給警察叔叔是一樣的道理。」

這個回答倒是讓老爺子很意外，笑了笑繼續看著蘇錦黎，問：「那你不在意嗎？我只幫了她，沒幫你。」

蘇錦黎如實地回答：「這在意什麼啊，她人好，是會得到回報的。而且，她給了我一張卡，裡面有十幾萬元錢，這個卡起了大作用了。」

老爺子立即明白了，原來是尤拉給了蘇錦黎其他的恩惠，才讓蘇錦黎不再計較，於是只是繼續問：「起了什麼作用？」

蘇錦黎就老老實實地把浩哥的事情說了。

老爺子這才發現，蘇錦黎又用了這筆錢幫助另外一個人，依舊是萍水相逢的人。

「你倒是願意相信人。」老爺子感嘆。

「他是好人，能看出來的。」

「你這是傻。」老爺子說得毫不留情。

「我要是不傻，您能坐在這裡嗎？」蘇錦黎問。

老爺子倒是被問住了，看向蘇錦黎，無法反駁。老爺子尷尬了一會，輕咳了一聲，接著說：「那挺好的，繼續保持。」

「嗯，好的。」蘇錦黎笑呵呵地應了，又準備要走了。

「你會下棋嗎？」老爺子指了指不遠處的棋盤。

「啊？我得回節目組了。」蘇錦黎連忙拒絕了。

「什麼節目組？」

「就是一個選秀節目，我在參加比賽。」

老爺子聽完點了點頭，卻很不喜歡：「當明星有什麼好的，整個圈子裡都烏煙瘴氣的，我就很不喜歡這些明星。」

「會被很多人喜歡啊！當你站在臺上，看到粉絲舉著寫著你名字的牌子，還喊著你的名字，會覺得超級興奮。」

「我不喜歡，吵鬧。」老爺子立即否定了。

蘇錦黎也沒辦法，剛想要離開，老爺子又指著棋盤再次問他：「你會下棋嗎？」

「啊？」

「陪我下盤棋吧，我會派人去跟你的節目組說。」

蘇錦黎只能坐下，有人端來棋盤放在他的面前。

他們當然不是下五子棋，而是下圍棋。老爺子執黑子，蘇錦黎則是白子，老爺子很有信心，還問蘇錦黎：「用不用讓讓你？」

「不用，您按照您的想法來。」

蘇錦黎何止會下棋，他成精初期，跟著哥哥偷偷去看那群文人雅士下棋很多次，自然學到了不少。還有師傅在教弟子如何下棋時，蘇錦黎也旁聽過。

蘇錦黎下棋的時候很著急，想趕緊離開，所以每次下子的速度都非常快，幾乎不用猶豫。前期還好，後期老爺子就犯了難，看著棋盤半天都下不定決心，斟酌半天才下一子。

蘇錦黎看一眼，就立即跟了一子。

老爺子看著棋盤，知道自己要輸了，不由得有點沉默。他是圍棋愛好者，這些年裡經常跟棋友切磋，就連今天也是在等棋友，他自認為他還是有些實力的，結果居然被碾壓了。

蘇錦黎還是那種漫不經心的下棋，讓他一點緩解的方法都沒有，難道這些年裡，都是別人在讓著他嗎？

「再來一次。」老爺子有點不甘心地說。

「哎呀，我真要回去了。」蘇錦黎急得不行。

老爺子立即跟身邊的人吩咐，讓他們去跟節目組打招呼，蘇錦黎這才答應。

這時，跟老爺子約好的棋友也來了，同樣是一名中年男子，看起來五十來歲，氣質不俗。

他進來之後，看到蘇錦黎似乎很疑惑，笑呵呵地問：「時老，這位是？」

「上次我出事，救我的小夥子。」

「喲，那是救命恩人啊。」

「嗯。」時老回答問，繼續讓蘇錦黎陪他下棋，「再來一局。」

剛來的中年男子也跟著坐在一邊，看他們下棋。

這一次，依舊是之前的狀態，老爺子深思熟慮後才下一子，蘇錦黎很快就跟著落下一子，幾乎不用思考。

旁邊的中年男子看得直發愣，但是因為觀棋不語，他倒是一句話沒說，一直沉默地盯著棋盤，看上面的局勢。

這一次，依舊是蘇錦黎贏了。

老爺子跟中年男子盯著棋盤，一邊看一邊議論，似乎在討論有沒有破解方法，卻沒討論出來。

蘇錦黎見他們倆半天研究不出什麼，就把他們倆當成了「臭棋簍子」，開始給他們講解思路。講解完，蘇錦黎直接站起身來，「我真得走了，我們有彩排的。」說完便快步下樓離開。

時老跟中年男子對視了一眼，忍不住一起笑了起來。他們下了半輩子的棋，居然被一個年輕人吊打了，再聽蘇錦黎剛才那惋惜的語氣，顯然是覺得他們很菜。

「這小子倒是有點意思。」中年男子評價道。

「傻乎乎的，這樣的腦子進娛樂圈，混不了三年就被人欺負死了。」時老很是氣悶地說道。

「難得你願意跟小明星聊天。」

「畢竟是救命恩人。」

「你感謝他了嗎？」

時老搖了搖頭。

「他跟你提什麼要求了嗎？」

時老又搖了搖頭。

「我怎麼覺得你挺喜歡他的呢？」

時老十分不屑地說：「也不吃核桃，挑食，我怎麼會喜歡這種孩子？」

「喔，來，我們倆下棋。」

「不下了。」時老被蘇錦黎完虐後，下棋的興致全無。

「你這臭脾氣啊。」

蘇錦黎回到節目組安排的地方時，已經有部分選手回來了，烏羽、範千霆跟常思音都在，倒是沒看到安子含。

等快到截止時間安子含才回來，還戴著帽子、墨鏡跟口罩，手裡拎著一堆小吃，對他們幾個人晃了晃。他們立即飛撲過去，拿了小吃就走了。

「你怎麼買的啊？我們都沒有錢。」蘇錦黎吃著羊肉串問。

「這附近有一家KTV是我家的產業，我就進去說一句話：『我，給錢。』他們就給我錢了。」

「聽起來像去打劫了一樣。」蘇錦黎回答完，就看到張彩妮氣喘吁吁地回來，立即問：「妳要吃嗎？」

「拿我的東西送人情？」安子含不爽地問。

「你不是我哥嗎？」蘇錦黎反問。

安子含瞬間沒脾氣了，對他揮了揮手，「全都拿去。」

張彩妮立即笑呵呵地走過來，感嘆道：「我出去的時候就看著眼饞了，可惜兜裡一分錢沒有，手機還不在。」

幾個人一起吃東西的時候，節目組的工作人員過來宣布今天的計畫。

他們需要表演的節目還挺隨機的，有想表演之前比賽裡節目的，可以一起組隊。如果有其他想法，可以自由組合，或者單人表演。每個人最多可以報兩個節目，彩排的時候會篩選節目。

蘇錦黎他們聽完，就準備湊一塊表演一個節目。

他們幾個進入節目組以來，最多就是兩個人碰到一組，有的時候還是競爭關係。像這次這樣能夠自由組合，單純上臺表演，還是讓他們很興奮的。

「高音的歌就不選了吧，蘇錦黎嗓子不行。」烏羽主動放棄了自己擅長的歌路。

「唱點常見的歌，我們沒排練過，別跟去KTV似的，有失水準。」安子含這樣建議。

他們討論來討論去，後來發現問題最大的是蘇錦黎，他很多歌都沒聽過。

「要不我們找音樂，你現場表演口技吧……」安子含這樣問。

「還是唱主題曲吧……」蘇錦黎委屈巴巴地說。

幾個人互相看了看，也就只能這樣了。

「還報其他的節目嗎？」範千霆問。

「要不我們倆合唱一首歌吧，給你拉拉票。」蘇錦黎問他。

「別了，你唱一首得了，嗓子不好別逞強。」

「那跳舞也行啊。」

「咱倆都沒一塊合作過，能跳什麼舞？」

蘇錦黎立即表演起比心舞。

範千霆看得直翻白眼，這個破舞長得帥的人跳是可愛，他跳是油膩。

張彩妮在一邊安靜地吃東西，看著他們幾個。

「妳要跟我合唱嗎？」蘇錦黎突然問張彩妮。

安子含看到這裡，忍不住揚眉：「你們倆發展得不錯啊，唱個《花好月圓》得了，不費嗓子。」

「我不和你合唱，不然會被你的粉絲罵的。」張彩妮立即拒絕了。

「咱倆合唱！」安子含拍範千霆的肩膀，說道。

「唱什麼？」範千霆無奈地問，他可不大喜歡安子含這個神經病，一上臺就蹦蹦跳跳的，跟隻猴子似的。

他跟安子含搭檔，需要配合著跟著一起跳嗎？安子含至少是一隻長得好看的猴子，他呢？醜人多作怪！

「唱個甜點的歌，《私奔到月球》吧，我唱女生部分，你唱男生部分。」

「為什麼不和烏羽唱？」範千霆依舊嫌棄。

「怕心梗。」

到最後，蘇錦黎跟烏羽都只報了他們集體表演的節目，唱主題曲。常思音倒是跟張彩妮碰到了一塊，商量著報了一個節目。

到了彩排的時候，他們發現安子含跟範千霆的合唱就跟上臺表演了一個小品似的。

本來以為這個節目會被PASS了，沒想到節目組居然留下來，真的讓他們倆表演了，範千霆唱完現場後都要崩潰了。

這一次的比賽，最後入場最多的人是安子含，他下臺後還在嘚瑟：「就是這麼有人氣。」

「說吧，你們家公司有多少人來撐場子？」烏羽數落他。

安子含沒回答，反正是KTV裡所有的員工全都提前下班過來了。

安子晏終於拍完今天的戲，這部戲也正式殺青了，這天晚上劇組還特意舉辦了一場慶功會。

安子晏拿著酒杯，走到旁邊拿出手機刷微博，就發現蘇錦黎他們今天又霸占熱搜了。

他隨便搜尋了安子含的名字，就看到粉絲們拍了安子含現場的圖片，還誇讚安子含本人要比電視上帥幾千倍。

他又搜索了蘇錦黎的名字，就看到陌生的熱搜詞：蘇錦黎男友力。

這個詞……不大適合他吧。

點開，就是蘇錦黎帶著粉絲射箭的小視頻，一個接一個的玩偶拿給粉絲，這個片段看起來還真是挺有男友力的。這小子會的東西倒是不少，還會射箭，真是個復古系男孩啊。

他又看了一會，江平秋就來到他身邊。

「怎麼了？」安子晏問。

「周文淵死了。」

「什麼！」安子晏驚訝地問，他想過沈城他們會報復，但是沒想到居然給弄死了？

他這些年裡跟沈城互相坑對方不少回，他還放過沈城陣營的藝人的黑料，導致那個人沉寂了兩年，最近剛剛復出還全是罵名。這麼說的話，他是不是要被沈城弄死好幾次了？

「死的方式很……很離奇，成乾屍了，不過能夠看到身上有很多傷口，很猙獰，最可怕的是傷口都是自己難受的時候造成的。而且……消息被封鎖了，周家的人也沒鬧。如果不是我們最近一直在關注，估計也不會知道。」江平秋回答。

安子晏點了點頭，拿起手機，看著視頻裡的蘇錦黎。

蘇錦黎啊……你到底是不是正常的人？

那沈城呢？你們到底是什麼關係？

第五輪比賽很快就開始了。

在訓練營裡待久了，每天沉浸在練習裡根本不會覺得度日如年，反而覺得時間總是不夠用。練習一會就被叫去錄採訪視頻，或者被叫去拍海報，節目組最近還開始給他們安排廣告拍攝。人氣越高的被安排的工作越多。

這一輪比賽，節目組還請來助唱嘉賓，因為助唱嘉賓也會吸引粉絲到現場，所以也沒做保密工作。選手們都知道陸聞西要來，很多人都變成了小迷弟跟小迷妹，興奮得不行。

說起來，陸聞西一開始以小鮮肉走紅時也是被罵得很慘，人送外號「錄吻戲」。結果後來漸漸扭轉了自己的形象，還因為土石流後救人的視頻，讓他徹底暴紅，成為微博粉絲最多的藝人。

到如今，提起陸聞西大部分都是好評，難得有幾條差評也會被一群人炮轟，可以說是逆襲的典範，節目請他來還是很有分量的。

蘇錦黎坐在化妝間裡，波波一個勁地擺弄蘇錦黎的頭髮，問：「換個髮色吧，你都黑髮參加四輪比賽了。」

「就像安子含那樣的金色頭髮嗎？」蘇錦黎問。

「他是染的，你現在染來不及了，我就臨時給你弄點顏色吧，綠色怎麼樣？」

「也行？」

安子含就坐在蘇錦黎身邊，聽完直樂：「蘇錦黎難得跟小姑娘合唱一首歌，結果你給人家頭上弄一抹綠？你埋汰誰呢？」

波波乾脆把自己的家當都拿出來了，讓蘇錦黎自己選：「我這裡有綠色的、粉色的、灰色的、藍色的、紫色的、酒紅色的。」

安子含看了看後指了指櫻花粉的：「就粉的，讓他今天都是粉紅色的，就像戀愛了一樣。」

蘇錦黎不懂這些東西，安子含說什麼是什麼了。

波波用的是一次性的染髮膏，沒一會就幫蘇錦黎整理好了頭髮，他盯著鏡子裡的自己看了半天，覺得特別神奇。

頭髮真是成了粉色的了。

「你頭髮太黑，上色不大容易，好在效果還行，果然皮膚白的人配什麼髮色都好看。」波波看著蘇錦黎很是滿意。

蘇錦黎全部收拾妥當後，就去找張彩妮了。

張彩妮比較早化妝，現在正在外面抽菸，見到蘇錦黎過來立即將菸掐了。

「今天的造型挺騷氣啊。」張彩妮看到蘇錦黎後說道。

「妳的腦袋爆炸了嗎？」蘇錦黎指著張彩妮綁著的速食麵頭問。

張彩妮不想跟蘇錦黎聊天了，幸好放棄得早，不然一天會被蘇錦黎氣死七、八次。

他們兩個人說話的工夫，有工作人員叫蘇錦黎過去一趟。

蘇錦黎還當是要安排什麼拍攝就跟著走了，結果是進入陸聞西的化妝間。

他剛走進去，陸聞西就打了一個響指，「我喜歡你這種髮色，我當年就染這種粉色跟我家相公見面的。從那以後他就再也不許我染這種顏色了。」

「那是好還是不好啊？」蘇錦黎疑惑地問。

「老幹部不喜歡唄，我覺得挺好的。」陸聞西回答。

「陸哥，你叫我來有事嗎？」蘇錦黎進去之後，客客氣氣地問。

「告訴你個消息，周文淵死了。」

「什……什麼？」蘇錦黎驚訝得眼睛都睜圓了，竟然做得這麼狠嗎？

「我原本以為，刺激他兩句可以讓他放棄掙扎，結果沒想到他放棄得那麼徹底，簡直就是自虐型的自殺。」陸聞西想起周文淵的樣子，也忍不住微微蹙眉。

蘇錦黎愣愣的，不知道該說什麼了，好半天回不過神來。

「我最開始以為，周文淵在意他的父母，不想損耗他父母的陽壽呢。調查之後發現，的確是他的父母帶他去顧家續命的，他的父母應該知道周文淵繼續活著，會消耗他們的壽命。」

「所以是……父母為了孩子犧牲了自己嗎？」

「對啊，很感人是不是？結果呢，卻不是這樣，他的父母在他續命後不久，領養了一個女孩子，年紀跟周文淵差不多大，你能猜到了吧？」

蘇錦黎整個人都震驚了，坐在許塵搬來的椅子上，半天回不過神來。

「所以是……他的父母領養一個女孩子，給周文淵續命嗎？」蘇錦黎問。

「對，周文淵多活一年，這個女孩子會少活三年。周文淵在知道這個消息後自願死亡了，周家的人也知道周文淵已經是逆天改命，出事後倒是很安靜。」

「周文淵在錄節目的時候，提起過自己的妹妹。」

「我猜他們倆感情很好，不然周文淵也不會這樣做？你覺不覺得，這件事情突然很有內涵？」

陸聞西對蘇錦黎挑了挑眉問道。

「為了自己活著，損耗別人的壽命，本來就不地道，我覺得周文淵做得對啊。」

「……」陸聞西覺得無聊，他可是想聊腦洞劇情的，於是忍不住撇了撇嘴。

「我還是想不明白，他為什麼要害我？」

蘇錦黎垂下眼眸，倒是不同情周文淵，周文淵本來就應該死了的人，結束生命是應該的。但是他想不明白，周文淵為什麼要害他？他跟周文淵很少有來往。

蘇錦黎剛剛問完，就有人敲了敲陸聞西化妝間的門。

陸聞西對蘇錦黎示意了一下，許塵就打開了門，安子晏從外面走進來，手裡還拿著腳本，似乎是要跟陸聞西對節目流程。

走進來後，看到蘇錦黎居然坐在裡面，腳步不由得一頓，他們居然也認識？

「嗨。」陸聞西對安子晏打招呼，露出招牌式……輕浮的微笑。

蘇錦黎也乖乖地叫了一句：「安大哥。」

「不是讓你改稱呼嗎？」安子晏走進來的時候，將腳本遞給陸聞西。

「我想了很久，也沒想到該怎麼叫你。」蘇錦黎老老實實地回答。

「有什麼備選嗎？我幫你想想。」陸聞西對這件事情很感興趣。

「大鼻孔。」蘇錦黎回答。

「嗯，很貼切。」陸聞西比量了一個大拇指，安子晏的鼻子確實比其他人挺一些，跟他是混血兒有關。

「滾蛋。」安子晏罵了一句。

「你不是說他鼻孔精緻嘛，你就叫他小精緻。」陸聞西再次提議。

蘇錦黎想了想後覺得可以，於是點了點頭，「好。」

安子晏忍不住問：「怎麼，你還看了節目？」

「我哪有時間啊，我就看了剪輯的版本，總共才幾分鐘，剛好有這段。」

「最近忙什麼呢？」

「自從不被罵以後，我就每天忙到飛起，代言跟劇本都不間斷，隔一年後，我又開始巡迴演唱會了，沒閒下來過，唉。」陸聞西嘆了一口氣，看向安子晏，「我知道你就沒有我這種煩惱，畢竟你一直在被黑。」

安子晏笑得特別猙獰，看了許塵一眼，沒跟陸聞西計較，好漢不吃眼前虧。

蘇錦黎知道他們要說事情，立即起身說道：「陸哥，許哥，小精緻，我走了啊。」

蘇錦黎真的這麼叫安子晏，逗得陸聞西大笑不止，就連一邊COSPLAY空氣的許塵都跟著笑了一聲。

蘇錦黎沒敢多留，趕緊跑了。

安子晏看著蘇錦黎離開，將門關上。

「你們這些非一般的人，倒是會聚集在一起。」安子晏好似不經意地說，走到鏡子前看自己的髮型，實則從鏡子裡觀察陸聞西的表情。

「是啊，像我們這樣帥到慘絕人寰的小男生，就是喜歡一起玩。」

「剛才那個孩子比你小七歲，你怎麼好意思？」

「可我娃娃臉啊。」

「你們都會道法嗎？就是小說裡那種功法似的東西。」安子晏轉過身來，正面面對陸聞西，繼續追問。

「你這個年紀，不該沉迷這種玄幻小說吧？」

「這也是無奈啊，莫名其妙地就看到隔空取物啊什麼的，怪嚇人的。」

陸聞西忍不住多看了安子晏一眼，已經猜到安子晏在試探了，於是開始打太極：「你為什麼不去問那個小朋友，他好像不會撒謊。」

安子晏低下頭，垂著眼眸嘆了一口氣：「我還沒做好心理準備。」

如果他突然知道真相，能不能坦然接受呢？

然而，他自身的不正常，讓他更容易相信一些奇奇怪怪的東西。

「不過我勸你別關心太多，他不會傷害你，也不會傷害你弟弟，還能給你賺錢，你就消停地當好老闆就行了。」陸聞西給了安子晏勸告，如果安子晏敢對蘇錦黎做什麼，沈城估計又要爆發。

安子晏見陸聞西果然知道些什麼，只是不願意跟他多說，他也不問了。

「根據安排，你會表演一首歌，然後在最後的環節，跟人氣第一名的選手合作，有一段互動。」安子晏開始介紹流程。

「好。」

「明天我們倆還要跟著節目組，參加一個全民運動會……唉，之前全民潑水節，後來全民音樂節，這次又全民運動會。」

「行，我知道了。」

安子晏也不多留，直接走了出去。

【第四章】終於表白了

安子晏走到轉角處，看到蘇錦黎居然在幫劇組搬東西，也不怕妝花了。他把蘇錦黎叫過來，問：「身體好點了嗎？」

「嗯，好多了。」

「聲音聽著比以前好一些了，最近在用什麼藥嗎？」

「嗯……腳氣一次淨。」

「什麼？」

有的時候，安子晏真的弄不明白，蘇錦黎說的話是真話，還是一個搞笑的梗。

「這個髮型……怎麼這麼騷氣？」安子晏問蘇錦黎。

「子含幫我選的顏色。」

「你別總讓他霍霍你。」

「霍霍我是什麼意思？」

「別總讓他糟蹋你。」

蘇錦黎覺得，他跟安子含之間非常純潔，怎麼能算是糟蹋呢？

於是疑惑地回答：「您言重了吧，我們只是朋友，他在給我意見。」

安子晏意識到自己的詞語，蘇錦黎很多都不懂，於是嘆了一口氣，擺了擺手，「回去準備比賽吧，我以後跟你說普通話。」

「好，小精緻再見。」

安子晏迷茫地看著蘇錦黎對他含蓄地笑了笑，接著就跑開了，粉紅色的頭髮配上跑步，簡直就是留下了一連串的粉紅。

他抬手拍了拍自己的腦門，真不知道自己究竟在遲疑什麼，為什麼不直接問呢？

算了，等比賽結束再說吧。

這一場比賽是按照排名排序登場。這次網路排名的最後一名，是第一組上臺表演。

蘇錦黎跟張彩妮一組，不管蘇錦黎是第幾名，都要按照張彩妮的排名上場。

張彩妮是第二十一名。

這樣的話，安子含跟烏羽的組合就是最後一組壓軸登場了。

張彩妮還是第一次跟蘇錦黎一起搭檔，平時他們都不知道對方上臺前的狀態。

這次他們要上場前，張彩妮圍著蘇錦黎轉了至少五圈，看蘇錦黎的外表有沒有問題。

「張嘴我看看你的牙。」張彩妮命令。

蘇錦黎乖乖地亮出牙齒給她看。

「嗯，沒有東西，我有沒有問題？」張彩妮問蘇錦黎。

「挺好的。」

「你現在的聲音已經好多了，上臺的時候只要穩住就沒事。」

「好。」

「蘇哥帶我飛！」

「妳比我歲數大。」

「……」張彩妮在心裡一個勁地念叨：佛系一點，不能打人，看在他長得帥的份上。

他們兩個人上場後，立即引來全場尖叫聲。

《全民偶像》的公演，一般上臺後直接開始表演，等表演過後主持人才會過來採訪選手。

蘇錦黎跟張彩妮經過這幾天的磨合，已經有了一些默契，所以在表演的時候有一些互動。比如會看著對方微笑，有一個小細節，是他們互相走向對方，手指交叉緊握又快速鬆開。

安子晏站在臺邊看著，面帶微笑，內心卻沒那麼平靜，這回這個CP算是炒成功了？小夥子你笑得挺浪啊！

蘇錦黎的聲音已經恢復許多，若要飆高音的話，蘇錦黎還沒有信心能回到之前的水準，但是唱今天這首歌還是游刃有餘的。見到蘇錦黎狀態不錯，不少粉絲都開始興奮地尖叫，如今蘇錦黎的人氣已經超乎他自己的想像。

最近，就連安子晏的父親都打電話給安子晏，誇讚他下手快。

經過前段日子的事件發酵，外加電視節目主持人的認可，現在蘇錦黎的人氣瘋狂上升，堪稱一個奇跡。

等這一首歌唱完，安子晏走上臺，剛靠近蘇錦黎，就聽到臺下有人喊：「真壞！」

安子晏特別無奈，站在蘇錦黎的身邊，說道：「自我介紹一下。」

蘇錦黎拿著麥克風，微笑著對臺下問好：「大家好，我是你們的小錦鯉——蘇錦黎，我現在已經好多了，現在能正常唱歌。上次那首高音的歌應該唱不上去了，但是……」

蘇錦黎還沒說完，就被安子晏打斷：「等等，上次那首歌還沒播，明天播。」

「播得這麼慢啊？」

「我們也需要剪輯，跟後期製作啊。」

「那我怎麼說呢，嗯……那他們是不是還不知道我之前嗓子不好啊？」

安子晏點了點頭，「的確是這樣，估計有一部分的粉絲不知情。」

網上炒得那麼厲害，怎麼可能不知道？

蘇錦黎恍然大悟，趕緊補充自己的話：「之前我沒注意，嗓子出現問題，現在好多了。然後，如果播出之後，知道情況的話也不用太在意，我已經好多了，以後也能康復的。」

「還有嗎？」安子晏繼續問。

「有，張彩妮是一名很努力的選手，在我們合作的時候，她一直在認真改編歌曲，而且我不會這種唱法，她也一直在教我。」

「你是在幫她拉票嗎？」安子晏詫異了一下，居然不是給自己拉票，而是給張彩妮。

「我覺得……她的處境比較危險。」蘇錦黎回答得有點不好意思。

「要不要給自己拉票？」

「好，我希望大家可以選我，給我投票，因為我想繼續唱歌給你們聽。」

安子晏又採訪了張彩妮幾句後，公布了票數。現場一共一千五百人，蘇錦黎的票數為七百五十八票，也是因為今天的歌沒有上次那種壓倒式的氣勢。

張彩妮則是兩百四十九票，其他觀眾棄權。

宣布完票數後，張彩妮走到舞臺邊的危險待定區。

這場比賽的舞臺邊安排了危險待定區，這次網路投票後十五名的選手中，要淘汰十名現場投票數最低的選手；網路投票前十五名的選手中，要淘汰五名現場投票數最低的選手。

舞臺邊的危險待定區有分金色和紅色兩個區域。網路投票前十五名的選手中，目前得票數最低的五名會坐在金色區域；網路投票後十五名的選手中，現場得票數最低的十名會坐在紅色區域。

首先表演的選手，在表演後就要直接去危險待定區等待，湊夠規定人數後，後面比賽的選手，分數低於待定區的選手，會替換掉已經坐在那裡的選手。

在他們之前已經有七組表演了，其中有兩組是後十五名選手的組合。

坐在金色區域的選手裡，沒有人比蘇錦黎的票數高，蘇錦黎順利晉級可到後臺休息。

紅色區域則是還沒湊足十人，張彩妮直接進入座位等待。

等到範千霆他們的組合表演後，安子晏聽著耳機裡的聲音，對範千霆說：「目前你的得票數並不樂觀，恐怕會進入那邊的坐席，你還有什麼想說的嗎？可以給自己拉票。」

這一次的公演投票，每名觀眾只能投給一個人，而且是從這一組上場後就可以開始投票。在安子晏讓他們自我介紹的時候，投票數已經出來了，現在的拉票時間，是最後拯救自己的機會。

範千霆拿著麥克風，有一瞬間的遲疑，最後還是說了出來：「其實來這個節目之前我信心滿滿，特別膨脹，覺得自己挺厲害的。結果來這裡遇到其他選手，就發現我其實還有很多不足。」他停頓一下才繼續說下去：「就好比烏羽跟蘇錦黎，長得帥還有實力。安子含雖然性格……」

說到這裡，範千霆看向了安子晏，安子晏立即示意：「沒事，你繼續說。」

「安子含雖然性格不大好，一進寢室挺招人煩的，看到他的一瞬間，我腦袋裡就兩個字：完蛋。但是，後來發現他這個人特別仗義。我前幾天拿手機看微博，有人說他們三個排擠我什麼的，不帶我玩。其實沒有，他們三個……」

範千霆不是一個愛哭的人，說到這裡突然忍不住紅了眼眶，趕緊轉身調整情緒，然而繼續說話的時候，還在哽咽：「前陣子我票數特別低，他們三個看著著急，一直在想辦法，最後也沒想出什麼好方法，就想去節目組偷手機，發微博給我拉票。安子含幹這種事情很正常，蘇錦黎也特別好忽悠，可以理解，沒想到烏羽也跟著去了。三個人到了設備室，愣是沒一個人發現攝像頭，被抓了一個現行，一起被按在導播室寫檢討書。」

範千霆想笑，然而卻開始哭，眼淚啪嗒啪嗒地往下掉，「我……我特別喜歡唱歌……我長得不行，我以為能當個實力派，演戲我頂多能接個活三集的角色，我不唱歌就完蛋了。我想繼續比賽，不想這麼早就被淘汰了，我還想跟那幾個傻子死磕到總決賽！」

安子晏拍了拍範千霆的肩膀，安慰道：「你是一個很有靈性的歌手，我從第一輪就有注意到你。當一名歌手的聲音有辨識度，能唱出自己的特色，還非常動人的話，那就是成功的。你在歌聲上完全沒有問題，你一定可以，無論是在這裡，還是在未來。」

未來可期。

範千霆點了點頭，努力控制眼淚，最後給臺下的觀眾一鞠躬。

安子晏繼續聽耳機裡的聲音，接著微笑宣布：「範千霆三百六十七票，目前順利晉級。」

「謝謝……」範千霆再次道謝。

張彩妮一直徘徊在危險的邊緣。她的票數在這十個人裡算高的，然而卻一直沒有低於她的選手出現，這讓她非常著急，從知道賽制開始，張彩妮就知道她不占優勢。

蘇錦黎人氣太高，很多觀眾會投給蘇錦黎，這就讓她的票數變得非常低，搶走她的票數。

到最後一位後十五名的選手出來時，張彩妮的票數排在十人中的第一位。也就是說，這位選手如果票數低於她，她就會晉級；如果高於她，她就確定會被淘汰。

宣布票數的時候，安子晏真的是賣足了關子，這絕對是本期的一個看點之一。

張彩妮看著安子晏都要絕望了，然後聽到安子晏說：「那就由張彩妮開始跟觀眾道別吧。」得到她被淘汰的消息，她的心口咯噔一下，已經預料到了，卻還是有些難過。

「我是不會放棄我的夢想的！」張彩妮說出來的第一句話，就像是最後一句一樣，之後半天也沒再說什麼。

「沒了嗎？」安子晏問。

「還有……嗯……蘇錦黎，我……我回去以後給你投票。」張彩妮說完眼淚就落了下來，只能用手捂著嘴，不至於哭得太難看。

「喔。」安子晏扶著耳機，笑了笑，等張彩妮調整好狀態才再次對她說：「那妳沒有投票的機會了，妳晉級了，我是讓妳跟觀眾道別，然後回後臺休息。」

張彩妮都開始哭了，結果告訴她晉級了，她震驚得睜大了眼睛。

這回，眼淚更控制不住，揮舞拳頭，憑空打了一下，似乎是想揍安子晏。然而他們的距離很遠，這只是一個小動作而已。

她哭的時候說不出話來，拿著麥克風半晌，也只是對觀眾席鞠了一躬，說了一句支離破碎的「謝謝……大家」後，就去了後臺，轉身的時候才有之前的乾淨俐落風格。

走出去的路上，她一邊哭，一邊走，走到不遠就看到蘇錦黎居然過來接她，旁邊還跟著安子含、範千霆跟常思音。

蘇錦黎見到她就說：「不哭不哭，棒棒的，妳表現得挺好的。」

「我眼影花了嗎？」張彩妮快步走到蘇錦黎面前，崩潰地問。

「沒有，據說是防水的。」蘇錦黎回答得特別認真，回答完，打了一個嗝。

「你的眼影就跟長江大壩似的，特別穩固。」安子含跟著說。

「你哥怎麼那麼壞啊！」張彩妮問安子含。

「我管不住啊，沒辦法。」安子含聳了聳肩，他哪裡敢管他哥啊？

幾個人一塊回了休息室，張彩妮一照鏡子就尖叫出聲。

再回頭，幾個男生全跑了。這幾個人沒一個靠譜的，全是大豬蹄子！

常思音最近特別努力，以至於這一次的表演，依舊是有驚無險地通過，順利晉級。

最後，才是安子晏跟烏羽的組合，這首歌兩個人唱得也不錯，然而互動上依舊欠缺，就好像是執行任務，到場上一起唱完了一首歌。

唱完了，收工，走人。啊，對了，還得拉票，那就聊兩句吧。

這個時候，組合的優勢就體現出來了。

蘇錦黎因為隊友是張彩妮，所以有了壓倒性的勝利，票數多出幾倍。但是安子含跟烏羽都是人氣選手，投票的票數對半分，場面十分慘烈，導致他們的票數都不算太高，不敵蘇錦黎。

到了最後環節，蘇錦黎又一次成為現場得票王，有了一次拉票環節，算是一種福利待遇。

蘇錦黎趕緊跑過來等待，站在場邊的時候，陸聞西正在臺上唱歌，安子晏站在蘇錦黎旁邊，跟著他一起等。

蘇錦黎看了一會，忍不住感嘆：「陸哥的氣場好強啊。」

「畢竟開過近五十場巡迴演唱會的人。」安子晏回答：「老油條了，你可以跟著學學。」

「我們風格不一樣。」蘇錦黎認真地回答。

「怎麼不一樣了？」

「他比較帥的那種，有種雅痞的感覺，我不是，我是復古型的。」

「真沒想到這麼久了，你還在堅持這不靠譜的人設。」

蘇錦黎委屈巴巴地看了安子晏一眼，拿著手裡的歌詞看了一眼。

「會唱這首歌嗎？」安子晏問他。

「就剛才聽了一遍。」言下之意就是唱不好。

「那你們怎麼合唱？」

「不知道啊，太突然了，沒想到嗓子壞了還能成為第一。」

安子晏問耳機裡的導演組，導演組還沒給出答案，陸聞西就唱完了。安子晏立即上場，並且開始跟陸聞西聊天。

他剛剛上臺，陸聞西就躲開了半步。

「你為什麼也躲我？」安子晏有點意外。

「和你站在一起會顯得我特別矮，讓大家覺得我是虛報身高。」

「那我們請出今天的現場得票第一名，身高跟你差不多的蘇錦黎好不好？」

「好。」

蘇錦黎立即上場，對大家問好。

「我們蘇錦黎呢，是一個復古系的男孩子，所以，對你的歌不大熟悉，不知道你能不能教他唱你的成名作？」安子晏自己做了決定，更改節目流程。

陸聞西一聽，這跟之前安排的不一樣啊，有點意外，不過還是反應很快地點了點頭，伸手將蘇錦黎拉到自己身邊，開始教蘇錦黎，他唱一句，蘇錦黎唱一句，然後兩個人合唱歌曲的副歌部分。

「要不這樣好了，你們要不要來一個好姐妹三連拍？」安子晏站在旁邊，等他們唱完了這首歌後，拿著麥克風問道。

「好姐妹是什麼情況？」陸聞西的笑容顯得十分危險。

「我弟弟曾經跟他一起合拍過，不過後來被譽為好姐妹連拍，我弟弟還全程虛影。」

「我覺得傳統的拍沒意思，我們三個一起吧，捕捉一瞬間，誰被拍到算誰輸，在臺上直接做二十個俯臥撐。」陸聞西主動挖坑。

「為什麼要帶上我？」安子晏崩潰了，他很不喜歡場面失控的情況。

「一起嘛，不然你站在臺上多尷尬？」蘇錦黎也跟著說。

現在的蘇錦黎已經會習慣性地挖坑來坑安子晏了，這次也是順勢推波助瀾。

然後，三個人對著一個鏡頭開始合影。

蘇錦黎站在中間，左右兩位人氣偶像都成了一陣小旋風，偶像包袱全無，不瞭解情況的多半會覺得他們倆是神經病。

蘇錦黎看得直懵，有點被他們倆嚇到了，震驚的表情堪比表情包。

最後，蘇錦黎輸了。拍照的一瞬間，他正在看著安子晏「抽風」，他身邊的兩道身影就像飛翔的閃電，他吞了一口唾沫，心服口服，然後真的做了二十個俯臥撐。

陸聞西累得蹲在蘇錦黎身邊，感嘆：「其實剛才拍照，真不比你做俯臥撐輕鬆。」

「能別播嗎，我覺得剛才簡直就是大型掉粉現場。」安子晏也喘著粗氣地問，他為了不輸也是拚了。

蘇錦黎做完俯臥撐，重新站好後拿著麥克風回答：「不行，不然我俯臥撐就白做了。」

陸聞西笑得不行，說道：「播播播，必須播，哈哈哈。」

等蘇錦黎跟陸聞西下臺後，安子晏正式宣布：「《全民偶像》的比賽已經過半，現在後臺還剩下十五名選手。在下一輪比賽中，他們依舊要經歷一輪殘酷的淘汰賽，最後只留下九名選手進入總決賽。」

安子晏看著臺下，認真地說道：「從此刻開始，之前的網路投票，以及現場票數全部歸零，幾天後，會重新開放投票頻道。他們已經準備好背水一戰，這一場角逐，將由你們見證。」

全民運動會，由一位主持人及一位助唱嘉賓，帶領十五名選手參加。

到了比賽的場地，導演組才宣布比賽規則：「你們將分成兩隊，自主選擇隊員，進行運動會的比拚。比賽結束後，輸了的隊伍將會品嘗節目組精心製作的板藍根炒飯，還有苦瓜汁燉牛肉。」

「我是新來的，不懂就問，你們節目組都這麼養生的嗎？我那裡還有五紅水的湯，有誰想加點料嗎？」陸聞西第一個開口說道。

「五紅水是什麼？」安子晏十分疑惑。

「應該是紅豆、紅棗、枸杞、紅糖跟紅皮花生，一起煮出來的湯，比較補血。」蘇錦黎掰著手指頭說著其中的材料。

「對對對，你們山上下來的孩子似乎都很懂這些。」陸聞西立即誇讚蘇錦黎。

蘇錦黎笑了笑，坦然地回答：「這個只能算是養生方面的簡單知識，我還懂中醫。」

「你還懂中醫？你全能嗎？」安子含震驚了。

「還真是復古男孩啊？」範千霆睜大了眼睛。

蘇錦黎認真地點頭，「我還見過扁鵲……」

陸聞西立即打斷蘇錦黎的話：「噓，咱們倆一塊去跟華佗拜把子的事情，不能告訴他們，就讓這個祕密跟隨我們到墳墓吧。」

蘇錦黎意識到自己又說錯話了，陸聞西是在幫他圓場，於是點了點頭，「好，深藏功與名。」

這回，就像是一個玩笑話了。

安子晏看了看蘇錦黎，只是一眼而已，很快就移開了。

「為了不吃黑暗料理，也得贏！」安子晏很是捧場地說了一句，其實就是在將話題引回去，繼續走流程，這是主持人需要做的。

「其實我挺想嘗嘗的。」蘇錦黎說著，還吞了一口唾沫。

「整段垮掉……」安子晏無奈地一揮手，全場大笑出聲。

節目組的導演再次宣布：「兩位隊長要用最傳統的方式進行比拚，接著交替挑選隊員，獲勝的一方將多得到一名成員。」

「好。」安子晏跟陸聞西前後腳回答。

「石頭剪刀布，三局兩勝。」

安子晏跟陸聞西石頭剪刀布後，安子晏獲勝。

「我要蘇錦黎。」安子晏第一個就選擇了蘇錦黎。

「為什麼不要安子含？」陸聞西問。

「我不要他，不然我們隊容易內訌。」

「好，既然如此，我要烏羽吧。」陸聞西跟著說。

安子含真的是看不下去了，直接問：「什麼情況，我這麼討人嫌嗎？」

陸聞西：「也不會，你哥哥的隊伍會比我們多一個人，最後沒人要的隊員，就去你哥哥的隊伍了，我估計你就是那個最後被要走的。」

安子含崩潰了，伸手抱住蘇錦黎，「我要跟小錦鯉一隊！」

安子晏無情地推開了安子含，「不要糾纏我的隊員。」

鬧歸鬧，陸聞西在第二輪還是要了安子含。

最後的組合是蘇錦黎、範千霆、常思音等人在安子晏的隊伍。安子含、烏羽、張彩妮等人在陸聞西的隊伍。

「已經到了夏天，我們就要有涼爽的活動，比如游泳接力比賽。每個隊伍派出四名隊員，參加這輪遊戲。」導演組說道。

蘇錦黎立即一慌。

安子晏扭頭看向蘇錦黎，小聲問：「你不能碰水是吧？」

「嗯……」

「我有點好奇，你碰水會怎麼樣。」

蘇錦黎立即慌張地看向安子晏。

安子晏對蘇錦黎抿唇一笑，又一次湊過來小聲說道：「放心，以後有機會的，我單獨看。還有……親自試試看子含說的魚腥味是怎麼回事。」

安子晏最近接的戲殺青了，除了過兩天會去拍一個代言廣告還有一個雜誌封面，之後就沒有太多的工作，這讓他有大把時間想蘇錦黎。

睜開眼睛想蘇錦黎、刷著牙想蘇錦黎、換衣服的時候想蘇錦黎、吃飯的時候想蘇錦黎……最可恨的是，做夢都會夢到蘇錦黎，內容還是蘇錦黎跟沈城跑了！

他氣得凌晨三點坐起來，抽了四根菸，之後睡意全無。

心中有疑問就去問安子含，他們寢室有沒有什麼奇怪的事情發生？例如突然飛過去什麼東西之類的。

安子含想了半天，就回答了一件事：「寢室的浴室裡，動不動就有股魚腥味。」

安子晏想了想，突然就想到了什麼。

蘇錦黎不敢碰水，浴室裡有魚腥味，這兩點結合，是不是就證明，蘇錦黎碰到水之後會出現什麼異狀？而這個症狀會導致出現魚腥味，所以，蘇錦黎碰到水會出現魚鱗嗎？

再想到蘇錦黎說過自己不吃魚，會影響同類成精，這是不是證明蘇錦黎是什麼魚精？

越想越覺得自己的想法接近真相，所以他開始進行試探。

「就算碰水也沒什麼，就是得立即擦乾。」蘇錦黎故作鎮定地回答，其實手指尖都在顫抖了。

「喔。」安子晏看了蘇錦黎的神情後，點了點頭。

這一輪，安子晏並未派蘇錦黎上場，而是選擇了自告奮勇的選手。他們自從進入訓練營之後，真的是沒日沒夜地訓練，難得有這樣的場合，自然是要抓緊機會，好久沒游泳了，在這種炎熱的天氣，當然是游泳最暢快。

安子晏作為領隊自然要出場的，跟著節目組去換了泳裝。

其實，節目組是想讓安子晏跟陸聞西秀身材的，結果兩個人都套上了T恤，美其名曰：「太暴露了不好播出。」

天知道奧運會的游泳比賽是怎麼播出的，可惜兩位排場都太大，節目組也不敢強求。

「每次看到我哥光溜溜的小腿，我就想笑。」安子含湊到蘇錦黎身邊，小聲說道。

蘇錦黎依舊沉浸在安子晏發現他問題的恐慌之中，好半天沒能回過神來，安子含說完，他也只是拎起自己的褲腿，「我也沒有很重。」

「你嫩正常，他不行，糙漢子一個，結果做起了精緻的豬豬男孩。」

「你怎麼不參加這個比賽啊？」蘇錦黎問安子含，安子含前幾天就在念叨想去游泳。

「我不參加，我要跟你參加一個項目。」

「你會輸的。」

「那可不一定。」

這一局比賽，陸聞西的隊伍輸了，主要是遊戲規則比較變態。

選手們游到頭了需要上岸做一道小學數學應用題，做完之後才能夠接力給下一個人。

陸聞西這個隊伍，從陸聞西到隊友，都是碰到題就完全懵了，半天也解不開。

而安子晏這個隊，有小天使常思音在，問題迎刃而解。

安子晏上岸後整理了一下頭髮，對陸聞西說道：「多讀點書！」

「你沒比我強哪兒去。」

陸聞西沒讀完高中全部課程，靠著其他方式讀大學，一心一意地當明星。

安子晏則是從小就是童星，後來靠演技上了戲劇學院，高考分數也就是勉強過線一點，愣是把高考分數捂得嚴嚴實實的，才不至於被黑，兩個人真的是半斤八兩。

到了第二個環節，是籃球搶歌比賽。隊伍裡同樣是派出四個人來，兩個人去打籃球，兩個人在跑步機上準備，當裁判吹響哨聲，隊伍裡打籃球的兩個人就可以搶球了。

搶到球並且投籃成功後，同隊的跑步機開始啟動，隊友需要在跑步機上跟著音樂唱歌。如果唱對了，自己的隊獲得分數；如果唱錯了，或者沒猜出來是什麼歌，對方的隊伍獲得分數。

安子晏這回叫出了蘇錦黎，問：「會打籃球嗎？」

蘇錦黎搖了搖頭。

「你投個籃試試。」安子晏將球丟給蘇錦黎。

蘇錦黎雙手拿著，嘗試投籃，結果姿勢就被安子含嘲笑了：「端尿盆式投籃啊？」

蘇錦黎不服，問他：「不是投進去就可以了嗎？」

「是是是，你試試看。」

蘇錦黎不「端尿盆」了，而是改為助跑，接著躍起之後將球送入籃筐，一個非常漂亮的扣籃，彈跳力驚人。

安子晏立即歡呼了一聲：「厲害厲害！」等蘇錦黎過來了，還揉了揉蘇錦黎的頭。

結果安子晏剛剛感嘆完，節目組的導演就宣布：「好，實驗完畢，請升起籃筐。」

緊接著，大家就看到籃筐被吊起來，升高了一公尺左右，就連身高一百九十幾公分的安子晏都懵了。

蘇錦黎看到這一幕，主動轉身上了跑步機。跟他一起上跑步機的隊友是範千霆，因為範千霆知道那個高度不適合他。

安子含似乎是打算跟蘇錦黎死磕，倒是跟著上了跑步機，沒參加籃球的一方。

比賽開始後，安子晏他們開始搶球，因為高度不大適應，他們投了幾次籃後，還是安子晏最先懵準的。

投籃成功後，跑步機就開始啟動，蘇錦黎跟範千霆都驚呼了一聲，然後開始瘋狂跑動，速度太快了，簡直跟不上，要被衝下去。

節目組開始播放音樂，蘇錦黎聽完就懵了：「我沒聽過這首歌！」

範千霆在旁邊跑得上氣不接下氣的，狼狽地唱完了這首歌。

安子含看得大笑不止，「蘇錦黎聽過的歌非常非常少，他來這裡就是占了一個地方。」

範千霆都無奈了，問蘇錦黎：「所以你是想讓我們跟你一起吃黑暗料理嗎？」

蘇錦黎委屈極了：「我……也不想啊。」

安子晏見到蘇錦黎這種樣子，就瞬間心軟了：「沒事沒事，就是玩，不要在意。」

再次開始比賽，之後的幾輪充分地展示了蘇錦黎的「音樂黑洞」一面，他真的是很多歌都沒聽過，也唱不出來。

如果範千霆沒唱出來，他們組就會給對面組送分。

然而陸聞西隊搶到機會了，兩名選手一般都能把握住機會。

聽完十首歌後，節目組宣布：「更換題目。」

「更換成什麼啊？」眾人一起問。

「你們可以先搶答，再得知題目。」

兩隊只能繼續搶球投籃，接著，陸聞西隊搶到了答題權。

節目組讀了題目：「明月別枝驚鵲的下一句。」

安子含跟隊友表情都失控了，偏偏導演組還補充了一句：「這是初中課本上的。」

「你就是小學課本我也不記得了啊！」安子含完全就是一個學渣。

「這是蘇錦黎的趴！」範千霆直接嚷嚷了一句。

陸聞西站在旁邊看了一會說：「這一輪如果我們搶到，我們給他們送分。如果他們搶到，他們都會回答，這還有得玩嗎？」

安子晏終於復活了，對蘇錦黎豎起大拇指，「你的選擇是對的。」

蘇錦黎因為開心，站在跑步機上對著安子晏跳起了比心舞。

安子晏看了一會，突然笑得特別甜，覺得之後搶球都更有勁頭了。

安子含則是大聲抗議：「別鬧了好嗎，我肚子裡也是有些墨水的，至少我還會床前明月光，地上全是霜，舉頭望明月，一行白鷺上西天。」

陸聞西直接暴走了：「你這首詩背的，不但錯了一句，最後一句還走錯片場了。上西天？跟著唐僧師徒四人取經去了？」

蘇錦黎卻十分嚴謹地說：「其實仔細想想，子含說的這首詩也沒什麼問題，抬頭看月亮，順便看到了一行白鷺，然後朝西邊飛……」

「行了行了，別硬圓了，我這個親哥都聽不下去了。」安子晏無情地打斷蘇錦黎的救場。場面一度失控，全場爆笑。

再次開始搶球，陸聞西的隊伍已經喪失戰鬥力，讓安子晏投籃成功。

陸聞西立即說道：「你們出題太簡單了，就是看不起我們復古男孩。」

節目組斟酌後出題：「攀北極而一息兮的下一句。」

蘇錦黎幾乎是秒速回答：「吸沆瀣以充虛。」

問題回答完，很多人都有點糊塗了，似乎連說的是什麼都不知道。

跑步機已經停了下來，蘇錦黎這才說道：「是《楚辭》，作者是賈誼，這一句套用官方的譯文也特別美：攀上北極星我稍稍休息，吸引清和之氣充腸療饑。」

安子晏：「喔。」

陸聞西：「喔。」

安子含：「還挺押韻。」

之後的幾道題，到了陸聞西組就問小學跟初中的題，到了安子晏組就問非常有難度的題，然而，蘇錦黎還是獲得壓倒性的勝利。

第三輪比賽，陸聞西的隊伍已經是志在參與，依舊發揚了他們的運動精神，堅持完成比賽，終於贏得了一輪。

之後就是懲罰環節。兩支隊伍面對面坐在長桌前，安子晏的隊伍每名選手面前半個西瓜，還給了他們勺子，他們可以挖著吃，簡直就是夏天的專利。對面則是放著板藍根炒飯還有苦瓜汁燉牛肉，兩邊同時開吃。

蘇錦黎吃了幾口西瓜之後，就到安子含的身邊，「我能嘗嘗嗎？就一口。」

安子含立即回答：「全給你都行。」

蘇錦黎用勺子吃了一口炒飯，品了品之後說道：「還行。」

接著又吃了一口苦瓜汁燉牛肉，吃完五官都擠到一起了：「真……難吃。」

「活該，讓你饞。」安子晏在旁邊數落了一句。

「不過炒飯還可以。」蘇錦黎用自己的勺子挖了一勺，餵到安子晏的嘴邊，「你嘗嘗。」

安子晏看著蘇錦黎的勺子，稍稍有點遲疑，還是吃了一口，味道什麼的品不出來了，他在意的是蘇錦黎用過的勺子。

這組鏡頭拍完，選手們就可以自由活動了。

這次，節目組算是給他們放了一個假，之後不再有攝像頭，他們想幹什麼就幹什麼。

選手們紛紛去換了節目組早就準備好的泳裝，到泳池裡游泳。

安子含就像瘋了一樣，非要表演跳水，結果砸在烏羽身上，兩個人都懵了好半天，然後在水裡互相按對方，筋疲力盡了才甘休。

蘇錦黎坐在檯子邊，看著他們游泳，不由得有點羨慕。

他是錦鯉，就是水裡的妖。在山上的時候，經常在山上的小河洗澡，河水有陣法保護，所有水十分清澈，游得也暢快。

他出來快一年了，已經很久沒游過泳。然而，他的法力不夠，根本控制不了自己的魚鱗，於是只能坐在旁邊眼巴巴地看著，裝成是一個旱鴨子。

安子晏坐在檯子邊，挖著西瓜對幾個女選手說：「裡面有個室內游泳池，沒這個大，但是安靜，曬不到陽光。還可以從門裡面鎖上，裡面沒監控器，妳們去裸泳都沒事。」

幾名女選手立即興奮地跑進室內泳池。

蘇錦黎看著她們離開，繼續挖西瓜。

陸聞西吃完黑暗料理，難受得不行，過來吃幾口西瓜化解一下味道，同時小聲問蘇錦黎：「你不能游嗎？」

「嗯。」

「我見過沈城游泳啊，他怎麼沒事？」

「他比我厲害，我不行，是我們山上最弱的一個，都不如我弟弟。」

「我吃完就得走了，最近挺忙的，要不是沈城開口我都不能來。我走之後你自己小心點。」陸聞西對於這種事情也沒辦法，只能跟蘇錦黎道別。

「好。」

「如果有事的話你就聯繫我，我那邊有一個八百萬黑粉總教頭，關鍵時刻能派上用場。我已經申請你微信好友了，你手機拿回來後，加我就行。」

陸聞西的粉絲至今仍是神話一樣的存在，有組織、有紀律，所到之處片甲不留。

蘇錦黎還沒參與過這些事情，所以不大懂，只知道是陸聞西的好意，立即點了點頭：「好，謝謝陸哥。」

「沒事，我走了。」陸聞西說完，也跟安子晏道別了。

安子晏正在不遠處玩手機，只是隨便應了一句。

等陸聞西走了以後，安子晏似乎也想去游泳，於是對蘇錦黎說：「幫我往身上塗點防曬。」

蘇錦黎拿走安子晏手裡的防曬霜，安子晏立即脫掉上衣，後背對著他。

從蘇錦黎的角度，能夠看到安子晏結實的後背，流暢的肌理，皮膚意外的白皙，可能是混血的原因？因為他現在見到安子晏還有點慌張，以至於沒控制力道，把防曬霜擠出一堆，生怕浪費似的，趕緊將所有防曬都糊在安子晏的後背上，然後揉來揉去的，半天都沒塗勻。

「你在我後背揉大餅呢？」安子晏忍不住側頭問。

「擠太多了，怎麼一下子出來那麼多？」蘇錦黎特別慌張，最後乾脆用自己的手臂去蹭他的後背，分出來了一些。

安子晏伸手去拿自己的防曬，看了看，問道：「喲，這麼厲害，一下子擠出來半瓶，你手勁怎麼這麼大？」

蘇錦黎只能道歉：「對不起，我不是故意的。」

「沒事，你用這麼多，我就跟多穿了一件衣服似的，賊安全。」安子晏哪裡會責怪蘇錦黎，立即安慰。

蘇錦黎兩條手臂都塗完了，安子晏的後背還濕乎乎一片呢，蘇錦黎沒辦法，直接用自己的臉去蹭。安子晏下意識地挺直了後背，感覺到蘇錦黎在自己後背蹭來蹭去的，就好像在撒嬌。

蘇錦黎身上的香味就夠讓人受不了了，這麼近距離的接觸，真是讓安子晏十分難耐。他輕咳了一聲，努力讓自己淡定下來，蘇錦黎也終於好了。

「應該是可以了。」蘇錦黎拍了拍安子晏的後背。

「行，辛苦你了。」

蘇錦黎坐在原處揉自己臉上的防曬，左右看了看後，看到節目組的工作人員有人在烤肉，立即跑過去跟著吃了。

安子晏看著蘇錦黎離開，什麼都沒說，走過去游泳。

他剛過去，一群人開始尖叫，好身材就該露出來才對！

選手們是離開訓練營，到附近的度假村參加運動會的。

當天晚上，節目組給所有的選手都安排了各自的房間，住宿條件非常不錯，讓不少選手都十分興奮。殺進前十五名，果然有福利。

蘇錦黎在房間裡，站在窗戶邊看著樓下的人少了一些，就開始蠢蠢欲動。

他其實特別想游泳，然而他需要防著別人，不能被別人發現自己的祕密。幸好這回是單獨一個人的房間，他能夠偷偷跑出去不被發現。

他回到房間後先睡了一覺，凌晨兩點鐘醒了過來，套上衣服，拎著自己早就準備好的東西，鬼鬼祟祟地走出房間，快步下樓，果然已經一個人都沒有了。

度假村裡的路燈依舊亮著，還有布景的星星燈海，好似一個夢幻的場景，風景不錯。清涼的夜裡，一個人走在這裡會覺得心曠神怡，的確是適合長期休養的地方。

他含著笑，慢悠悠地走到泳池邊，蹲下身，碰了碰水，這都興奮得不行，他怕這裡有守夜人，就左右看了看後，摸黑進入室內。

這裡的大門只是虛掩著，估計還會有顧客晚間過來，這裡沒有閉館時間。

他走進室內，找了一會，終於找到安子晏說的室內游泳池。

室內泳池不算大，是一個圓形的泳池，可以供幾個人自在地游泳，人多了就不行了。

讓他詫異的是，房間還可以拉上窗簾。

他當然不會知道，這裡是專供情侶用的……

他將門反鎖了之後，拉上這個房間的窗簾，室內變得漆黑一片，幸好他夜視能力好，才不至於無法行動。他在更衣間脫掉衣服後，就快步跳進泳池裡。

游泳真的超舒服！這回蘇錦黎沒有再控制，直接變回一條錦鯉的模樣。

這條錦鯉比較大，就好像五、六個月的嬰兒大小，在泳池裡游來游去的時候，還有種浩浩蕩蕩、捨我其誰的氣魄。

安子晏又失眠了，他覺得自己有病，對人家有好感卻不敢追。發現人家的不對勁，卻沒有勇氣直接問，只能一個人胡思亂想。

他到了陽臺上打算抽根菸，因為長年怕被狗仔隊拍到，所以蹲在可以遮擋他的地方，一個人獨自吞雲吐霧。

抽完一根菸，剛剛站起身，就看到蘇錦黎一個人拎著一個小包，美滋滋地往泳池那邊走。他看著蘇錦黎走過去，猶豫片刻，還是離開自己的房間。

他想知道關於蘇錦黎的一切，從未這麼迫切地想要知道一些事情。

安子晏比較晚才出來，走到戶外泳池邊的時候已空無一人。他不知道蘇錦黎是不是要來這裡？剛要離開，就看到室內泳池有人在拉窗簾，這讓他又有一瞬間的遲疑，不過還是鬼使神差地走過去。

到登記的地方，就發現蘇錦黎並未做登記，也沒拿走鑰匙卡，不由得嘆氣。

這個小傻子進入房間不會開「請勿打擾」，去泳池也不知道拿走鑰匙。

他拿著鑰匙，刷卡進入泳池的門，走進去打開燈，就看到泳池裡有一條呆若木雞的魚。

整條魚都嚇傻了。

他扭頭看了看一邊的櫃子，櫃門還敞開著，彰顯著主人的迫不及待。泳池邊還放著一雙拖鞋，一隻還飛出老遠，明顯是踢掉的。

早就做好心理準備，當看到這麼大一條錦鯉的時候，安子晏還是有點……驚慌。

不過，他是膽子大得出奇的那種人，竟然走過去問：「你是蘇錦黎？」

魚的眼睛是長在身體兩側的，於是泳池裡的蘇錦黎只能側著魚身子，用一隻眼睛看安子晏，然後搖了搖魚頭，否認了。

「喔，那你是蘇錦黎的寵物？」安子晏又問。

然後就看到，這條巨大的魚點了點魚頭。

安子晏點了點頭，表示自己相信了，然後走過去，對魚招了招手。

大大的錦鯉聽話地游了過去，這條錦鯉通體金色，鱗片很亮，在魚的頭頂位置，有一處白色的小圓點，仔細看還泛著些許青色，看著有點違和。

安子晏將鑰匙牌套在魚頭上，說道：「告訴你的主人，得拿著這個，別人才不能從外面進來。」

魚再次點了點魚頭。

安子晏沒再糾纏，直接走出去，走到門口，抬手聞了聞指尖。

這次不香，有點腥。

蘇錦黎驚慌地出了泳池，到櫃子前，用浴巾將自己擦乾淨。等魚鱗完全退掉才鬆了一口氣。在凡間，身上沒有魚鱗了他才會有安全感。

他趕緊穿上衣服，然後拎著自己的東西，快步走出小房間。

剛走出去沒多遠，就看到安子晏坐在門口的長椅上，看到他出來，立即朝他看過來，問：「游夠了？」

蘇錦黎看到他，就覺得心裡「咯噔」一下，慌張地點了點頭，就想繞開他離開。

結果安子晏又問他：「你的寵物呢？」

「放生了。」

「那麼大一條錦鯉，放生了的話下水道都得堵住了。而且，隨意放生是影響生態環境的。」

蘇錦黎停住腳步，他知道安子晏肯定是知道真相了，自己根本躲不過去。

他回過身，快步走到安子晏面前，說道：「我警告你不要亂說，不然我不會饒了你的。」

以前蘇錦黎的凶，是一種奶凶，看起來還萌萌的。這回倒是有點真的凶了，讓安子晏錯愕了一瞬間，隨後就是苦笑，到底是妖啊，自己現在真是不要命了，居然在做有可能被滅口的事情。

「怎麼，你會讓我變成乾屍嗎？」安子晏繼續問，無畏得像把生死置之度外了，簡單來說，就是用瀟灑俊朗的姿態作死。

「只要你不隨便亂說話就沒事了。」蘇錦黎回答完，還是有點慌，不知道自己這麼說，安子晏會不會聽。

安子晏還是有點難過，聲音低沉地問：「你是不相信我嗎？」

蘇錦黎被問住了，錯愕了一瞬間，他是被嚇壞了，下意識就想警告安子晏一句，然而被安子晏用難過的眼神看著，問出這樣一句話來，他還是有點心裡不是滋味。

「你仔細想想看，我做過什麼傷害你的事情嗎？」安子晏又問，眼神裡透漏著神傷跟陣陣地疼。

蘇錦黎被問得啞口無言。

「所以你對沈城能夠坦誠相對，對陸聞西也可以，偏偏對我不行嗎？」安子晏問完這句話，自己都覺得特別酸，整個胸腔裡都泛著一股子酸味。

為什麼連陸聞西都可以……他卻不行，這麼久了，他還是一個外人。

蘇錦黎不能賣隊友，只能回答：「你跟他們不一樣。」

又是這樣的回答，這讓安子晏的委屈越來越多。

「那現在怎麼辦呢？我自己發現了，你想怎麼做才能放心？」安子晏坦然地問，他很想知道，蘇錦黎對他的態度。

「我都說了……你只要什麼都不說，就沒事了……」蘇錦黎的氣場已經弱了下來。

他從來沒有傷害人類的心思，被安子晏發現了，也是他自己不小心，怪不得別人。真要是安子晏說出去了，他也頂多是不再參加比賽，回山上藏著去。

妖，本來就不適合在人間生活。

「那沈城跟陸聞西呢？是不是跟你一樣？」安子晏繼續問，這簡直就像在作死！

如果安子晏只威脅到蘇錦黎一個人，蘇錦黎或許不大在乎。但是他是寧願去死，也不願意連累到哥哥，還有哥哥的朋友，他立即急了：「跟他們倆沒關係！」

可是安子晏還在酸，酸得自己的牙都要麻了。他心裡不是滋味，於是繼續說著自己都不能接受的話：「正好我看沈城不順眼，真要是這樣的話……」

安子晏的話還沒說完，蘇錦黎就直接揪起安子晏的衣襟，憤怒地說道：「你要是敢傷害他，我一定會收拾你的！」

「你怎麼收拾我？」安子晏抬起手來，「再拽一下我的手指尖？」

蘇錦黎突兀地撞向他，他還沒回過神來，嘴唇就被覆蓋上一片柔軟。

他詫異地看著蘇錦黎，就看到蘇錦黎居然用「吻」的方式撲過來。隨後他就覺得口中有一些涼涼的，似乎有什麼東西被蘇錦黎吸走。

他的心口微微發顫，也不顧及其他了，不但不推開蘇錦黎，反而抱住蘇錦黎，一隻手按住他的後腦杓，主動回應。

在吸他的陽氣嗎？可能是吧，但是它現在是一個吻。

安子晏探出舌尖的時候，蘇錦黎有點意外，然而他沒能往後退，被安子晏抱得緊緊的。

有點強橫又霸道的親吻，濃烈得讓蘇錦黎有些措手不及。

他們就好像在互相廝打，卻沒有任何暴力的舉動。蘇錦黎在被強勁的陽氣包圍著，然後被安子晏推到玻璃牆邊。

肩膀被按著，原本扶著他後腦杓的大手，此時扶住了他的臉頰。

剛才還那麼迫不及待，此時又溫柔了幾分，小心翼翼的。

蘇錦黎真想不到，凡間的男生被吸陽氣的時候會這麼主動。

他因為吸了太多的陽氣，被弄得頭昏腦脹，想要推開安子晏，安子晏卻不鬆開他。

安子晏被蘇錦黎身上散發的香味弄得有點醉了，鼻翼裡都是蘇錦黎好聞的味道，唇齒間是蘇錦黎的味道，愛意就好像一瞬間爆發，終於抑制不住，就算下一瞬間覆滅，他也心甘情願。

果然喜歡他。

果然是這樣。

蘇錦黎勉強地推開安子晏時，已經有點喘了，然而他還是逞強地挺起胸脯問：「怕了嗎？」

安子晏被蘇錦黎問得哭笑不得：「嗯，怕死了，你以後都這麼收拾我吧。」

「你老實點，我就不收拾你了。」

「你這麼說，我就偏偏不想老實了呢？」

「你別敬酒不吃吃罰酒啊！」蘇錦黎凶巴巴地說。

「我喜歡你。」

「我不能吃。」蘇錦黎沒反應過來，立即警惕地回答。

「不是，我是GAY，我喜歡你，所以才會特別關注你，然後發現你的祕密。我喜歡你，愛情的那種喜歡，就算我是男的，你是男孩子，我也喜歡你。」安子晏突然強勢表白，讓蘇錦黎再次變成了一條傻魚。

今天真的是太刺激了。先是被安子晏發現身分，然後被安子晏表白了。

安子晏見他發呆，又低下頭，深情款款地在他的唇瓣上啄了一下。

蘇錦黎趕緊抬手擋住安子晏的嘴，不過剛才那一下安子晏還是成功了。

「我……我……我……是男孩子啊！我……我是子含的弟弟，你不能這樣！你……」

「如果你因為安子含拒絕我的話，我可以現在就跟他斷絕兄弟關係。」

「啊？你別啊，子含會多傷心啊。」

「捨不得孩子套不著狼。」

「我……不是狼，我是魚！」

「嗯，不好意思，冒犯你的種族了。」

「我是錦鯉精啊，你還敢……」

「是啊，看到一條魚之後，還能堅持喜歡你，算是真愛了吧？」

說得也是，蘇錦黎也這麼覺得。

一般人看到他那種狀態，哪裡還能喜歡啊，估計都嚇傻了。

「但是，我不喜歡你啊！」蘇錦黎回答得特別坦然。

安子晏有一瞬間的受挫，不過還是開始耍無賴：「你剛才算是強吻我，在我們這裡，你是要對我負責的。」

「啊？我……是在吸你陽氣啊。」

「我不知道你們妖是什麼規矩，反正你剛才輕薄我了。」

「是這樣嗎？」

「是啊。」

蘇錦黎愣了一瞬間，然後愧疚地道歉：「對不起。」

「沒事，我挺高興的。」

「所以你原諒我了嗎？」

「勉為其難吧。」

「我能不負責嗎？」

「你這麼渣男嗎？」

「那怎麼辦啊？」蘇錦黎特別慌張，問安子晏。

安子晏強忍著笑，拿開蘇錦黎的手，回答：「讓我追你吧。」

「我需要跑嗎？我跑得挺快的。」

「我是說，讓我追求你。或者說是……求愛？」

「我會拒絕的。」

安子晏有想過，自己哪一天會看上誰，然後因為性向的原因出現重重阻礙，讓他的感情非常困難。

或者是表白的時候，對方會十分感動，然後拒絕。卻從來沒想過，他會被秒拒。

他對蘇錦黎表白，也下了很久的決心。之前試探的時候，發現蘇錦黎是個直的，後來發現他跟沈城有曖昧關係，當時不知道是該高興還是該難過。

蘇錦黎恐怕是彎的，他非常開心。

情敵居然是死對頭，他非常絕望。

「可以告訴我理由嗎？」安子晏強忍著心口的憋悶感問道。

「我覺得，如果跟你在一起，我以後的日子都擔驚受怕的。」

「還有其他的嗎？」

「還有……」蘇錦黎本來想強調自己是男孩子，但是想起陸聞西跟許塵就是兩個男人啊，不也在一起了？所以這個理由恐怕不成立。

「嗯？」安子晏的心一直懸著。

「就是我對你……還沒有喜歡的感覺。」

沒有提出性向的問題，安子晏稍稍安下心來，這才對蘇錦黎說道：「我不會說出你是錦鯉精的祕密，畢竟你現在是我手下的藝人。還有，我也不會說出沈城跟陸聞西的事情，我剛才只是吃醋到腦袋缺氧，說出腦殘的話。」

「喔……」

「還有，你跟我在一起根本沒必要害怕，我絕對不會做讓你受傷的事情，還會保護你。」

「嗯……」

安子晏說得深情款款，蘇錦黎的小眼神四處躲閃。

「所以，你說的那幾點，在我看來完全都不是問題。現在我們只要培養一下感情就可以了。從今天開始，我會開始追你，直到你對我心動為止。」

蘇錦黎小心翼翼試探性的問：「那如果一直不心動呢？」

「不知道啊……」安子晏說到這裡嘆了一口氣，他也不知道該怎麼追人，又該如何追錦鯉精。之後的事情，什麼都不知道。

好在，終於表白了。

【第五章】吵架也是友情的表現

蘇錦黎有點想離開，於是他跟安子晏敷衍地說道：「我睏了，我先回去了啊？」

「你是睜眼睛睡覺嗎？」安子晏比較好奇這件事情。

「是魚的時候睜眼睛，人類的時候閉眼睛。」

「喔，那就好，我怕我以後嚇到。」

「你這樣……未雨綢繆真的好嗎？」蘇錦黎忍不住問道，他記得剛才好像拒絕了啊。

安子晏被問樂了，沒回答，指了指蘇錦黎的襯衫，「鈕釦都扣錯了，我幫你重新扣好。」

蘇錦黎低下頭，才發現自己的鈕釦扣錯位置了，剛才實在太著急沒注意到。

安子晏將一顆顆鈕釦輕輕地解開，又幫他重新扣好，接著拍了拍蘇錦黎的肩膀，「好了。」

「我哥以前給我做過這種事情。」蘇錦黎看著自己的鈕釦，對安子晏說。

「喔……你千萬別把我當成是哥哥。」他要當老攻！

然而蘇錦黎沒在意，還在沉浸於炫哥：「當時我還老愛尿褲子，控制不好自己，他就天天幫我收拾。我們山上沒有紙尿褲，只有尿布，他就幫我洗，掛長長的一串晾乾。」

「你父母呢？」

「我也不知道我的父母是哪兩條魚，估計我成精的時候，他們就已經死了或者被吃掉了。」

「會不會……很傷心？」安子晏試探性地問。

「我們妖精跟你們是不一樣的，除非是被已經成精的妖生下來，否則一般都找不準父母是誰，所以根本沒事。」

安子晏已經走到蘇錦黎的包包旁邊，幫忙撿起來，接著看向蘇錦黎問：「你們跟我們還有什麼其他地方不一樣嗎？」

「其他的啊……」蘇錦黎跟在安子晏身邊，一邊往住處走，一邊聊天：「我會這個。」

蘇錦黎抬手，控制不遠處一個塑膠瓶，飛到他的手裡。

安子晏看到之後立即拿開了，「別隨便撿路邊的東西，多髒？」幫蘇錦黎擦手的時候才反應過來，「啊！隔空取物啊？」

「對啊。」

「還有其他的嗎？比如讀心術、透視眼什麼的。」

蘇錦黎搖了搖頭，「不會了，我法力不行，是我們山上最弱的。」

能知道蘇錦黎這些小祕密，安子晏竟然沒覺得害怕，反而挺開心的。他總覺得他知道了別人不知道的事情，跟蘇錦黎的關係就跟別人不一樣了。

一個被愛情占領大腦的男人，在某些方面出奇的睿智，在某些方面又出奇的遲鈍。

將蘇錦黎送回房間門口，安子晏才將東西遞給蘇錦黎。他有點不想蘇錦黎回去，拉著蘇錦黎的手有點戀戀不捨地問：「能再陪我待一會嗎？」

「不能，我睏了。」蘇錦黎是真的睏了，半夜爬起來游泳，簡直是非常努力了。

「那我能再親你一下嗎？」

「不能。」蘇錦黎回答完，就快速刷卡進入房間。

安子晏看著蘇錦黎進去，抬手摸了摸自己的嘴唇，然後走回自己的房間。在房間裡找出手機，撥通江平秋的號碼。

江平秋那邊很久之後才接通，迷迷糊糊地問：「安少，怎麼了？」

「我剛才跟蘇錦黎單獨在一起了，這附近的全部監控都給我刪除記錄，可能埋伏在周圍的狗仔隊挖地三尺也要全部控制住。」

「好。」江平秋立即明白了。

凌晨，單獨在一起，還需要刪監控，這些事情江平秋一想就明白了，所以都不用多問。

掛斷電話，安子晏躺在床上開始打滾，無論如何也睡不著，沒一會就拿出手機開始上網搜索

「怎麼追一個男生」。

看到找出來的東西不大對，於是又搜索「男生怎麼追一個男生」，最後發現幾乎沒有答案。

於是，他放棄搜索「如何追求一個錦鯉精」了。

張鶴鳴是早上才接到華森娛樂打來的電話，質問他們為什麼淘汰周文淵。

張鶴鳴完全懵了。當初，麥楓承諾可以放心大膽地淘汰周文淵，波若鳳梨會跟華森交涉，當時張鶴鳴是完全相信的，再加上那堆黑料放在面前，他又保護劇組心切就答應了。

現在華森娛樂打電話來質問，他被問得啞口無言，還被對方要求賠償。

張鶴鳴的策劃案最開始不被看好，找來的評審老師不是過氣的，就是沒紅起來的。難得安子晏因為弟弟的原因要過來，他們可真是把安子晏當成祖宗供著的。

讓他沒想到的是，節目居然能夠逆襲成功，漸漸有了起色，還引來投資商們的青睞。這讓他越來越有底氣，心態也就飄了起來。當時，他的重心就是保護好這個節目。

蘇錦黎出事後，張鶴鳴做的決定是封鎖消息，低調報警，配合調查。只要不鬧大，不傳出什麼風波，能保全節目組就好。

波若鳳梨方面也極力配合，算是仁至義盡。

在之後，麥楓拿出周文淵的黑料，放在他的面前，他的第一個想法還是保全節目組，同時還能請來陸聞西助陣。

可是，事情總是不如張鶴鳴的意。喬諾上臺公開挑戰蘇錦黎，他依舊是想要保護節目組，因為成功得來不易，所以格外珍惜。

然而，這一舉動惹怒了安子晏，還有沈城那邊的人。現在想來，恐怕是沈城一開始就下了一個套，讓他心甘情願地往裡跳，如果他們表現好了，沈城會去跟華森協商，然而他們在之後又做了損害蘇錦黎的事情，沈城就放任他們，讓他們自己解決這件事情了。

這段時間，張鶴鳴從未這麼疲憊過。他每天要盯著節目組的事情，還要處理那些一直沒有甩乾淨的負面新聞。

以前盼著節目組的選手或者節目內容上熱搜，現在一上熱搜就提心吊膽，生怕又出現大量的批鬥事件。

而且，他每次見到安子晏都覺得非常有壓力，把人家當爺爺供著，人家還不一定願意把他當成孫子看待。

按理說，他這次的逆襲可以成為一個成功案例，以後的節目策劃也會引來大批的支持才對，就算真的舉辦第二季，他也能挺直腰杆。

然而，他並沒有，負面新聞太多，上級還來批評過他一次，說他處理突發情況的水準太差。可是現在這種情況，誰能告訴他該怎麼處理？

華森娛樂把練習生送過來，坐等周文淵能出道，結果節目組擅自給淘汰了。

周文淵剛剛離開節目組就失蹤了，外加他們這陣子一直在控制消息，居然是周文淵的父母去華森娛樂辦理周文淵的離職手續，他們才知道的情況，絕對是恥辱！

現在，華森娛樂開口就是五千萬的賠償金，不然這件事情絕對不會善罷甘休。

本來就在風口浪尖上，再來一件事情絕對會雪上加霜，張鶴鳴簡直要瘋了。

他只能試探性地打電話給麥楓，麥楓接通電話後依舊是樂呵呵地問：「怎麼，華森娛樂不同意嗎？你們是怎麼處理的啊？」

「您不是說好會跟他們打招呼嗎？」

麥楓是條老狐狸，怕張鶴鳴錄音，所以根本不提到這件事情。

張鶴鳴只能道歉。蘇錦黎是沈城那邊的人，他在節目組受傷，受傷後又差點被節目組放棄，沈城那邊會這麼做也不奇怪，圈裡都知道，那幾個得罪不起的人是誰，安子晏是一個、沈城是一個。

張鶴鳴十分牛逼，一口氣得罪了兩個。

「您說的我不懂啊，我們不需要黑幕，烏羽才是我們公司的，為什麼要定蘇錦黎第一啊？蘇錦黎就算不內定，也能第一的吧？」麥楓說話的時候還帶著口音，似乎是故意在打馬虎眼。

張鶴鳴真的是毫無辦法了，幾乎是用哭腔求麥楓幫忙解決。

「那就按照我們說的，剪輯下一期時我們派人過去。」麥楓終於改了口吻。

下一期就是喬諾公開踢館、周文淵被淘汰的那期。波若鳳梨要控制剪輯，恐怕也是努力捧蘇錦黎，走讓粉絲心疼的路線，還有就是低調處理周文淵的出局。

「好……」張鶴鳴答應了。

掛斷電話，張鶴鳴的後背上全是虛汗。

他頹然地坐在自己的辦公間裡，一坐就是一天，也不知是個什麼心情。

也不知過了多久，有人敲門進來，激動地說道：「張導，新的一期播了，收視率破紀錄了！」

張鶴鳴終於站起身，跟著工作人員走出去。

新的一期《全民偶像》播出了。

這一期裡，是組合表演的主要內容，重頭戲是蘇錦黎跟安子含那組的演唱。

製作後的蘇錦黎唱高音的部分，成為本期的最大看點。

這段播出後不久，各大平臺都被蘇錦黎的視頻霸占了頭條的位置。

真正的實力演唱，國內罕見的男子高音領域，是無法被埋沒的。

烏羽之前的水準已經被不少業內人士稱讚。當蘇錦黎的這首無雜音的版本播放出來後，幾乎是點燃了一個炸點。

這場轟炸，在國內的音樂圈轟然炸響。

連帶著，蘇錦黎的口技表演也被熱播電視節目《國家文化寶藏》的主持人楊澤華發布在微博上。

楊澤華：說真的，再次看到這段口技表演，我仍然會熱淚盈眶，他讓我看到了希望。已經跟他的經紀人確認過，他的傷勢恢復得很好，並且已經正式定了檔期，希望可以跟這位少年合作，錄製一集精彩的節目。【視頻】

這一天的熱門微博，每往下翻幾條就會看到蘇錦黎，堪稱霸屏級別的存在。

蘇錦黎火了，這次不是因為轉發有好運、不是因為受傷新聞，而是因為歌聲。

此時蘇錦黎張著嘴，被幾個人圍觀自己的嗓子。

「我看著是沒什麼事了。」安子含這樣說道，其實也看不懂啥，就是想跟著看看。

「嗯，剛才說話的聲音很正常，尤其罵你的時候。」烏羽跟著說。

「下場比賽肯定沒問題。」範千霆跟著點了點頭。

蘇錦黎有點心虛，他吸了安子晏的陽氣，陽氣在自身吸收過，讓他的傷勢加速好轉。

他們妖精的確有專門吸陽氣修煉的，但被禁止以此害人。

他昨天晚上其實也算是在攻擊安子晏，吸了安子晏的陽氣，也算是占到便宜。

他往後躲了躲，回答：「我身體素質好。」

「那也少吃點這些乾脆麵吧，你怎麼就愛吃這玩意？啊？」安子含依舊在翻蘇錦黎的櫃子，將他不能吃的零食一樣一樣地拿出來。

「我嗓子好了，能吃了！」蘇錦黎繼續拚命阻攔。

「還有這個肉鬆餅，多鹹？都刮嗓子，你吃完都能變成一條鹹魚乾了，吃這些零食幹什麼？」

安子含繼續扔東西。

「大不了我好了以後再吃嘛！」蘇錦黎急得直跺腳，這都是用他工資買的啊！

「賽制流程你也知道了，下一輪就是單人比賽，每個人得準備兩首歌，你嗓子能行嗎？這回壓力更大了你知道嗎？」安子含沉浸於做哥哥的人設，就喜歡管著蘇錦黎。

蘇錦黎氣得不行，照著安子含屁股踢了一腳。

安子含被踢得剛想回頭收拾蘇錦黎，就有人敲了敲門走進來，「你們寢室怎麼都不關門？」

「過堂風涼快還自然。」安子含回答，同時追問：「哥，你怎麼又來了？」

「我最近沒什麼工作，過來看看，明天去拍一個代言廣告就不能來了。」

「哥，他剛才踢我！」安子含指著蘇錦黎告狀。

「我看到了，小腳抬得還挺高的，下回踢的時候小心點，別抻到了什麼的。」這句話是對蘇錦黎說的。

安子含總覺得安子晏沒向著自己，頓時心情就不美麗了。

然後就看到安子晏走進來，坐在他的床上，不由得疑惑：「哥，你來幹什麼的？」

「我來看看啊。」

「喔，我把下一輪選的曲目唱給你聽啊？」

「不想聽。」

安子含鬧不明白了，他哥過來到底是幹什麼的？

蘇錦黎趁這個工夫，趕緊把安子含拿出來的零食一股腦全放了回去，然後鎖上櫃子的門。

剛弄好，一回身就看到有人搬進來一張桌子。

他正覺得奇怪呢，江平秋就拎著一堆食材進來，後面還有一個人手裡拎著一個鍋。

「我聽說你們還沒吃晚飯呢，涮火鍋吧？」安子晏主動問。

蘇錦黎興奮得話都說不全了，眼睛都明亮了幾分，「喔喔喔！哇！吃吃吃！」

他已經很久沒吃過火鍋了，而且，他也是第一次跟自己新交的朋友一起吃火鍋，自然興奮得不行。

安子含興奮地抱了安子晏一下，「哥，你果然愛我。」

安子晏只是笑了笑，沒回答，他現在更愛蘇錦黎。

等東西都放好了，大家生怕被其他人發現開小灶，還關上了門，打開空調。

江平秋送完東西就走，只留下四個男生跟安子晏，蘇錦黎還悄悄跑去把常思音也叫來了。

六個大男人坐在一間寢室裡吃火鍋顯得有點擠，以至於蘇錦黎根本沒在意安子晏緊挨著他，只是專注於吃火鍋。

「沒有蝦滑、沒有海鮮，也好意思叫火鍋？」安子含看完食材後，就忍不住問了一句。

「蘇錦黎不吃。」安子晏回答得理直氣壯的。

「沒事的，我不吃就行了，你們吃你們的。」蘇錦黎立即說道。

「都在一個鍋裡，別串味了。」安子晏說完，又給蘇錦黎挾了羊肉，放在蘇錦黎的碗裡。

羊肉好一點，安子晏挾一點，蘇錦黎面前都堆起了小山，其他人還在眼巴巴地等。

開始是等羊肉好，後來是等蘇錦黎趕緊吃飽。

蘇錦黎吃得特別滿足，吃到撐才放下筷子，站起身來對他們說：「我吃太多了，我得出去走一走，不然坐不穩。」

「我也吃飽了，一起去吧。」安子晏跟著放下筷子說道。

蘇錦黎猶豫了一下，想著他都拒絕安子晏了，再跟安子晏一起出去是不是不大好？不過拿人手短，吃人口軟，他只能同意了，做人不能太忘恩負義。

等他們倆出去了，安子含忍不住評價道：「我哥一準是捨不得我了。」

「何以見得？」範千霆還在鍋裡撈東西呢，安子含乾脆將剩下的肉一股腦兒倒鍋裡面了。

「比賽快結束，我也快出道了，等我出道以後，我們兄弟倆見面的時間肯定少了，他就有點板不住了，沒事就來看看我。」安子含如此說道。

「真的有那麼忙嗎？我總是體驗不到那種感覺。」常思音跟著問。

「你看H國藝人，國家沒我們大，仍經常一分手就是行程太忙，聚多離少呢。我國這麼大的地方，各種通告，肯定忙瘋了。」烏羽看著安子含說，忍不住揚起嘴角冷笑。

安子晏全程只給蘇錦黎挾菜，末了還跟著蘇錦黎走了，安子含怎麼有自信說他哥是衝著他來的？安子晏頂多是想刷滿新搖錢樹的好感度！

蘇錦黎跟著安子晏並肩去了訓練室。

這裡有一處小操場，平時給選手們運動用的，現在是晚飯時間，選手們大多在食堂沒有過來。兩個人在室內走了走之後，蘇錦黎突然對安子晏說：「謝謝你，小精緻。」

「聽說你愛吃火鍋，我就弄過來了，給你解解饞。」

「其實是在感謝你讓我吸陽氣，你看，我嗓子都好了。」蘇錦黎立即停下來，張嘴給安子晏看。

「嗯，應該是好多了吧？你還需要再吸點嗎？」安子晏可不會看嗓子，只是隨便看了一眼。

「不用了。」

「沒事的，我陽氣多，你吸了以後我的問題也能緩解一點。」

「主要是我不想負責任。」

安子晏真想回到昨天抽自己一巴掌，嘴欠、瞎說，根本不需要負責任，想怎麼吸就怎麼吸。

「如果你需要的話，不需要負責任。」安子晏說得特別誠懇。

「不用了，多冒犯啊。」

「沒事……」安子晏挺期待的。

然後就看到蘇錦黎伸手，在他指尖抓了一把，就這樣草率地結束了。

「這就夠了嗎？」安子晏詫異地問。

「嗯，吸太多了頭疼，我昨天晚上就沒睡好。」

「我也沒睡好。」

「因為被吸了陽氣心慌嗎？」

「不是，想你想的。」

蘇錦黎立即閉了嘴，左右看了看，注意到沒有其他人，才警告安子晏：「你別總瞎說。」

「沒瞎說，是實話。」

蘇錦黎就算再不懂這些事情，也知道安子晏這些話怪讓人不好意思的。他紅著臉頰，看向其他的地方故作鎮定，還輕咳了一聲。

安子晏倒是無所謂，能跟蘇錦黎在一塊，他就特別開心，覺得今天沒白來。

「還有，如果你需要吸陽氣找我就行了，找別人容易露餡。而且，這種方法挺曖昧的，我喜歡你倒是無所謂，讓別人感受到了不大好。」

安子晏生怕這個親了別人嘴，還跟別人道謝的小傻子，也這樣去「收拾」別人。

「你……你別老把這些話掛嘴邊啊！」蘇錦黎慌得不行。

「什麼話？我喜歡你？」

「嗯……嗯。」蘇錦黎點頭。

「可我確實喜歡你啊。」

蘇錦黎有點受不住了，加快腳步想甩開安子晏，結果被安子晏拽了一下手腕，又很快鬆開，

「我跟你說點正事。」

「嗯，你說。」

安子晏正色道：「我給你接了一個電視節目，是《國家文化寶藏》，主持人很欣賞你，對你的近況也很關注，知道你身體好了，就立即來邀請你上節目。你在比賽結束後，第一個節目就是這個，沒問題吧？」

「可以啊，聽從領導安排，只是我不知道去了要做什麼？」

「他很欣賞你的口技表演，還有反彈琵琶，想要採訪你，同時你還需要準備一段演出，讓他們記錄到文化檔案裡。」

「這樣的話，可以啊。」

安子晏見蘇錦黎完全無所謂的樣子，所以開始跟蘇錦黎耐心地解釋：「一個藝人的出道首秀非常重要，你結束比賽後，無論是第幾名，這個選秀節目都過去了。有人是在舞臺上表演出道後的第一個節目，或者是參加什麼綜藝節目。你的出道方式恐怕是所有藝人裡最特別的，但也是最值得宣揚的，畢竟是黃金時段的節目。」

「我相信你不會給我安排錯的。」蘇錦黎點了點頭，完全信任安子晏。

安子晏終於覺得心情好了點，問蘇錦黎：「你下一輪比賽準備了什麼歌，唱給我聽聽。」

「你不是不想聽嗎？」

「你唱的想聽。」

「喔，好。」然後，他就唱了老師給他的備選歌曲《放生》，「放我一個人生活，請你雙手不要再緊握，一個人我至少乾淨俐落，淪落就淪落，愛闖禍就闖禍……」

安子晏點了點頭，再次開口：「行了，別唱了，唱得我心裡難受。」

「喔……」蘇錦黎閉了嘴，停頓了一會又開口說：「其實上次勇哥他們給我製作了一首曲子，我聽了兩遍覺得挺好的，只是還沒填詞。曲子是用我平時練歌的調子擴展的，我非常喜歡，你還記得嗎，就是上次烏羽教常思音發音的時候，我哼的那段。」蘇錦黎又說起了其他的事情。

他還沒有確定下一輪比賽的歌曲，所以到現在還有點猶豫。

安子晏點了點頭，「記得。」

確認對蘇錦黎的心意後，安子晏特意找了蘇錦黎的剪輯版，把有蘇錦黎的鏡頭全部都重新看了一遍。

「我有點想試試看自己填詞，然後表演這首歌，我應該能夠駕馭得了。」蘇錦黎想了想後，跟安子晏說了自己的想法。

畢竟現在安子晏是他的老闆，他也要跟老闆商量一下才行。

「這一輪你要一個人準備兩首歌，時間很緊迫，如果還要自己填詞，恐怕是一個大工程。」

「我想試試。」蘇錦黎說完笑了笑，坦然地看向安子晏，「我當初也是練習了半年的時間就來參加比賽了，居然能堅持到現在，不試試看怎麼知道我不行呢？」

安子晏覺得，他總能被蘇錦黎的笑容瞬間治癒。

這種笑容很自然，彎彎的眼眸，漂亮的臉蛋，沒有任何雜質，顯得非常可愛。

於是他點了點頭，「好，我去跟節目組申請，把手機還給你們一段時間，你可以隨時跟你的經紀人以及工作室溝通，修改細節。」

他願意無條件支持蘇錦黎的決定，只要是蘇錦黎想要的，他拚盡全力也會幫蘇錦黎拿到。

「好，謝謝你！」蘇錦黎立即興奮地感謝。

「作為感謝，你多陪我一會吧。」

蘇錦黎有點疑惑，忍不住問：「你會覺得寂寞嗎？」

「不是，就是想多跟你待一會。」

「我爺爺老了才想讓我多陪他一會。」

「這不一樣。」

蘇錦黎不大理解，只是扭頭看向安子晏，上下打量他。

安子晏任由他隨便看，反正對自己的外形特別有信心，萬人迷體質讓他有謎一般的自信心。

——看吧看吧，說不定多看幾眼，就愛上我了。

「你的爺爺……是哪條魚嗎？」安子晏忍不住問。

「是一隻狐狸精。」

「男狐狸精？」安子晏還挺驚訝的。

「對，脾氣非常暴躁，如果誰欺負我，他估計會吃人的。」

「喔……」安子晏心虛地應了一聲，點了點頭，「我不會欺負你的。」

「他應該不喜歡吃你這麼大個子的，得吃兩頓。」

這……是好事還是壞事？

走到了角落的位置，安子晏突然伸手，拽著蘇錦黎去了洗手間。

「我不上廁所啊……」蘇錦黎連忙說道。

「這裡沒監控。」安子晏回答完，進入洗手間挨個門看了一眼，確定沒有人了，才關上洗手間的門，將蘇錦黎抱進懷裡。

蘇錦黎被抱得愣愣的，忍不住問：「怎麼了嗎？」

安子晏抱著蘇錦黎不肯鬆手，下巴搭在蘇錦黎的肩膀上，有點耍賴似的說：「我明天要去拍廣告，估計兩三天不能過來，捨不得你。」

「可是你之前也經常一週過來一次啊。」

「不一樣，現在越來越想看到你，一天看不到就會特別特別想。」

「喔……我大致能理解，我看不到我哥哥也會想他……」

安子晏真的非常氣惱了，讓蘇錦黎陪他，蘇錦黎想到爺爺，他說想蘇錦黎，蘇錦黎就想到哥哥。

這根本不是一回事啊！

蘇錦黎還說想談戀愛呢，根本沒開竅。

「抱夠了嗎？」蘇錦黎忍不住問。

「沒有。」怎麼可能抱得夠，他恨不得抱回家裡去，給蘇錦黎弄一個大大的魚缸養著他。

「唉，拿你沒辦法。」蘇錦黎無奈了，伸手環住安子晏的腰，讓安子晏能更舒服地抱著他。

在他看來，這是在體諒老年人的寂寞心情，關愛長輩的一種表現。

然而，安子晏卻開心得整顆心都蕩漾了。

兩個人在洗手間裡待了十幾分鐘才出來，安子晏臨走時指了指自己的頭頂，「我頭頂上的東西還有嗎？」

「沒有了，散了。」

「再給我來一個。」

蘇錦黎伸手，揉了揉安子晏的頭，送上祝福。

蘇錦黎回到寢室的時候，手機已經還回來了，不得不說安子晏的效率很快。

他進入寢室，就看到安子含在做直播，跟範千霆兩個人對著手機唱《學貓叫》。

他聽著一聲聲的「喵喵喵」就覺得心驚膽戰，不由得躲得遠遠的。他怕貓，非常怕，他真的是怕所有貓科動物，於是拿了手機避開他們。

安子含看到蘇錦黎回來了，立即招呼蘇錦黎也過去一起直播，為的也是拉點人氣。

蘇錦黎躲不過去，就走到手機前面，盯著手機看了看，「你們好。」接著又盯著手機上的彈幕說道：「你們問慢點，我看不清。」

「蘇錦黎！媽媽愛你！」

「喔，媽媽您好。」蘇錦黎看著彈幕回答，不過媽媽您好是什麼鬼？

「蘇錦黎，身體好了嗎？」

「好多了，最近說話的聲音都恢復正常了，不過還沒嘗試唱高音的歌，過兩天再試試看。」

「錦鯉大仙祝我過四級！」

「小錦鯉，求期末成績逆襲。」

「嗯，祝福你們。」

「小魚兒，安子含和烏羽同時掉進水裡，你會救誰？」

「這個問題很有水準了。」安子含一直在旁邊跟著看，所以立即就指了這個問題。

「我一手一個，都能拎起來。」

「你這個旱鴨子去救兩個會游泳的嗎？真敢說。」安子含忍不住數落。

蘇錦黎輕哼了一聲。

這個時候，有人刷了安子晏的名字。

「老公，咱哥又被黑了。」

「寶寶，安子晏被扒了，你去看看不？」

安子含看著彈幕，伸手拿來蘇錦黎的手機，搜索安子晏的名字：「我看看我這個敗家哥哥又有什麼黑料了。」

這次的黑料挺敏感的，新一期剛剛播出，有人爆節目組有內幕，就連安子晏主持的時候都個人主義明顯，他喜歡誰，就多問誰問題；不喜歡誰，就匆匆採訪完畢，導致很多選手鏡頭不多。

其中，可以看出安子晏特別喜歡跟蘇錦黎和安子含聊天，就連對常思音都很照顧。這個節目完全就是看安子晏喜歡誰，誰就可以留下，不喜歡誰，誰就滾蛋。

叫囂的人裡，大多是被淘汰選手的粉絲。

「其實這個真由不得我哥，主要是看導演的後期剪輯，我們都沒辦法控制。」安子含看完之後這樣評價。

蘇錦黎也跟著看，看了半天沒看懂，得安子含跟蘇錦黎解釋，蘇錦黎才明白這些人在吵些什麼。

「小精緻不是這樣的人。」蘇錦黎立即否認了。

蘇錦黎能夠發現，安子晏其實對很多選手都很照顧，尤其會給實力選手們加油打氣。運動會的時候也會照顧女選手，讓她們去室內泳池，比賽結束給每名選手發礦泉水。

「你叫我哥什麼？」安子含很詫異。

「小精緻。」

「為什麼這麼叫他？」

「他的鼻孔很精緻。」

安子含也不管什麼黑料了，在直播裡笑成了一個瘋子，聲音都是魔性的「hia hia hia……」

蘇錦黎站起身不再參與直播了，拿著紙筆到一邊找靈感，坐在窗戶邊，朝外面看，就看到安子晏跟江平秋離開的身影。

然後就看到安子晏在離開的同時，頭頂上的祝福散掉了。蘇錦黎忍不住嘆氣，安子晏絕對是他碰到的人裡，祝福用得最快的一個人。

安子晏坐在保姆車上，拿出手機看江平秋說的被黑的事情。為了不被粉絲看到他上線過，是用小號，上網後打開熱搜榜，第一條就是他名字的「爆」熱搜。

可是……安子晏小精緻。這個熱搜詞怎麼透漏著一股子詭異？他舉起手機給江平秋看，問：「這次被黑的就是這個？」

江平秋看完都愣了，拿著手機跟著搜索，疑惑地說：「空降熱搜頭條啊，這也能爆？」點開就看到是蘇錦黎在直播的時候叫了安子晏小精緻，沒過多久就「爆」了，堪稱最迅速的轉移視線。

安子晏拿著手機，搜索自己的名字，終於找到說他控制名次的微博，然後就發現已經有技術帝給他洗白了。

有人統計了安子晏的採訪，發現選手們的採訪放在一塊比一比的話，其實被速戰速決的反而是蘇錦黎跟安子含他們。

有的時候，安子晏問其他的選手，選手們會回答很多，安子晏從來都不會打斷，一直認真聽。到了蘇錦黎的時候，就是安子晏問一句，蘇錦黎簡短地回答一句。如果安子晏不問，蘇錦黎就絕對不多說，所以顯得安子晏說話的頻率要高一些。

謠言直接被攻破了，黑粉們也紛紛退散，根本沒鬧起來。

他本來以為是自己的公關團隊做的視頻，結果點進去發現，居然是蘇錦黎的粉絲做的總結，為的是澄清蘇錦黎是靠自己實力火的，而非靠安子晏。

「我們家小錦鯉的粉絲有點厲害啊……」安子晏忍不住感嘆了一句。

「嗯……」都我們家的了？

「他還真是靈。」安子晏是第一次看自己被黑還能笑出來，而且笑容格外甜。

蘇錦黎沒有填詞的經驗，所以拿到音樂的時候有一段時間的迷茫。他又去聽了其他歌找感覺，然後開始填詞，一邊填詞一邊跟著哼歌，因為是平時練嗓子的音調，也算是熟悉。

他沒去訓練室填詞，而是留在寢室裡，這樣還能安靜一點，至少不會被人打擾。

坐了一會，烏羽打開寢室門走進來問：「怎麼樣了？」

「還可以吧，你訓練完了？」

「你的小哥哥總跟我找茬。」

「他又做什麼了？」蘇錦黎邊問烏羽，邊調整了一下椅子的方向，對於這兩個人的掐架早就習以為常。

「他聽到我練歌，就過來跟我說，我的選歌風格太單一了。說你在節目裡這麼幾期，就選了幾個風格，還各個突出。我就全是一種風格，扯著嗓子嗷嗷叫喚。」烏羽重複完，就翻了一個白眼，躺在自己的床鋪上。

「其實他說得也對。」

「你聽誰的都對，就跟你想要確立人設一樣，我也有我自己的風格。很多歌手也有自己的風格，所以吸引固有的粉絲。」

「你這麼說的話……也是……」蘇錦黎又被說動了。

烏羽看著蘇錦黎，覺得特別有意思，抬頭看了看攝像機，注意到是開著的，於是沒再說什麼。

蘇錦黎也注意到烏羽的眼神，起身關了攝像機，接著問烏羽：「烏羽，你說喜歡一個人是什麼感覺？」

烏羽被問得一愣，翻了一個身，錯愕地看著蘇錦黎。

蘇錦黎被看得有點不好意思，納悶地問：「怎麼了？」

「我沒想到有一天，能有人跟我聊感情問題。」烏羽在感情方面真的沒什麼經驗，難得談了一次戀愛還被甩了。

「我們這些人裡，就你正經地談過戀愛。」

「我當時是被她追，覺得她還不錯，性格也可以，就試著交往看看。在一起以後也沒對她太好，之後的事情你也知道了，其實想一想，我被甩也是活該。」

蘇錦黎真是鬧不明白了，看著自己的本子有點迷茫。

「怎麼，沒談過戀愛，填詞有點困難了？」烏羽問他。

「是有那麼點……」蘇錦黎只能這麼回答。

「其實無非是總會想起那個人，然後會在意那個人，你喜歡的那個人出現在人群中，你一眼就能看到她。」

蘇錦黎仔細想了想，他總會想起的人是沈城、爺爺跟弟弟，他會在意的人也是他們幾個。只有第三點想到安子晏，因為他太高了，站在人群裡一眼就能看到，完全無法忽視，總體看來他是不喜歡安子晏吧？

「對了，還有，你不喜歡一個人的話，是絕對不喜歡他靠近你，跟你做特別親密的事情，就是……你知道吧？身體就會產生一種排斥的感覺。反正我是沒辦法跟我不喜歡的人接吻、擁抱什麼的。」烏羽再次補充。

這回的補充，讓蘇錦黎身體突然僵直，錯愕地看向烏羽。

烏羽也被蘇錦黎看得有點奇怪，問：「怎麼了？」

「這就是喜歡了？」

烏羽微微蹙眉，又重新躺好，「我都說了，我這方面不行，你問安子含，說不定還能給你回答一套接一套的，畢竟老司機。」

「你才老司機……」門口傳來嘟囔聲。

「聽牆角有意思？」烏羽沒起身，直接問。

安子含立即從門外走進來，說道：「我就是試探一下，看看你們有沒有說我的壞話。」

烏羽懶得理這個幼稚鬼，翻了個身，躺著對著牆壁開始唱歌。

安子含走到蘇錦黎身邊，對蘇錦黎說起戀愛經驗：「你會在意一個人的消息，就是喜歡了。比如聊著天呢，她突然半天不回覆你，你就會去翻自己的聊天記錄，想著是不是說錯哪句話，惹她不開心了。」

蘇錦黎聽完就放下心來，他從來不擔心這個，跟安子晏連聊天都很少。

安子晏也是那種很不擅長聊天的人，他們倆的微信到現在都沒說過幾句話。

「還有就是，從喜歡後就會產生一種獨占欲，看到她跟別人在一起，顯得很親密時你會吃醋。」安子含繼續說道。

蘇錦黎再次感到放心，因為他從來不吃醋，安子晏願意和誰關係好，就和誰關係好，他從來不在乎。

「最後，你現在腦袋裡想的是誰，你就是喜歡誰了。」安子含說完，按了一下蘇錦黎的頭。

蘇錦黎又震驚了一次，詫異地看向安子含。

安子含被蘇錦黎的模樣弄得莫名其妙，跟蘇錦黎四目相對，兩個人都是懵了的狀態。

烏羽停止哼歌，回頭問蘇錦黎：「你不會真跟張彩妮產生感情了吧？」

「不是吧？你還沒正式出道呢，又是瞞不住事的嘴巴，不大好吧！」安子含也跟著說。

蘇錦黎趕緊搖頭，「沒有沒有，我就是隨便問問。」回答完，就低下頭繼續寫東西了。

安子含去看蘇錦黎寫的東西，讀了讀之後說：「你的這些歌詞太繞口了，不通俗。或許你的歌可以突然殺出重圍，但是這些歌詞，不會讓你的歌大火，因為很多人唱不出來，記不住，不夠膾炙人口。」

蘇錦黎也停下來，盯著自己的歌詞看，突然聽到手機的提示音。

他打開就看到小咪發來一則簡訊：尤姐這邊的戲快殺青了，你們有沒有內部門票啊？我想去現場看你。

蘇錦黎：好，妳等等啊，我去問問看。

小咪：嗯嗯，不強求，實在不行我找黃牛買一張也行。

蘇錦黎：黃牛是你的好朋友嗎？

小咪：別告訴我你把黃牛當成是一個人的名字了。

他還真不知道黃牛是什麼意思，於是又跟小咪聊了一會。

過了一會，小咪發來一張自拍的相片，蘇錦黎點開看了看。最近蘇錦黎的後援會出了應援物，人手一頂錦鯉的鴨舌帽，是白紅色花紋的錦鯉。

蘇錦黎真的憋了很久才忍住沒說，他其實是金色的錦鯉，不是白紅色花紋的……不過既然是後援會想出來的，他只能接受了。

小咪就買了一頂這樣的帽子，戴在頭頂，還拍自拍的相片給蘇錦黎看，蘇錦黎看完就忍不住笑了笑。

安子含探頭看了看，認出來：「喔，是上次在飯店碰到的那個小姑娘，長得挺好看的，我對她有點印象。」

「嗯，她想來現場看我表演，我們這裡有內部門票嗎？」

「你要得有點晚啊，現在估計已經沒座位了，總決賽的可能還剩幾張，要不我幫你問問？」

「嗯，好。」

「你……喜歡她？」安子含試探性地問。

「沒有啊，就是之前幫過我，我想幫她弄一張票。」蘇錦黎回答得挺坦然的。

安子含又拿起手機看了一眼，覺得小咪看起來長得不錯，仔細回憶一下，似乎身高也不矮，於是對蘇錦黎說：「你把她名片發給我，我加她好友。」

「你直接跟她聯繫？」

「不是……我……」安子含抬頭看了看攝像機，這才說道：「我覺得她長得不錯，聊聊看性格合適不，合適的話我……」

安子含還沒說完，烏羽就忍不住問：「合適你就發展為炮友，被你渣了之後，這個小姑娘跟蘇錦黎連朋友都做不成了。」

「說得那麼難聽呢，我認真起來也是個好人。」安子含特別不服氣地反駁。

「呵呵。」烏羽十分不信。

「不行！」蘇錦黎終於聽出安子含的意思，立即拒絕了。

「你也不信任我是不是？」

「是。」

安子含不爽了，氣呼呼地走出寢室。

然後，沒人去追，場面一度十分尷尬。

沒一會，安子含又自己回來了。

蘇錦黎的填詞已經差不多完成，最近節目組有了再次收走他們手機的意思。

蘇錦黎將自己的這首歌傳到其他的設備上，然後開始給自己的好友們留言，告訴他們自己即將被沒收手機。

小咪：謝謝你的票！

蘇錦黎看著這行字，覺得很奇怪，詫異地問：我沒要到啊。

小咪：安子含加我了，還要了我的地址，給我郵寄了門票跟好吃的東西，不是你的意思嗎？

蘇錦黎看著手機螢幕上的字，突然有點生氣。

他的手機是安子含教他怎麼用的，最開始設置的時候，安子含就輸入了自己的指紋。前幾天安子含說想認識小咪，他拒絕後安子含再也沒提，他也沒當回事。沒想到安子含自己找到了小咪的聯繫方式，然後跟小咪聯繫上了。

他有點氣憤，立即去質問安子含：「你怎麼回事啊？我都說了你跟她不合適。」

安子含意識到蘇錦黎應該是知道了，於是回答：「我又沒幹什麼，只是給她弄了兩張現場的票，還答應放她進來看一看訓練營內部。」

「你怎麼這樣啊，她是一個好女孩，跟你不合適。」

安子含走進浴室裡，打開水龍頭就聽到蘇錦黎這麼說，立即不爽了：「你什麼意思啊，我就不是個好人了唄？」

「在這方面，你的確不夠好。」蘇錦黎依舊堅持。

安子含有點被氣到了，扶著洗手臺，對蘇錦黎特別囂張地說道：「那你就看著吧，她肯定會對我動心的，男人不壞女人不愛，懂不懂？再說了，只是一個小助理，我又沒泡什麼小花旦，至於這樣嗎？」

「你說她的時候就對她很不尊重。」蘇錦黎看著安子含，握緊了拳頭，心裡全是失望。

安子含的確有改邪歸正的意思，這次都沒著急，打算先從朋友開始，試試看人家的意思。

結果蘇錦黎劈頭就質問他，他怎麼解釋都不聽，讓安子含有點煩。

於是，他氣得腦袋迷糊，說了一句很讓人厭惡的氣話。

「呵。」安子含忍不住冷笑，「老子願意跟她玩都是給她臉了。」

話音剛落，安子含就被蘇錦黎揍了一拳，安子含完全被蘇錦黎的這一拳打懵了，他從認識蘇錦黎的那天起，就沒想過有一天會被蘇錦黎打。一個看起來軟萌的男生，突然生氣，真要動手也是毫不猶豫的，更不會手下留情。

安子含扶著自己的臉頰，就覺得顴骨疼得要命。他還要參加比賽呢，居然打臉，過分了吧？

然而蘇錦黎哪裡知道這些顧忌，完全進入了安子含調戲自己朋友的憤怒狀態。

「你他媽打我？還打臉？」安子含惱了，舉起拳頭就要還擊，卻被蘇錦黎穩穩地握住拳頭。

然後，又被蘇錦黎補了一腳，踹得都沒能站穩。

安子含以為他跟蘇錦黎打了一架，然而不是，他是被蘇錦黎壓倒性的單方面毆打。誰能看出來這個平時那麼好欺負的少年，居然這麼會打架，安子含好幾次想還手，都根本沒有還手的餘地。

烏羽捧著泡麵「呲溜呲溜」地走了過來，站在洗手間門口看著，對裡面的兩個人，用拿叉子的手比量了一個OK的手勢，「放心打吧，攝像機被我關了。」

什麼叫落井下石？這就叫落井下石。烏羽不但不拉架，反而捧著泡麵，一邊吃一邊看著他們打架……呸，看著蘇錦黎揍安子含，時不時還提醒一句：「唉，安子含你倒下的時候注意點，別砸到衣架了，手注意點，別碰到我的洗面乳。」

安子含有苦叫不出，被揍得渾身疼，委屈得直想哭。

偏偏蘇錦黎拽著他衣領，問他：「知道錯沒？」

他還嘴賤地說：「沒有！」然後繼續挨打。

烏羽一邊看一邊樂，提醒蘇錦黎：「別打臉，別被發現了，不然容易被節目組開除。」

範千霆聽到動靜趕過來，這邊蘇錦黎已經停下動作，氣呼呼地瞪著安子含，看樣子是休戰了。

範千霆一拍大腿，「戴耳機聽歌了，沒趕上新鮮的瓜！」

「蘇錦黎你別以為我拿你沒轍。」安子含見蘇錦黎不打了，立即又叫囂起來。

「你敢再這樣，我還敢再揍你。」

「是，你哥沈城，你牛逼！」安子含嚷嚷起來，以前這都是別人罵他的話，只是沈城會變成安子晏。

範千霆睜大了眼睛，看向烏羽，問道：「還真是沈城的弟弟啊？我之前以為安子含瞎說呢，都沒當回事。」

烏羽沒回答，走到安子含的身前，伸手捏住安子含的下巴看了看，「顴骨腫了，估計會被節目組發現。」

「怎麼的，你們還打算毀屍滅跡啊？」安子含拍開烏羽的手。

範千霆走進來拍了拍蘇錦黎的肩膀，「消消氣、消消氣，咱別跟他一般見識。」

「被打的是我！」安子含再次嚷嚷起來。

「你挺大個個子，怎麼那麼弱雞呢？」範千霆居然還數落安子含。

「我……我以前打架沒人敢還手啊。」

蘇錦黎扭頭離開洗手間，烏羽跟著走出來，問：「用不用我給你泡一碗麵？」

「想吃，但是我是不是得先跟節目組投案自首去啊？」蘇錦黎問烏羽。

「不用，裝死，就說安子含腦殘自己撞的。」烏羽回答完就坐下繼續吃泡麵了。

蘇錦黎還是有點不安，回頭看了看。

範千霆跟安子含推推搡搡地走了出來，範千霆就又戴上耳機，開始沉浸在自己的小世界裡哼歌。

安子含出來後左右看了看，獨自一個人走出寢室，出門後掀起衣服看了看，發現身上青一塊紫一塊的，渾身疼得要命。

他現在終於相信安子晏是親哥了，因為安子晏打得完全沒有這次疼。

一身狼狽地去了節目組，進去後繼續裝大爺，讓他們幫忙準備冰塊跟醫藥箱，盡快給身上的傷消腫。

過了一會，導播組的主管過來問：「你打架了嗎？」

安子含也知道，如果說蘇錦黎揍他了，蘇錦黎會被開除，於是憋悶了半天才說：「沒有。」

「這身傷可不像摔的。」

「我這人脾氣不好，生起氣來連自己都打。」安子含臉腫，說話的時候都一個眼睛大一個眼睛小，偏偏依舊囂張。

他們跟安子含爭執不過，就沒再計較，只是叮囑了幾句不要在訓練營內部出現暴力事件。

安子含點頭同意了，拿到了冰塊敷臉，將其他人趕出去，然後拿出電話給安子晏打電話。

安子晏接通後，就是不耐煩的聲音：「有事嗎？我挺忙的。」

「我剛跟蘇錦黎打了一架。」

結果，瞬間聽到安子晏憤怒的聲音：「你打他了？你找死吧？」

「他先找茬的！」安子含立即反駁。

「我就不信他那種性格，能找茬跟你打架，肯定是你有問題。」

「關鍵我什麼都沒幹呢，他就氣勢洶洶地來質問我。」

「你給我道歉去，別逼我再揍你一頓。」

安子含打電話是為了告狀，結果自己親哥也不向著他。

他在寢室裡被揍了一頓，沒人拉架就算了，打完了室友也都向著蘇錦黎。他以為親哥能幫他出氣，親哥還罵了他一頓，讓他去道歉。

他憋屈得不行，直接哭了起來，一邊嚎一邊說：「我……他媽……都被打傻了，你們還都向著他！我被打了你還罵我……啊啊啊！」

安子晏聽到安子含嚎成這樣，冷靜了一會後，才說：「行了，你先別哭了，告訴我怎麼回事。」

「蘇錦黎應該是喜歡……喜歡尤拉的助理，叫小咪，就是……上次飯店裡見過的那個。我只不過加了那個小姑娘的微信，他就生氣了，打了我一頓。」

「小咪？他跟你說喜歡了？」安子晏的話有點遲疑。

「前腳跟我諮詢感情問題，後腳就跟小咪笑呵呵地聊天，還為了她跟我打了一架，你說呢？」

「你們打架的事情，節目組那邊知道了嗎？」

「我沒告訴他們，他們也沒再問。」

「喔，如果是他喜歡的人，你為什麼要加小咪的微信？」安子晏沉著聲音問道。

安子含突然回答不上來了。

「你是不是沒經過他允許，就加他朋友微信了，然後被他發現後，才去收拾你的？」

「我還……什麼都沒做呢。」安子晏心虛地回答。

「是不是你從小就被一群人捧著，身邊的女生也主動往你身邊湊，你就覺得世界上的女生只分兩種，一種是能睡的，一種是不能睡的？實在使使勁還能分出來一種你不想睡的？」

「我沒有……」

「你對女生總是缺乏一種最起碼的尊重。」

「我沒有！我這次就是想先認識一下，從朋友開始。我真的是認真的……」

「認真個屁，你才幾天沒處對象，就空虛寂寞冷了？訓練營裡太清閒了是不是？」

安子含又覺得自己很委屈了，哭著回答：「我沒有，真沒有，這次是想偷偷給小咪門票，讓她過來看蘇錦黎，還答應帶她進來，給蘇錦黎一個驚喜。我確實想順便認識小咪，但是沒打算直接睡她啊！」

安子晏的語氣這才好了一些，問：「你為什麼不解釋清楚？而且你跟小咪說清楚了嗎？」

「我忘記告訴小咪了，我讓別人幫忙郵寄的，誰知道這麼快！而且，蘇錦黎進來就質問我，我什麼樣你又不是不知道，肯定嗆他幾句啊！」

安子晏嘆了一口氣，這才問：「怎麼樣，被揍得嚴重嗎？」

「他打臉！顴骨都腫了，身上青一塊紫一塊的。」

「你好好處理傷口，之後還有比賽。我後天就回去了，然後過去看看你。你也跟蘇錦黎解釋清楚，道個歉。」

「我不！我要是以後再跟他好，我就是他孫子。」

「別說這種話行嗎，我跟著降輩。」

「你不說，就咱倆知道，完全可以當成沒那回事。」

「……」他的弟弟也就這點出息。

沒人傳安子含跟蘇錦黎打架的消息，但是很多人都看出來了。

安子含的臉上有傷，明顯是打架了，他卻沒鬧，訓練營裡也沒人被處罰，這種事情誰能做到？能有幾個人讓他這麼忍著的？他又突然跟蘇錦黎鬧起冷戰，這就已經能夠說明情況了。

安子含性格不好，不過對蘇錦黎是真的不錯，這幾天愣是忍住不跟蘇錦黎說一句話，可見這次鬧得有多嚴重。

可是他們寢室裡，烏羽不勸，範千霆樂得清閒，常思音試圖勸說了兩次，安子含張口就罵人，常思音也不管了。

到了彩排的時候，節目組按照蘇錦黎的曲風，給蘇錦黎安排了高空吊鋼絲的表演，需要蘇錦黎在半空盪鞦韆，接著再飛身下來。

睡上鋪能忍住，但是這個真忍不住，蘇錦黎慌得不行，抱著鞦韆的繩子鬼哭狼嚎地說：「不行……我恐怕不行。」我只是一條小魚魚，我不能吊這麼高啊！

「沒事，你別看下面。」烏羽站在下面鼓勵。

「你這個舞臺效果會特別好。」常思音也這麼說。

「摔下來就從錦鯉變成扁口魚了。」安子含坐在一邊看著，幸災樂禍。

蘇錦黎扶著繩子，硬生生把自己的恐懼忍回去。

到了安子含出場，節目組安排了一個紙的幕布。

安子含會在裡面先唱一段，只能在紙上看到安子含在燈光下的輪廓，然後突然戳破白紙，從裡面走出來。

然而安子含為了耍帥，從紙裡出來的時候絆了一下，摔倒在臺上。蘇錦黎當時就站在臺邊解鋼絲，看到之後「噗哧」一聲笑了出來，引得安子含瞪了蘇錦黎好幾眼。

往回走的時候，兩個人好巧不巧又碰到，安子含雙手插口袋裡，跟在蘇錦黎身後碎碎念：「紅燒鯉魚、酸菜魚、糖醋魚、剁椒魚頭……」

【第六章】羅密非與茱麗葉

安子晏剛到訓練營，就看到安子含蹲在大門口等他。

「不用訓練嗎？」安子晏隨口問了一句，繼續往裡走。

「青天大老爺啊！小民冤枉啊！」安子含突然特別浮誇地喊了一句，然後連滾帶爬地到安子晏的身邊。

安子晏停住腳步，見到周圍人投來詫異的目光，忍不住輕咳了一聲，然後拎著安子含的衣領，帶他去自己的休息間。

剛進門安子含就開始假哭，指著自己已經消腫，只是有點瘀青的臉說：「看，蘇錦黎打的。」

安子晏看了一眼，確定能靠上妝遮蓋，於是點了點頭。

接著，安子含又掀起上衣，讓安子晏看他身上的瘀青，「蘇錦黎打的。」

「嗯。」

「我今天上午摔倒了他還笑話我！」連告三狀。

「嗯。」

見安子晏進來之後只脫了外套，把包放好，江平秋也忙著整理東西，都沒正眼瞧他，於是又開始在屋子裡乾嚎：「我被打了！」

兩個人都不理他，安子含開始躺在地上打滾。

「給我起來，都多大了還這樣。」安子晏立即吼了一聲。

「我被揍了，室友不幫我，親哥也不管我。」

「你道歉了嗎？」

「我道歉？是蘇錦黎的問題吧！」

「行，那你把他叫過來吧。」

安子含立即美了，對江平秋揮了揮手，「江哥，你去。」

江平秋點了點頭，出門去找蘇錦黎。

安子含想坐在屋子裡看安子晏收拾蘇錦黎，結果被安子晏轟了出去，「你也出去，我跟他單獨聊聊。」

「喔……不用給我面子，狠狠地收拾他。」

安子含走了沒一會，蘇錦黎就來了，只站在門口不說話。

他知道安子含肯定是告狀了，之前安子含就跟他嘚瑟過：「我哥要來了，你等著吧！」

所以蘇錦黎一聲不吭，保持著最後的倔強。

安子晏看到蘇錦黎立即走過來問：「用哪隻手打安子含？」

蘇錦黎乖乖地舉起右手，頗有些壯士一去兮不復還的壯烈模樣。

安子晏握住蘇錦黎的手，揉了揉之後問：「疼不疼？安子含骨頭挺硬的，揍得挺疼的吧？」

蘇錦黎沒想到安子晏會這麼問，詫異地看向安子晏。

安子晏拉著蘇錦黎的手，帶他走進去，讓蘇錦黎坐在沙發上，他則是坐在茶几上，一邊幫蘇錦黎揉手，一邊問道：「安子含還手沒？有沒有傷到你？」

「那倒是沒有，我手也不疼了。」

「下回跟他生氣，你不用親自動手，你告訴我，我幫你揍他。」

「那多不好意思啊……」

「這有什麼？你要是沒消氣，我再揍他一頓。」

「已經沒有之前那麼氣了，當時被他說話的語氣氣到，有點衝動了。」蘇錦黎主動放軟態度。

如果他一進來，安子晏就興師問罪，他說不定會不服。但是安子晏這樣，他就有點受不住了。

安子晏鬆開蘇錦黎的手，伸手抱了抱蘇錦黎，讓他靠進自己的懷裡，拍了拍他的後背，「抱歉，是我沒教好弟弟，讓你受委屈了，你消消氣。」

「也不怪你的……」蘇錦黎靠在安子晏懷裡，委屈兮兮地說。

擁抱的確有治癒效果，加上安子晏溫柔的語氣，再次效果加乘。

「就是我的錯誤，我給他慣壞了，他也跟我解釋了。」安子晏將安子含跟他說的解釋，轉述給蘇錦黎聽。

蘇錦黎驚訝地離開安子晏的懷抱，問：「真的假的？」

「他是這樣說的。」

蘇錦黎立即內疚起來，「說起來的確是我衝動了，要不我給安子含道歉去吧。」

「不用，的確是他自己嘴欠，怪不得別人。」

蘇錦黎抿著嘴唇，垂下眼眸，心裡頗不是滋味。

安子晏揉了揉蘇錦黎的臉，「行了，沒事，之後我跟他說就行了，你別氣壞了。」

「好。」

「不過……」安子晏話鋒一轉，問道：「你喜歡小咪？」

「啊？」

「安子含說的。」

「我剛下山的時候什麼都不懂，尤拉姐跟小咪都幫過我。萍水相逢而已卻願意幫我這個陌生人，我很感謝她們，也一直把她們倆當朋友，所以很在意。子含還是……挺花心的，說話還有點不尊重，我就……生氣了，沒喜歡她。」

「我還以為你喜歡她，吃了好幾天的醋，每天嘴裡都酸酸的，特別難受。」安子晏唉聲嘆氣地說了一句，看起來頗為可憐。

「你是說吃實際的醋，還是傳說中的嫉妒吃醋？」

「後者。」

「原來嘴裡也會有酸味的啊？」

「對啊，現在嘴裡就一股酸味，不信你嘗嘗？」

蘇錦黎真的很好奇，所以真的嘗了。

安子晏沒想到蘇錦黎真的會來試試看，震驚了一瞬間後，就反應過來。

果不其然，蘇錦黎被安子晏按住後腦杓反過來親吻了好一陣，蘇錦黎才推開他，問：「沒有酸味啊？」

「可能因為被你親過，所以變成甜味了吧？」

「也沒有甜味啊。」

「你再嘗嘗？」

蘇錦黎按住安子晏湊過來的嘴唇，恍然地問道：「你騙我的對不對？」

「哪有？」

蘇錦黎氣道：「你……你占我便宜！嚇死我了，我還以為我變成人卻沒進化完全，不能自己在嘴裡產生酸味呢！」

「每次都是你主動的啊，怎麼能說我占你便宜？」

蘇錦黎一想也是啊，又沒話說了。

安子晏舔了舔嘴唇，雙眸微瞇，眼神裡都是吃飽的滿足感，讓蘇錦黎心慌了一瞬間。

安子晏沒放過他，雙手撐在他的身側，湊近了對他說：「我想你了。」

「喔……」

「這幾天都在想你，只要腦袋在運轉的時候就一定在想你，做夢都能夢到你。」

「別說了可以嗎？」

「為什麼？」

「你給我的感覺就好像黃鼠狼想偷小魚……」

安子晏也不步步緊逼，很快就重新坐好，說了起來：「聽說你跟安子含打架了把我嚇了一跳，我以為是他欺負你。他說是被你打了之後，我才冷靜下來。」

「你不該擔心弟弟嗎？」

「有力氣給我打電話，說話還底氣十足的，我擔心他什麼？」安子晏說著，從自己的身邊拎出幾個盒子，「給你帶了好吃的，你嘗嘗看。」

蘇錦黎一瞬間眼睛就亮了，撲到食物跟前，大聲地感嘆：「小精緻，你真是一個好人！」

「現在小精緻這個外號真是全網通用了。」

「我不是故意的。」

「沒事，反正以後你對我的稱呼也會是獨一份的，我特許的那種。」

蘇錦黎沒空理安子晏說了什麼，直接開吃了。

「其實我有認真想過，你對我的喜歡可能是因為我身上陰氣重，產生的香味誤導了你，讓你覺得喜歡我。就好像你身上陽氣重，別人會自動喜歡你一樣。」蘇錦黎一邊說，一邊吃得津津有味。

「我瞭解這些東西，他們只有見到我本人的時候才會對我瘋狂，平時沒看到我就一點問題都沒有。但是我對你不一樣，我看不到你還是想得厲害，就算看到你是一條魚，一身腥味，我都能喜歡你，你覺得會是你說的原因嗎？」

蘇錦黎一想，對啊！有道理啊！

「你是因為喜歡吃魚，所以喜歡我嗎？」蘇錦黎又問。

「不，為了你，我可以下半輩子再也不吃魚，甚至是任何海鮮。」

「可是……可是你不會饞嗎？」

「你更重要。」

蘇錦黎是一個吃貨，覺得能許諾再也不吃海鮮，絕對是重量級的情話了。

他吃著披薩看著安子晏，又想了想，才說：「我……我不確定能不能跟你在一起，我得問問我哥哥。」

安子晏一聽，這是已經在考慮了啊，立即美得不行。不過他不大確定蘇錦黎的哥哥能不能接受同性戀？心中也有點忐忑。

「我們也可以先在一起，再一起面對你哥哥。」安子晏提議。

「不行的，我聽我哥哥的。」

「那……我努力讓你哥哥認可我吧。」

「你放心吧，我哥哥人很好的。」

安子晏依舊很有信心，他覺得自己可以利用陽氣男的優勢，讓蘇錦黎的哥哥動搖，這完全不是問題。

蘇錦黎忐忑地去了安子晏的休息室，然後被餵得飽飽的出來。不僅僅是肚子飽了，還順便吸了一口陽氣，將陽氣徹底吸收後，他立即神采奕奕的。

蘇錦黎離開後，安子晏又把安子含叫回去。

「我從來沒見過蘇錦黎這麼生氣的樣子，他還差點跟我動手。」安子晏說的時候還嘆了一口氣，從自己帶的零食裡，挑挑揀揀拿出蘇錦黎吃剩下但看不出來被動過的東西，放在安子含的面前。

「啊？那麼大脾氣？」

「嗯，我覺得他是不可能跟你道歉了，要不你們倆絕交吧。」

安子含看著這些東西都沒有胃口吃了，問：「他怎麼能這樣呢，我以前白對他好了。」

「就當沒認識過吧，反正比賽只剩兩輪，也接觸不了多久了。」

安子含一聽，剛認識的哥們就要絕交了，忍不住鼻子一酸開始掉眼淚，「我把他當弟弟看待，他卻揍我。」

「唉，看開點。」安子晏拍了拍安子含的肩膀，一副惋惜的模樣，影帝就是影帝，絲毫看不出任何破綻。

安子含還以為哥哥來了問題就能解決，結果卻得知真的要絕交了，於是開始發脾氣，嚷嚷著蘇錦黎的不好：「他哪裡好啊！睡覺跟耍雜技似的，吃得還多，人也傻，連手機都不會用，跟他絕交了還省心！」

「對對對。」安子晏心不在焉地應付了一句，然後拿出手機查詢：如何討好大舅子。

「等比賽結束了，我就雇幾個人打回來！」

「你敢？」安子晏立即狠狠地問了一句。

安子含被吼得一愣，立即縮著脖子說：「沒……我就是說說。」

安子晏瞪了安子含一眼，就繼續低頭玩手機。

安子含又坐了一會，低頭吃了點東西，就氣勢洶洶地出去。

安子晏看著弟弟出去，忍不住笑了笑。

兩個小傻子，還挺有意思。

安子含出去後不久就找到蘇錦黎，猶豫了一會還是走過去，對蘇錦黎說：「咱倆聊聊。」

蘇錦黎「喔」了一聲，就跟著安子含走了。

範千霆看到，仰面躺在地板上，「安子含牛逼，這次居然忍了三天！」

「他就這點出息。」烏羽繼續練習自己的舞蹈。

「別踢到我，欸欸！」

「躺遠點。」

蘇錦黎和安子含去了樓梯間，剛進去就看到一直張羅減肥的張彩妮，蹲在角落裡喝草莓奶昔，那沉醉的表情就跟吸毒似的。

幾個人一照面，都有點傻眼。張彩妮尷尬地「嘿嘿」一笑，問：「喲，和好了？」

「呸！」安子含反駁。

蘇錦黎則是問：「哪裡買的？」訓練營裡沒有賣的。

「我跟一位小姐姐混得熟，她幫我帶進來的。」張彩妮回答完，知道安子含想讓她騰地方，於是快速吸了幾口，結果涼得腦門直疼。

張彩妮揉著腦袋扔了空杯子，邊走回去邊說：「你們慢慢聊。」

「你要是想喝，我讓江哥買給你？」安子含問蘇錦黎。

「有點，但是……我現在好飽啊。」蘇錦黎眼巴巴地看著奶昔的空杯子。

「你脾氣怎麼那麼大？上來就揍人？」安子含質問蘇錦黎。

「你嘴賤。」

「我……我一直這樣啊！」

「所以活該。」

「嘿！」安子含氣得直扠腰，談話就此陷入僵局。

在兩個人僵持的工夫時，有人喊他們集合。

「真不是時候……」安子含嘟囔了一句：「行了，對不起，這事算我錯了行嗎？」

蘇錦黎瞅了瞅安子含，勉為其難地點了點頭，「你要再這樣，我還揍你。」

「是，你厲害，你那點能耐全用我身上了。」

「不過我也衝動了點。」蘇錦黎也跟著檢討。

「對，做事不過腦子，長這麼一個腦袋，就是為了顯得個子高。」

蘇錦黎凶巴巴地瞪了安子含一眼，就跟著去集合了。

安子含跟在蘇錦黎身後，絮絮叨叨地問：「怎麼，你還不服了？你自己承不承認你腦殘？」

「你怎麼這麼討人厭啊？」

「我討人喜歡的話，別人還怎麼活？樣樣都不如我，不得自卑死？」

「歪理邪說。」

安子含忍不住笑了起來，跟在蘇錦黎身後，用手戳蘇錦黎後背，「想笑別憋著，跟嘴角抽筋了似的。」

蘇錦黎終於破功，笑了起來，又很快忍住了，這種場合要嚴肅，最沒有尊嚴的事情，就是非常努力地生氣卻被逗笑了。

集合後，節目組宣布這次的比賽場地要換去本市一座體育館裡。

之前幾場公演，現場最多可以容納一千五百人。

但是隨著《全民偶像》的人氣增加，門票開始被炒得價格很高，這次他們需要找一個大一點的場地，還能多賣點門票，賺一波錢。

所以，這次選擇的場地一共能容納三千三百人。

選手們需要提前一天到達場地，進行彩排，熟悉一下現場。

安子晏作為主持人也會跟他們一起過去。他本來想混進選手的車裡，跟蘇錦黎坐在一起，上去就看到自己弟弟已經賴在蘇錦黎身邊。

而蘇錦黎已經被安子含給的一杯奶昔收買了，根本不理之前請了好吃的自己，安子晏氣得扭頭又下了車，坐自己的保姆車過去。

到了場地後，他們先去酒店送自己的東西，外加中午太熱，場地不適合彩排。

到了酒店門口，進門時就被浩浩蕩蕩的幾千號人嚇到了。

蘇錦黎剛下車，就聽到粉絲的尖叫聲：「蘇錦黎，媽媽愛你！」

「啊啊啊，我的媽啊，蘇錦黎你好帥！」

「小錦鯉看我！」

「小魚兒別跟安子含玩，我給你玩！」

安子含剛下車就聽到這麼一句，疑惑地看過去，直接嚷嚷起來：「瞎喊什麼玩意呢？」

結果引來一陣爆笑。

蘇錦黎被嚇到了，跟在安子含身邊，問：「這是粉絲嗎？」

「嗯，以後出行都會是這種陣仗。」

範千霆立即強行擠進他們倆中間，笑嘻嘻地看著粉絲們，然後拉著他們兩個人走。

「幹什麼啊？」安子含有點不爽。

「跟著你們倆混點鏡頭，不然我這輩子都上不了熱搜。」範千霆回答。

「你不覺得我們三個現在就像一個『凹』字嗎？」蘇錦黎認認真真地問。

瞬間扎心，範千霆都笑不出來了。

去酒店裡休息了一個多小時，節目組的人還在忙碌，走廊裡都是工作人員的聲音，似乎是有私生飯提前住進酒店裡，節目組正在努力處理。

蘇錦黎在房間裡盤腿做著吐納，沒一會就有人敲他房間的門。

他走過去開門，就看到一大捧花。

他一愣，緊接著聽到工作人員喊：「妳怎麼進來的，請不要打擾選手們！」

女孩似乎很驚慌，對蘇錦黎說：「小魚兒，你快收下，沒毒的，我要跑了！」

「那妳小心點。」蘇錦黎伸手把花接下，女孩子就玩命似地狂奔出去。

他看了看花，粉色的玫瑰花，還挺香的。又探頭看了看走廊，有工作人員走過來問蘇錦黎：「要不要我們幫你處理了？」

「不用，沒事的。」蘇錦黎看到了，剛才那個女孩子的靈魂是乾淨的，估計只是很喜歡他吧。

「我幫你檢查一下吧。」工作人員把花拿過去，裡裡外外地檢查一遍，才又還給蘇錦黎。

蘇錦黎捧著花轉身回房，走到窗戶邊往外看，看到一群戴著錦鯉花紋帽子的粉絲還在等。今天的太陽很曬，毒辣的陽光可以燙傷一層皮膚似的，一直站在下面會很煎熬吧？

他看了一會，還是出房門跟節目組申請外出，節目組派人跟著蘇錦黎一起下樓。

蘇錦黎走到自己粉絲聚集的地方，走過去跟他們打招呼。

這群粉絲原本坐在一起，等待選手們出酒店後再看蘇錦黎一眼，沒想到蘇錦黎專門出來看他們，立即興奮得不行。

他走過去，拿著筆給他們簽名，同時問：「熱不熱？」

「好熱啊！」

「看到你就滿足了。」

「小錦鯉，你比電視上還帥。」

「我好喜歡你啊！」

蘇錦黎把簽名遞了出去，聽到表白後想了想，認真回答道：「對不起，我們好像不大合適？」

「你不用這麼嚴肅拒絕的！」粉絲心痛得不行。

蘇錦黎猶豫了一下，抬手揉了揉她的頭，「那祝福妳一下吧。」

「啊啊啊啊！」立即尖叫聲一片，湧來一群粉絲求摸摸頭。

蘇錦黎的簽名沒設計過，一筆一劃的，寫字好看，名字筆劃還多，所以簽名很慢，寫出來的簡直就是簽名界的業界良心。

他簽名的同時也沒閒著，一直在跟粉絲互動，回答他們的問題。

簽了一會，突然有一個高大的男人走過來，到蘇錦黎身邊撐開遮陽傘，用傘的陰影罩住蘇錦黎，「怎麼一點防曬設備都沒有？」

蘇錦黎回頭看了看安子晏，回答：「下來得比較匆忙，沒帶。」

安子晏點了點頭，「沒事，你忙，我給你遮著。」

「小魚兒對不起，我們激動得忘了！」粉絲開始道歉。

「安子晏，可以請您簽個名嗎？」

「真的好高啊……」

安子晏看著蘇錦黎的粉絲，優雅地笑了笑，回答：「專心喜歡你們的小錦鯉，別跳牆頭，他值得你們喜歡。」

蘇錦黎在粉絲堆裡待了好半天，最後還用自拍棒跟粉絲們合影。

安子晏也湊過來拍合照，因為個子太高只能蹲下身來。拍完照才發現蘇錦黎的粉絲在他的頭頂弄了一圈剪刀手，相片裡他就像盛放的向日葵。

他拿著相片，覺得十分嫌棄，果然跑到別人的粉絲面前就是挨欺負。

相片是用安子晏的手機拍的，他拿著手機將相片簡單處理了一下，遞給蘇錦黎，「你登錄微博發出來吧。」

「不行啊，得驗證碼！」蘇錦黎在這方面有經驗。

「對啊……」安子晏點了點頭，接著把相片發給侯勇：自己看著辦吧。

侯勇：好的好的。

蘇錦黎美滋滋地走回去，然後就被告知，其他的選手已經去彩排了，他立即慌得不行。

「完蛋了，我掉隊了！」蘇錦黎驚恐地對安子晏說。

「我讓他們別打擾你的，你跟我坐車過去吧。」

「喔……好的。」蘇錦黎趕緊跟在安子晏的身邊，生怕安子晏也把他給丟在酒店裡，他沒參加彩排，明天絕對慌得不行。

安子晏笑得有點得逞，帶著蘇錦黎坐上自己的保姆車。

蘇錦黎特別沒見識似的，到了安子晏的車裡驚訝得不行，感嘆道：「哇……車裡居然跟小房子似的！」

「嗯，對，你出道以後也會給你配一輛這樣的車。」

「超——厲害！」蘇錦黎眼睛都亮了。

蘇錦黎這種少見多怪的樣子讓安子晏很滿意，笑咪咪地問：「要喝飲料嗎？」

「居然還有冰箱！」

「嗯，對，還有吃的……」安子晏說完，就看到小冰箱裡還放著小龍蝦，立即默默關上冰箱門。他的確打算戒海鮮了，就從明天開始，他才不是大豬蹄子。

然而蘇錦黎沒注意到，打開飲料喝了一口，美得不行。

安子晏這才放下心來，笑呵呵地看著蘇錦黎，自家媳婦，即使表現出這麼丟人的樣子都覺得特別可愛。

到了現場，他們倆一塊下車，蘇錦黎小跑著進去，把安子晏甩得遠遠的。進去後就發現沒有化妝的地方，他又站在門口，扶著門框看著其他選手化妝，為什麼節目經費提上來了，也不多請幾位化妝師？

安子晏進來後，就看到蘇錦黎在門口幽怨地等待，直接對蘇錦黎說：「你跟我過來吧，我不帶妝彩排也沒事。」

「好。」蘇錦黎立即美滋滋地繼續跟著安子晏走了，「小精緻，你人真好。」

「你別總是動不動就給我發好人卡，我心驚膽戰的。」

「哎呀！人好還不能誇了？」蘇錦黎反問。

「是，你說得對。」

安子晏再次成功拐跑蘇錦黎，帶到自己的化妝室，Lily拿來了蘇錦黎的服裝，感嘆了一句：「紅衣似火啊。」

「對，這次是妖豔風格，就是那種快意江湖，唯我獨尊的形象。」蘇錦黎跟Lily解釋。

「給你畫眼線可以嗎？」

「可以，您看著來就行。」

Lily點了點頭，就看到安子晏在一邊，一直盯著蘇錦黎看，癡漢的模樣讓Lily有點受不了。

「收斂點。」Lily提醒。

「在妳面前不需要收斂。」安子晏拄著臉，一直在看。

Lily嘆了一口氣，開始跟蘇錦黎聊天，聊的都是一些無關緊要的事情，卻瞭解到了蘇錦黎喜歡吃什麼、喜歡什麼顏色、喜歡什麼禮物。

安子晏聽了決定等一下給Lily加工資。

到了彩排的時候，蘇錦黎穿著一襲紅色的古裝，部分地方用黑色的布料點綴。手裡拿著一根簫，款款走過來就引來一陣驚呼聲。

這次蘇錦黎有假髮了，不再是一個簡單的丸子頭，整理過髮型，加上臉上的舞臺妝，讓蘇錦黎的氣質都跟著一變。

「東方不敗大人！」安子含大喊了一句。

「賈寶玉！」範千霆跟著感嘆。

「你見過這麼妖的賈寶玉？」安子含忍不住問範千霆。

蘇錦黎不大瞭解東方不敗是誰，於是回答：「叫我錦鯉大仙！」

結果引來一群人的笑聲。

「你這身行頭不好換裝啊，第二首歌跨度又那麼大。」安子含忍不住感嘆。

「只能搶妝了，Lily姐說明天她會跟著我。」蘇錦黎說話的時候，整理了一下自己的袖子。

「我覺得你可以去演古裝劇裡的美男子，絕對出挑。」安子含盯著蘇錦黎看了一會，說道。

「小精緻也說想幫我接古裝劇，可是我不會演戲啊。」

「不行，我聽到小精緻這個稱呼就想笑。」

等到了蘇錦黎上臺彩排後，節目組依舊是安排他從半空中出場。他需要先爬梯子在架子上準備好，趁著中場休息的時間在鞦韆上待命，等他開始了，節目組會一點一點地把他放下去，他的這個表演是本場危險係數最高的，所以彩排的時候也最重視。

現在蘇錦黎是祖宗，可不能再受傷了。

蘇錦黎登場時，安子晏就在臺下看著，看到蘇錦黎在半空中盪鞦韆，心也跟著懸了起來，下意識伸手，打算如果蘇錦黎掉下來就伸手去接。

後來發現，蘇錦黎坐得挺穩的。

接著就看到蘇錦黎拿著簫開始吹奏，雖然知道前奏的簫曲是早就錄製好的，蘇錦黎只是在表演，他還是被此時的畫面鎮住了一瞬間。

蘇錦黎瀟灑地收起簫，縱身躍下，穩穩地落在舞臺上，在舞蹈動作的掩飾下，解開身上吊著的鋼絲鎖扣。降落的一瞬間，衣袂飄飄，長髮飛舞，還真有幾分仙人降世的感覺，畫面好看得讓人移不開目光。

「他之前一坐在鞦韆上就鬼哭狼嚎的。」安子含到了安子晏身邊，忍不住數落蘇錦黎。

安子晏這才回過神來，問：「為什麼？」

「他怕高啊。」

「他不是睡上鋪嗎？」

「啊……他本來在下鋪，不過床鋪被我搶了。」

安子晏一聽就不高興了，問：「你欠揍吧？」

「我個子高啊，住上鋪多憋屈？」

「蘇錦黎也不矮啊。」

「烏羽個子矮不願意上去啊。」安子含說完，就覺得背脊一寒，一回頭才看到烏羽就站在他身邊，立即閉了嘴。

安子晏聽蘇錦黎唱了一會歌，忍不住感嘆：「旋律不錯。」

「從他自己練歌的調子發展出來的，別看蘇錦黎公司不大，裡面的員工倒是有點本事，這個音樂做得不錯，蘇錦黎的填詞也可以。重點是，他聲音好聽，唱功也越來越厲害，唱得非常不錯。」

安子含這樣點評。

「難得你能誇人。」烏羽忍不住說了一句。

「那是我弟弟。」

「前幾天還嚷嚷再跟蘇錦黎說話，你就是他孫子。」

安子含不說話了，安子晏可不準備跟著安子含一起降輩分。

烏羽看完蘇錦黎的表演後才離開場地，安子含看著烏羽離開，忍不住問安子晏：「他是不是只把蘇錦黎當成對手了？只看蘇錦黎一個人的彩排。」

「估計是的。」

「沒把我放在眼裡嗎？」

「他估計還在意一個魏佳餘。」

「操……」髒話剛出口，就被安子晏抽了後腦杓。

蘇錦黎在彩排結束後，跟著車子回到酒店。

進入房間後，看到房間裡有熒熒光亮，不由得一愣，下意識就想退出房間。

房間裡傳出沈城清冷的聲音：「是我。」

「哥！」蘇錦黎立即撲了過去。

沈城原本坐在床上看手機，蘇錦黎這樣撲過來，直接躺在了床上，同時蘇錦黎抱住他的腰，讓他身體跟著猛晃。

「彩排完了？」沈城問。

「嗯嗯，哥，我超想你！」

「我知道，你每次都說。」

「你怎麼過來的？」

「就是直接傳送過來的。」

蘇錦黎知道沈城他們都有快速移動位置的法術，但是他的法力不夠，一直做不出來，於是只能期待地問沈城：「哥，我能瞬間移動嗎？」

「呃……」沈城知道蘇錦黎恐怕不行，又不能打擊蘇錦黎，於是說：「我給你買輛車吧？你喜歡什麼車型？」

蘇錦黎立即懂了，不免有些失落。

沈城揉了揉蘇錦黎的頭，很快就感覺到了不對，問蘇錦黎：「你吸人類的陽氣了？」

「嗯，就吸了一點。」

「怎麼吸的？」

「就是……」蘇錦黎還沒回答，就有人過來敲蘇錦黎的房間門。

蘇錦黎趕緊拽著沈城，讓沈城在開門後看不到的位置站著，接著走到門口詢問：「誰啊？」

門外是安子晏的聲音：「我。」

「你有事嗎？」

「你的服裝留在我那裡了，我給你送過來，還給你帶了點宵夜。」

蘇錦黎這才想起來，彩排時換衣服，他將衣服留在安子晏的化妝間裡，立即打開門，伸手去拿東西，抓了幾下只抓到安子晏的袖子。

安子晏站在門口覺得納悶，忍不住問：「不露臉嗎？」

「你給我之後，就早點回去休息吧。」蘇錦黎趕緊說，從安子晏的手裡接過東西。

剛要關門，門卻從裡面打開了。

他回過頭就看到沈城站在他身後，打開了門，微笑著看向安子晏，「好久不見。」

安子晏的表情在看到沈城時瞬間凝固。

蘇錦黎現在的位置，面前是安子晏，身後是沈城，光站在他們倆中間就感受到一股突兀的殺氣。沒錯……是殺氣。

「你怎麼會在這裡？」安子晏的聲音徹底冷了下來，微微低頭，卻還在看著沈城，眼神裡都是壓制不住的寒意，好似枯井裡的風，懸崖峭壁裡的冰。

「我怎麼不能在這裡？」沈城的臉上依舊是雲淡風輕的微笑，然而那種笑明顯不是真的在笑，而是保持優雅的一種表現。

安子晏看向蘇錦黎，就看到蘇錦黎往房間裡蹭，似乎是想要躲開這種修羅場般的現場。

求生欲很強了……

「你是過來探班的？」安子晏又問沈城。

「對啊，看看我家寶寶。」沈城回答完，拽住了蘇錦黎的手腕。

蘇錦黎立即詫異地看向沈城，想說「哥，你以前不是這麼叫我的」，結果剛要開口說話，就被沈城緊緊地捏了一下手腕警告，喉嚨也發不出聲音來。

安子晏聽完這個稱呼，再看到兩個人握著的手，忍不住嘲諷地笑了笑，總覺得怪噁心的，偏偏心裡更是難受，「喔，你家……」之後沒再說下去。

「嗯，你是準備跟我聊天嗎？我今天晚上住在這裡。」

「不想。」安子晏立即拒絕了。

「這樣啊……」沈城看向蘇錦黎，溫柔地問：「你有沒有跟你的老闆說我們的關係？」

蘇錦黎搖了搖頭，剛要說話，手腕又被緊緊地握住。在沈城的控制下，蘇錦黎此時就算有聲音也發不出來。

「那以後就麻煩老闆幫忙公關了。」沈城再次對安子晏說道，話語客氣，眼眸笑得就剩一條縫，不知道的人，估計不會想到他是錦鯉精，而以為是一隻狐狸精。

「喔，客氣了。」

「老闆還有什麼事情嗎？」

安子晏又一次看向蘇錦黎，氣得眼圈有點發紅，周身陽氣大盛，讓蘇錦黎一陣難受。

蘇錦黎說不出話來，只能站在旁邊聽著。

他低下頭就看到安子晏的拳頭握得緊緊的，不由得有點慌。

他能感受到安子晏的憤怒，這讓蘇錦黎有點愧疚，畢竟是他一直沒告訴安子晏，他跟沈城是兄弟關係。

簽下死對頭的弟弟，安子晏會生氣也不奇怪。

「蘇錦黎，我還以為你不會說謊。」安子晏說完，直接轉身離去。

沈城目送他離去，眼中的微笑更盛，這次應該是真的想笑了。想到安子晏最起碼會氣一整個晚上，沈城就覺得非常開心。

他拉著蘇錦黎進入房間，讓蘇錦黎坐在床上，自己則是雙手環胸站在蘇錦黎面前。

「哥，你幹麼啊？」蘇錦黎忍不住問，今天沈城說話莫名其妙的，讓蘇錦黎覺得很奇怪。

「其實我一點也不意外安子晏會喜歡你。」沈城直截了當地說了這句話。

蘇錦黎驚訝地看著自己的哥哥，覺得哥哥簡直神了，他什麼都沒說呢，哥哥就知道了。

見蘇錦黎傻乎乎的樣子，沈城忍不住嘆氣，「你的體質特殊，像安子晏這種陽氣很重的人，自然會喜歡你。」

蘇錦黎忍不住回答：「可是，他說他見不到我的時候也會喜歡我，看到我是魚的樣子以後，依舊喜歡我。」

沈城立即蹙眉，嚴肅地問：「看到你是魚的樣子？」

「嗯，被他發現了。」蘇錦黎回答完，看到沈城生氣的樣子，趕緊道歉：「對不起，我不是故意的！我凌晨跑去游泳，居然也被發現了！」

沈城沉默了一會，才說：「如果安子晏做了什麼有可能會傷害到你的事情，立即告訴我，我會處理。」

「沒有，他什麼都沒做！」蘇錦黎趕緊否定了，如果讓沈城出面處理可就是大陣仗了。目前，安子晏不但沒做錯什麼，還對他挺好的。

「我現在要跟你說清楚幾件事情。」沈城特別嚴肅地開口。

蘇錦黎立即點頭，表示自己會聽。

「第一，我非常討厭安子晏，我跟他註定合不來。所以你如果跟他在一起，我視為你要跟我斷絕兄弟關係，之後我們就再也不要來往了。」

「啊！不行啊哥！」蘇錦黎緊張地抓住沈城的手。

「聽我說完。」

「好。」

「第二，龍陽之癖自古以來都不受推崇。你如果想做一名藝人，首先就要控制好自己的私人生活。戀愛了，也要想好會不會影響到對方？在一起會不會影響到你的事業？更何況是不被認可的同性戀，只要一曝光，不僅僅是你，安子晏也會被毀了。你還沒正式出道，他就這樣把你拐走，我真不知道他是何居心。」

「可是陸哥跟許哥……」陸聞西跟許塵就在一起了啊，還是沈城的好朋友。

「你是要跟我頂嘴嗎？」

「沒有，你繼續說。」

「第三，你的體質特殊，吸收陽氣過多會導致你體內陰陽失衡，甚至是走火入魔。你對陰陽二氣的控制很差，稍微多吸一點的陽氣就會頭疼欲裂，你跟他在一起也無法親近。」

「喔……」

「第四，如果你真的喜歡他，一定會興高采烈地告訴我。然而你沒有，就證明你沒有那麼喜歡他，或者說一點感覺都沒有。既然不喜歡他，為什麼要冒風險跟他在一起？你這樣猶猶豫豫的，反而會傷了他，不如果斷拒絕。」

蘇錦黎想了想，頓時覺得哥哥說得對啊，於是點了點頭。

沈城見蘇錦黎足夠聽話，這才緩和了一些，對蘇錦黎說：「你本來就傻乎乎的，再跟那麼一個傻大個在一起，你們加一塊就是對二，真的讓人非常不放心。」

「那我之後跟他說，我不會跟他在一起。」蘇錦黎回答。

「嗯，在我看來，他當你的爐鼎都不配。」

「哥，你怎麼那麼討厭他啊？」蘇錦黎忍不住問，只知道他們倆互相看不順眼，他卻不知道是為什麼。

「他仗著自己家庭背景好，幹了不少缺德事，他的公司截胡之類的事情屢見不鮮，惡性競爭尤其拿手。想抹黑一個人，就跟隨便打開微博看看熱搜一樣簡單。近幾年好一點了，知道收斂，前幾年簡直就是順我者昌逆我者亡的架式，讓人噁心。」

「啊？這麼霸道？還欺男霸女嗎？」這是蘇錦黎覺得最惡劣的事情了。

沈城搖了搖頭，坐在蘇錦黎的身邊，繼續說：「如果世家傳奇看上的藝人拒絕了他們的邀請，他們就會做些手腳，讓那個人不得不簽約世家傳奇。有藝人合約期限滿想自己開公司，也被他們折騰得不行，大半年時間光處理合約糾紛，錯過了黃金期。」

蘇錦黎聽完跟著感嘆：「真壞！」

「你聽懂了？」

「沒懂。」

「那你說什麼壞啊？」沈城覺得好氣又好笑。

「讓我哥哥生氣就壞。」

沈城被蘇錦黎逗笑了，捏了捏蘇錦黎的臉，「以後別亂吸陽氣，尤其是安子晏的，髒。」

「好。」

沈城一邊說一邊解開一個袋子，遞給蘇錦黎看，「我給你帶菜過來，在飯店吃完覺得好吃，又點了一份給你嘗嘗。」

「哥，你真好！」蘇錦黎感嘆完就拿起筷子挾了一塊，嘗了一口後立即亮出大拇指。

他端著東西到一邊的小桌子上吃，接著又起身拿安子晏帶來的宵夜，打算一起吃。

沈城一看就不爽了，直接拎走安子晏送來的宵夜，扔進垃圾桶裡，「不許吃他的東西。」

「喔……」

安子晏回到自己的總統套房後，氣得直砸東西。

「媽的！騙子！說什麼關係都沒有、說沒戀愛過，還他媽寶貝！還一起住！明天還比賽呢，就不能忍一忍啊？」安子晏狂躁地連踢了幾腳櫃子。

仍不解氣地大罵：「我還以為都是初吻呢！害我高興好幾天！長得可愛，個性怎麼那麼惡劣！騙我有意思嗎？啊！」

安子晏要崩潰了，想到蘇錦黎跟沈城在一起的畫面就痛心疾首。

他的初戀啊！他的情竇初開啊！他的一腔真情，滿滿的愛啊！一下子都碎了！

「還說去問問哥哥，你問啊！你問完跟沈城在一塊是什麼意思？你哥同意你跟沈城在一起了是不是？我哪裡比沈城差了？啊？我不比他個子高嗎？比他鼻子挺？比他……他媽的，還有什麼？」

安子晏氣得直抓頭髮，踢開門走進會客廳，就看到江平秋站在門口，眼觀鼻、鼻觀心，裝成是空氣。

安子晏的腳步一頓，身體僵直。

江平秋比他還尷尬。

安子晏剛才讓江平秋留在房間裡幫他選劇本，他給忘了，都是被那兩個狗男男氣的。

安子晏冷靜了一些，走進會客廳坐在椅子上，看著面前的劇本。

江平秋送來紙巾，他立即大吼了一聲：「我又沒哭！」

「您把眼角的汗擦擦。」

安子晏伸手接過紙巾，擦了擦眼睛，發現還真有眼淚，居然被氣哭了。

安子晏走出會客廳，回到客廳裡坐在沙發上，平復一下心情後對江平秋說：「派人去盯著，看看沈城走了沒有。」

「好。」

「還有看看附近有沒有狗仔隊，別讓沈城被拍到了。」安子晏說完這句話，恨不得咬舌自盡。被氣成這樣，還得擔心他有沒有被偷拍到，生怕蘇錦黎會身陷緋聞中。

現在的蘇錦黎要步步小心，他的根基不穩，周圍又有很多雙眼睛在盯著他，行差踏錯半步，都會被批評幾天幾夜。處理不好，以後都沒辦法再紅起來。

娛樂圈就是這樣，當人們想捧你的時候，真的會不遺餘力；但當他們將你推下神壇的時候，也會興奮至極。

安子晏坐在沙發上，努力讓自己冷靜下來，江平秋已經拿來眼膜幫他敷眼睛。

他閉著眼睛感受著眼膜冰涼的溫度，一個人獨自心灰意冷。

「安少，你有沒有想過，沈城跟蘇錦黎可能不是你想的那種關係？」江平秋見安子晏終於冷靜下來了，忍不住提醒。

「怎麼，怕過不了審，所以他們倆是兄弟情嗎？」安子晏冷哼了一聲回問。

問完，就突然坐直身體，撕下眼膜。

蘇錦黎是錦鯉精。

沈城能因為蘇錦黎摸過自己的頭，就知道蘇錦黎的身分，是不是證明沈城也是什麼妖精？他怎麼把這個給忘記了？

很快他就想明白了。他之前有一些小期待，希望蘇錦黎的性向跟他一樣，看到沈城對蘇錦黎好，就會胡亂吃醋，下意識覺得蘇錦黎也是GAY，他跟沈城是曖昧關係。

主觀意識影響判斷的典型案例。

加上他不願意想起沈城，每次想到沈城就覺得腦仁疼，所以光想蘇錦黎了。

一想到蘇錦黎，就會沉浸於他怎麼那麼可愛、他怎麼那麼優秀、他怎麼那麼好的思維裡，很難再想其他的。

蘇錦黎說過，他是下山來找哥哥的，已經很久沒見過哥哥了。前陣子找沈城時也說想要確認一件事情，沒確認之前不敢瞎說。

現在想來，應該是想要確認沈城是不是他的哥哥，剛巧沈城發現了蘇錦黎給他頭頂上留的東西，反過來很快就找到了蘇錦黎。

所以……沈城是蘇錦黎的哥哥？

安子晏立即站起來在屋子裡走來走去，最後直用腦門撞牆壁，「我他媽寧願蘇錦黎渣，也不想沈城是他哥。」

安．倒楣．倒楣到一定份上．子晏，他這輩子最大的運氣，可能就用來投胎了。

他是陽氣男，聽起來萬人迷，蘇到不行。只有他自己知道，他身邊的助手都不敢多，能好好說話的朋友沒有幾個！

萬人迷個屁！簡直就是天生需要隔離，空氣都過敏的體質。

從出道起他就被黑，黑到最近才有那麼點轉機。

然後他看上了一個天使一樣的小男生，長得好看，多才多藝，性格善良也招人喜歡。

他墜入愛河無法自拔，開始努力追求，然後發現自己的心上人是死對頭的弟弟。

他愛上了天使，天使的哥哥是惡魔。

他查詢過如何討好大舅哥，現在他只想砸手機。

不用討好，他只要靠近蘇錦黎，沈城就能跟他拚了。

他已能想像沈城現在正在給蘇錦黎那個小傻子洗腦，蘇錦黎那個小傻子又一副「對！你說得對啊」的模樣，想想就覺得頭大。

安子晏抱著最後一線希望，問江平秋：「沈城的檔案上，有過關於他有一個弟弟的資料嗎？」

「剛才我派人去查了，沈城曾經在一個談話節目上提起過，自己的親人只有一個弟弟在世了，然而他因為工作忙，又分隔兩地，已經很久沒見過弟弟。」

「他們兩個人的戶籍所在地呢？」

「他們兩個人的身分證資訊都查詢不到。」

「那怎麼簽約的？」安子晏納悶地問。

「身分證好像是特別的組織辦的，想查詢他們的詳細資訊，直接被發出了警告。」

「所以他們兩個人的資訊都無法查到是嗎？」

「對。」

「很好……很好……」安子晏絕望了。

有什麼方法能夠攻破沈城那一關嗎？估計……只有放棄了吧？

可是，那麼好的蘇錦黎，怎麼可能輕易放棄？而且，已經嘗過甜頭了，自然不會心甘情願就這麼妥協。

「我覺得我跟蘇錦黎就是梁山伯跟祝英台。」安子晏幽怨地說。

江平秋聽完，忍不住乾咳了一聲，接著清了清嗓子，說道：「安少，我去給你倒杯水。」

「羅密歐與茱麗葉。」安子晏再次補充。

「要飲料還是茶？或者果汁？」

「不，我不是羅密歐，羅密歐的名字裡還有個歐字，我是羅密非。」

「……」

第二天一早，選手們再次帶妝去彩排。

蘇錦黎古裝造型的化妝比較慢，所以很早就出門了，他敲了敲安子晏的房間門，今天需要借用安子晏的化妝師。

打開門的是江平秋，走進去就看到Lily也在，正在幫安子晏整理髮型。

看到安子晏看向自己，蘇錦黎立即心虛地站好。

安子晏從口袋裡拿出手機亮給蘇錦黎看，「我昨天晚上跟你說話，發現你把我拉黑了，這是怎麼回事？」

「我哥不讓我加你好友……」蘇錦黎弱弱地回答。

我哥……安子晏眼前一黑。

「你就那麼聽他的？以後我怎麼安排工作啊？」

「一般都是經紀人在安排我的工作啊。」蘇錦黎回答得理直氣壯，顯然沈城已經說過了。

「我是你的直屬老闆。」

「那你打電話吧。」

安子晏十分無奈啊，氣得胃直疼，早飯都不想吃了。

「你哥走了？」安子晏又問。

「嗯，昨天晚上就走了。」

蘇錦黎還挺失落的，原本以為沈城會留下來跟他住一晚，結果蘇錦黎剛說要睡覺，沈城就逃也似地離開，根本留不住。

安子晏看了一眼江平秋，看到江平秋有點意外，就知道他派去盯著的人根本沒看到沈城離開。看來，沈城是會什麼法術，能突然出現、突然離開吧？這可難受了，萬一以後跟蘇錦黎正在那個啥呢，沈城突然出現怎麼辦？他不得被嚇陽痿了？

Lily不知道情況，見蘇錦黎來了，就開始叮囑今天的事情。

交代蘇錦黎不要再換妝了，白天彩排的時候兩首歌都穿古裝，等到蘇錦黎唱完第一首歌，就要快速回到化妝間換妝。

他們的任務重在蘇錦黎需要臉部換妝，時間又很短，這是最難為造型師的。

第一輪比賽，蘇錦黎是第一個上場，上場後還有十四名選手，中間有一個互動環節，這個時候蘇錦黎需要出現。接著，再第一個上場演唱今天的第二首歌。

蘇錦黎一直認真聽，然後點了點頭，「那就辛苦李姐了。」

「嗯……嗯。」Lily隨便應了一句，對於李姐這個稱呼，還是有點不知道該說什麼。

在幫安子晏整理造型的時候，Lily看了看蘇錦黎的皮膚狀態，忍不住說：「你就是比這個老臘肉嫩，出道這麼多年了，還把狀態搞成這副樣子。我今天來的時候他眼神呆滯，而且雙眼浮腫，跟哭了一晚上似的。」

蘇錦黎看向安子晏，就看到安子晏瞪了Lily一眼。

等江平秋跟Lily都去收拾東西了，蘇錦黎才對安子晏小心翼翼地說道：「小精緻，我恐怕不能跟你在一起了。」

「你哥不讓？」

「嗯。」

「他倒是一點也不讓我意外。」

「還有……我不喜歡你。」

「你哥告訴你，你不喜歡我的是不是？」

「我哥說完我想了想，發現真的是不喜歡你。」

「你也一點不讓我意外。」

「那我……」蘇錦黎指了指門口，想要離開。

「一會一起吃早飯吧，Lily買來了不少好吃的。」

蘇錦黎果然站在原地，不再準備離開了。

「那個……我昨天晚上話說得太重了，抱歉。」安子晏突然道歉。

「啊？你說了什麼嗎？」蘇錦黎根本沒當回事。

「沒事。」

吃過早飯後，安子晏就跟蘇錦黎分道揚鑣。

安子晏這一天都要整理自己的腳本、準備好臺詞，既然接了主持人的工作，就不能做得太不像樣子，他做得很用心。

蘇錦黎則是去化妝，接著去現場彩排，準備好晚上的表演。

到了晚上六點鐘，觀眾們已經開始陸續入場，現場逐漸喧鬧起來。寫著名字的燈牌被舉了起來，因為天色還沒有完全黑，所以看著還不是特別真切。

蘇錦黎是第一個上場的選手，所以一直站在舞臺邊等待，聽到工作人員說：「好像要下雨，節目組給入場的觀眾都發了雨衣。」

「有跳舞的環節，可千萬別摔倒什麼的。」

「室外場地就是這點不好。」

蘇錦黎驚訝地看著他們，一下子慌了神。他抬頭看了看天象，的確是要下雨的徵兆，不由得握緊了拳頭，他法力不行，到了凡間這點最讓他覺得苦惱，如果下雨，對他來說絕對是天大的災難。

又過了一會，安子晏走到他身邊，捏了捏他的肩膀，「我要上場了。」

「已經七點了嗎？」

「對，你也上架子上去吧。」

蘇錦黎點了點頭，爬上架子。安子晏一直看著蘇錦黎的防護措施全部繫好，才走上臺。

安子晏上臺後，蘇錦黎明顯能夠感受到現場的氣氛為之一變，驚天動地的呼喊聲，就好像驚濤駭浪般撲面而來。

蘇錦黎在上方準備，視線受阻不能看清，卻可以在最接近現場的位置，感受到三千三百名觀眾的震撼力。

「今天是《全民偶像》第四場公演，如果加上音樂節那次，可以稱之為第五次公演。雖然已經不是第一次現場主持了，但是我還是非常激動，尤其是看到選手們的粉絲越來越多，看著他們一步一步地成長，我的心裡特別欣慰。」

安子晏走上臺後，開始了今天的開場白，接著介紹蘇錦黎的曲目。

「接下來上臺的選手，是上一輪比賽的第一名。」

剛剛說到這裡，場下就開始歡呼聲一片。

安子晏頓了頓之後，才繼續說道：「這一回的曲子非常有難度，是根據蘇錦黎自己練習唱歌的調子發展的曲子，蘇錦黎自己填詞。而且，他的上場方式也是與眾不同，讓我們歡迎——蘇錦黎！」安子晏說完就離開了場地。

舞臺上的燈光變暗，昏暗的光在上空徘徊，最後聚集在一處。

蘇錦黎的鞦韆降了下來，慢悠悠地盪著，他坐在鞦韆上吹簫，悠揚的簫曲在整個場地內迴盪，原本形象乖巧的男生，此時竟然是冷豔萬分，眼神裡都是冷漠的神情，加上臉上的妝容，還真有幾分妖孽禍世的感覺。

臺下的觀眾似乎很喜歡這個扮相，立即尖叫起來。

接著，蘇錦黎拿著簫一躍而下，穩穩地落在舞臺上。

一開口，又是原本那動聽的歌聲：「那天雲遮高樓，情動化無窮。一翩若，一驚鴻，一結心思玲瓏，風花雪月翻湧，睡意又朦朧。情不鍾，意非濃，未別離何談重逢，一尺風，萬花紅，流光仙蹤引入夢……」

蘇錦黎練嗓子的音律，自然會有他平時的吟唱風格。當他拿著麥克風，在中間段哼音吟唱，空耳式旋律，好聽到讓人想要落淚。

一段古風的歌曲，配上乾淨澄澈的聲音，如同夢幻般的旋律，傳入所有觀眾的耳裡。

對於蘇錦黎是實力派這件事，最近已經不會有人反駁了。

如果說，蘇錦黎第一輪上臺時，有人說他其實沒什麼實力，就是長得不錯，外加裝傻充愣，歪打正著有了話題度。

第二輪，蘇錦黎的表現依舊不算特別優秀的話，那麼從第三輪起，蘇錦黎就點燃了一個炸點，一次次展現自己精彩的才藝，以實力得到粉絲們的認可。

這一次，蘇錦黎又再度給眾人帶來驚喜，展現了自己的填詞才華。

一襲紅衣的扮相，加上動人的歌聲，全都吸引觀眾目光。

待蘇錦黎唱完，安子晏再次上臺，拿著麥克風說道：「這一次的公演，對選手們依舊非常重要。大家都知道這是十五進九的比賽，現場得票第一名的選手將獲得十五萬的票數。第二名，將獲得十四萬的票數，以此類推。」

安子晏說話的時候，場內的尖叫聲還沒有平息下去，安子晏只能先停下來。

現在安子晏站在蘇錦黎身邊，都覺得是自己在蹭蘇錦黎的熱度。

蘇錦黎也微笑著跟臺下揮手示意。

等到場館內安靜了一些，安子晏才繼續說下去：「你們可能都知道，現在選手們的票數都咬得很緊，你們今天的現場投票非常重要，知道嗎？一定要公平公正，你們可能會左右他們的未來，不要讓一名有實力的選手遺憾落選。」

「好！」臺下的觀眾積極回應。

「此次的得票結果，會在兩天後加上場外的得票數，一起計算總票數，最後決定晉級名額。現在距離給蘇錦黎投票結束，還有最後十秒鐘。十、九、八……二、一。投票結束。」

「累不累？」安子晏終於有機會跟蘇錦黎聊天了。

「其實還好，就是在上面的時候有種瑟瑟發抖的感覺，我有點怕高。」

「現在你是一條小飛魚了。」

蘇錦黎回以微笑，並未再回答。

「我知道你等一下要換裝，今天是完全兩組不同的造型，所以不再耽誤你時間，可以先去換裝了，我們期待你下一首歌的表演。」

「好。」蘇錦黎再次鞠躬感謝大家，之後下場。

進入後臺，Lily已經在等他了。他一邊走一邊脫外套，Lily個子高䠷，跟在他身後幫忙卸掉假髮，「不用洗臉，一會我單獨給你卸眼妝，不用慌，我有經驗。」

「好。」

「衣服已經在我那裡了，一會兒波波也會過來幫忙。」

「嗯。」

蘇錦黎走進化妝間，剛沒坐下多久，安子晏居然也進來了，對他們三個人說：「沒事，我一會主持的時候儘可能拖延時間，你們慢慢弄。」

「你主持沒問題嗎？」蘇錦黎扭頭問安子晏。

「沒事，我就是來跟你們說一聲。」說完，安子晏又離開。

波波是過來幫忙的，等這邊差不多了，他還得回去給其他選手換裝。

看到安子晏居然特意回來，波波忍不住感嘆：「安大少倒是對你不錯。」

「何止不錯啊，是非常好了。」Lily跟著說。

蘇錦黎不知道該說什麼，於是閉上眼睛配合他們倆。

蘇錦黎的妝前半段都是站著化的，Lily化妝，波波在蘇錦黎身邊幫他脫衣服，再套上下一場的衣服。這個時候蘇錦黎已經無法顧及羞不羞了，完全配合。

波波還嘴欠，幫蘇錦黎提褲子的時候忍不住感嘆：「嘖嘖，看看這大長腿、這小細腰，真讓人羨慕。」

「你當著我們安少的面這麼調戲，安少能跟你急。」Lily笑著說道。

波波「嘿嘿」直樂。

這邊差不多了，波波就回去集體化妝間繼續忙，蘇錦黎則坐在單獨的化妝間裡，不知道舞臺上的進度怎麼樣了，一直將心提在胸口的位置。

過了一陣子，有工作人員敲門，進來提醒：「Lily姐，還有五分鐘左右。」

「我這裡完全OK！」Lily回答的同時，手依舊沒停。

等工作人員催蘇錦黎上場時，Lily依舊是跟著蘇錦黎走，站在場地邊幫蘇錦黎整理髮型，拿著定型液狂噴。

蘇錦黎配合地低著頭，就看到了安子含的鞋尖。

「掉雨滴了。」安子含對蘇錦黎說：「一會你上場注意點。」

「啊？」蘇錦黎一愣。

Lily立即說道：「放心，我早有預備，你的妝容不會花，都是防水的。」

「下雨了的話，也需要按照原來的表演嗎？」蘇錦黎問。

「肯定的啊！曾經有一個演員，在大雨天氣開演唱會又唱又跳還零失誤，一點也不矯情，好多年過去了還被誇呢。」

蘇錦黎雙手緊握，忐忑地等候在舞臺邊。

工作人員讓他們上場，他們依次到了臺上，公布上一輪的票數。

這一次，蘇錦黎跟烏羽的票數依舊不相上下。第一名蘇錦黎2752票、第二名烏羽2743票、第三名魏佳餘2598票、第四名安子含2418票……第八名範千霆1845票、第九名常思音1723票……第十二名張彩妮1498票。

選手們原本以為，宣布完票數就結束了，沒想到突然多出一個環節。

這個環節堪稱選秀節目裡的狗血經典橋段，好像不來一個這種環節，都不好意思稱自己為選秀似的，然而觀眾買帳，就是愛看。

就是播放親人們加油打氣的VCR。這一次是從第十五名開始播放的。

觀看的時候，安子含湊到蘇錦黎身邊問：「你家裡會是誰？你哥嗎？」

「我不知道啊，他都沒跟我說。」蘇錦黎小聲回答。

張彩妮的家裡可以說是全家總動員，居然還錄了一段奶奶跳廣場舞的片段，說張彩妮是遺傳了奶奶的藝術天賦。張彩妮又哭又笑的，跟著跳了一段廣場舞。

常思音的家裡就很正常了，爸爸說完媽媽說，媽媽說完爸爸說，然後兩口子對視一笑。一看就是家庭氛圍特別好，不然常思音也不會這麼佛系。

範千霆家裡就很搞笑了，讓範千霆千萬別回去，他們把範千霆的房間改成了寵物房，範千霆回去沒地方住，在家裡的地位，不如一貓一狗。

等到了安子含的時候，就是全場驚呼了。

安子含的母親是一位金髮碧眼的美女，形象氣質都非常好，偏偏說著流利的……東北話。她叫安子含小寶貝，叫安子晏大寶貝，然而這兄弟倆，真沒長著「寶貝」臉，場面一度非常尷尬。

「我媽以前是超模，放在現在絕對可以上維多利亞的祕密走秀，身高一百八十一公分，跟烏羽一般高，所以我看烏羽總覺得他小巧玲瓏。」安子含對蘇錦黎說，結果引來烏羽瞪了他一眼。

到了烏羽這裡，出來的就是一起當練習生的朋友，沒有家人出場。

等到了蘇錦黎的時候，場面突然黑屏，蘇錦黎還以為設備壞了。他抬起頭來，看到已經淅淅瀝瀝下起小雨，他只能用自己微薄的法力努力維持形象。

這個時候，黑色的畫面裡突然傳來聲音：「你沒打開機蓋，確定能拍到畫面？」聲音很溫柔並讓人熟悉。

接著是工作人員尷尬的聲音：「抱歉，見到您太緊張了。」

螢幕上突然出現這段對話，大家心想：是誰能讓工作人員這麼緊張？

接著，終於有畫面了，竟是沈城出現在大螢幕裡，全場驚呼。

蘇錦黎也是一怔，沒想到沈城居然會同意採訪。

「這陣子一直有人@我的微博說沈城你看看，這個孩子長得像不像你，是不是你失散多年的弟弟？我就很奇怪了，為什麼我親弟弟得你們介紹給我認識。」沈城在大螢幕裡微笑著說出這句話。

不僅僅是在場的觀眾，就連其他選手都尖叫起來。

張彩妮「啊啊啊」地叫了半天，回頭看了看蘇錦黎，又看了看沈城，居然問蘇錦黎：「你哥那麼帥，你怎麼長這樣？」

蘇錦黎無奈了，他終於能體會上次安子晏經歷大型出軌現場的心情。

「錦黎，其實說起來，我跟你真的有很多年沒有見面了，我們因為一些事情分開兩地，還有不一樣的姓氏，我……」沈城說到這裡，話語一頓，神情有些低落。

蘇錦黎知道，沈城是故意誤導大家以為他們家裡出了什麼變故，兄弟兩人的姓氏才會不一樣，以沈城的演技，這點事情真的是信手拈來。

「我可能不是一個稱職的哥哥，這麼多年都在忙碌工作，沒回去看過你。讓你因為想我而獨自出來闖蕩，誤打誤撞參加了選秀。上次見面還是在你受傷的時候，我去醫院看你……那段時間，我的心裡真的非常難受。」沈城說到這裡眼圈已經紅了，聲音也有點發顫。

蘇錦黎看著也跟著想哭，結果就聽到安子含問：「你哥是不是看你紅了才肯認你？」

蘇錦黎立即回答：「不是。」

【第七章】

我能接受你是一條魚，但接受不了沈城是你哥

沈城接著又對蘇錦黎進行一番鼓勵，最後說了一句：「我總看到熱搜上有安子晏、安子含兄弟的話題，然後看到粉絲誇他們兄弟倆顏值逆天。我就想說，我們兄弟倆的顏值也是很能打的。」

然後對著鏡頭展現一個完美的微笑，結束。

安子晏一直看著螢幕，努力讓自己淡定，可是看到最後還是忍不住笑了，拿著麥克風說：「臨到結尾，還挑釁了一下。」說完，扭頭看向蘇錦黎，看到蘇錦黎微微低著頭。

此時已經開始下起小雨，雨滴一直往下落。

臺上的選手都沒有撐傘，或者有什麼防護措施，蘇錦黎也跟著淋雨。

「雖然我家弟弟不如你們家的，但是我們家哥哥拿得出手啊！」安子晏說完，引來觀眾們的一陣起鬨聲，居然還有「噓」聲。

安子晏也不在乎，直接讓選手們離場，他也跟著走下去。

到了舞臺邊，開始有化妝師幫他們補妝，擦臉上的雨水。

安子晏對耳機說了一句：「評審老師幫忙救一下場，實在不行請更換出場順序，蘇錦黎這邊狀態不大好。」

「是身體狀況嗎？」耳機裡有人詢問。

「沒錯，下雨天對他有點影響，我一會再上臺。」

耳機裡傳來了顧桔的聲音：「節目組找我的音樂，我可以上臺臨時唱兩首歌。」

不需要彩排的臨時救場，真的有實力的人才敢這麼做。

「感謝。」安子晏說道，心中突然對顧桔多了一些賞識。

這邊安排完，安子晏拉著蘇錦黎快速回到自己的化妝間。

剛進去，安子晏就看到蘇錦黎皮膚上不受控制地出現魚鱗，他已經急得要哭了。

「一會我想辦法給你安排一把傘，或者你穿雨衣上去。」安子晏拿來毛巾，幫蘇錦黎擦乾。

「別人都沒有，我不能搞特殊啊！」

「不然怎麼辦，讓大家發現你是一條魚嗎？」

蘇錦黎也急得不行，突然撲向安子晏，揪住安子晏的衣服，沒有任何解釋直接吻了上去。

安子晏現在已經知道蘇錦黎要做什麼了，也不反抗，反而環著蘇錦黎的腰，配合蘇錦黎。

這一次的吸陽氣，再也沒有之前的小家子氣，蘇錦黎因為著急，比之前兩次都吸得厲害。讓安子晏第一次認識到，蘇錦黎是一隻貨真價實的妖。

安子晏也是第一次有這種強烈的感覺，有些許不適卻還能撐得住，只要蘇錦黎沒事就好。

有安子晏充足的陽氣補充，讓蘇錦黎之前消耗的法力漸漸恢復，然而因為吸得急，又吸了太多，讓蘇錦黎的頭很痛，微微蹙著眉。

然而安子晏溫柔的親吻，似乎有安撫作用，讓蘇錦黎漸漸好轉一些。

這一次持續了大約五分鐘，安子晏的耳機裡傳來聲音，說顧桔第二首歌唱過半了，詢問安子晏這邊的情況。

他推開蘇錦黎，待蘇錦黎擦了擦嘴唇後，問：「可以上臺嗎？」

蘇錦黎醞釀了一下之後回答：「應該是可以。」

「一會表演完就回我的化妝間，把門反鎖，誰敲門都不要開，結束了之後你再上臺。如果那個時候狀態不對，我就幫你跟觀眾解釋，聽到了沒？」

「好。」

安子晏這才打開耳機回答：「可以了，我們現在就回去。」

他們倆出來之後，Lily就等在門口，看了看他們倆，什麼都沒說，從口袋裡拿出口紅給他們倆補妝。

安子晏在顧桔表演結束後，走上臺去先跟顧桔互動了一下，才介紹下一個曲目，讓蘇錦黎上場。這一輪，蘇錦黎演唱的是一首最近比較流行的歌曲，需要邊唱邊跳。

現在舞臺上都是雨水，雨也越下越大，蘇錦黎上臺沒一會就已經渾身濕透，然而他在演唱的時候氣息平穩，就連舞步都卡點很準。

這一場雨反而讓蘇錦黎的表演更有視覺衝擊，白色的襯衫被雨水淋濕後成了半透明，貼在身體上，能夠顯現出蘇錦黎的好身材。

蘇錦黎還臨時更改動作，踢起舞臺上的積水，並且用法術控制水花，讓水就像在他的身邊綻放開來，美麗炫目。

整場表演結束後，蘇錦黎保持最後一個姿勢站在舞臺上，大口喘氣。

這一場表演，他真的是用盡了自己所有的法力，已經快堅持不住了。

一段舞蹈，讓他筋疲力盡。

安子晏走上臺，一邊走一邊脫掉自己的西服外套，搭在蘇錦黎的身上。

他拿著麥克風幫蘇錦黎拉票，問道：「他最近身體一直不是很好，這場雨又來得讓人措手不及。嗓子剛剛養好，身體還沒徹底恢復，他現在上臺表演簡直是在冒險。你現在有沒有什麼話想對大家說的？」

蘇錦黎拿著麥克風，將氣喘勻了才開口：「大家冷不冷？」

「好冷啊！」

「你們注意身體。」蘇錦黎關心道。

「小魚兒我愛你！」

「回家以後沖一個熱水澡，會促進新陳代謝，多喝熱水，喝點薑湯，對自己好一點。」蘇錦黎繼續說道。

「我在讓你拉票。」安子晏無奈地提醒。

「嗯，身體好了才能繼續喜歡我。」

「行，你下去吧，再問也問不出什麼來。之後的選手是誰，大家知道吧？」

安子晏快速結束這輪採訪內容，推了蘇錦黎一下，讓他趕緊回去。

他也沒多留，快步跑回後臺，然後按照安子晏說的衝進安子晏的化妝間，直接趴在地毯上大口喘息，身上的魚鱗開始漸漸出現，幸好堅持下來了、幸好有安子晏在。

蘇錦黎在地上躺了一會，安子晏用鑰匙打開門走進來，又很快將門反鎖。

他進來後就立即幫蘇錦黎將濕淋淋的衣服全部脫下來，接著拿來大浴巾蓋在蘇錦黎的身上，幫他擦乾淨。想了想後，又幫蘇錦黎將褲子也脫了，留下一條底褲，繼續幫他擦乾淨。

「好冷啊。」蘇錦黎嘟囔的時候，聲音都在發抖。

蘇錦黎很怕冷，真要游泳的時候也會變成魚的形態，他還是第一次以人的形態淋這麼久的雨，還在表演跳舞。

安子晏看著心疼，乾脆跪在地上，將蘇錦黎的襪子脫掉，把他的雙腳塞進自己的衣服裡，放在肚子的位置，並且一直抱著安慰：「沒事，一會就好了。」

「你不需要去主持嗎？」蘇錦黎問。

安子晏點了點頭，看著蘇錦黎的樣子又不大放心，遲疑了一會，還是以大局為重。

他鬆開蘇錦黎的腳，將蘇錦黎抱到沙發上，蓋上毯子，「你先睡一會，我幫你請假，乖。」

「嗯。」蘇錦黎躲進被子裡，含糊地應了一聲。

安子晏中途再沒有回來過，他怕過來就捨不得回到臺上了。

等到最後宣布票數的環節，安子晏也沒再叫蘇錦黎，而是跟臺下的觀眾解釋，蘇錦黎的身體出了點問題，目前狀態不大好，不能再出場了。

之前蘇錦黎受過傷，大家也都理解。

最終，烏羽第二首歌的精彩演繹，獲得現場票數第一名，蘇錦黎則是第二名，兩個人居然只差了三票！

魏佳餘這位女選手一直都是實力派，所以穩穩地排在第三名。

安子含到底是大少爺，在雨中的表現差強人意，所以一下子掉到第六名。

倒是範千霆逆襲到第七名，常思音保持在第九名，張彩妮則是到了第十名。

結束後，安子含想關心蘇錦黎，卻是心有餘而力不足，他此時同樣狼狽，是在江平秋的護送下，才披著毯子離開。

安子晏跟其他人打了招呼，說蘇錦黎由他來照顧，便沒有人再說什麼了。

其實今天站在雨裡時間最長的是安子晏，一次又一次地進入雨裡，還要保持微笑去主持。臺下的觀眾都是買票來的，未來播出的時候，大家也不希望看到狼狽的樣子，所以安子晏一直保持得很好。

真說起來，安子晏也是一名足夠努力的藝人，無論什麼艱苦的條件、惡劣的環境，安子晏都能堅持，只要作品拿得出手就可以。

他這樣能吃苦，卻見不得自己在意的人吃苦。

看到安子含難受的樣子，他破例讓江平秋去照顧安子含一次，他這邊則是親自照顧蘇錦黎。

回到自己的化妝間，安子晏就看到蘇錦黎依舊縮在被子裡休息。

他進去脫掉濕淋淋的衣服，擦乾淨身體後換上乾淨的衣服。

這時節目組有人敲門，是送他吩咐準備的熱奶茶過來。

奶茶有兩份，安子晏接過來之後，將兩杯奶茶塞進蘇錦黎的被子裡，然後拿出吹風機，走到蘇錦黎身邊，幫蘇錦黎吹頭髮。

蘇錦黎依然躲在被子裡，顫顫巍巍地拿著奶茶，將吸管插進去，然後跪坐在沙發上，披著毯子喝奶茶。

安子晏坐得又靠近他一些，幫他吹頭髮的時候看了看蘇錦黎身上，魚鱗已經不見了。

不過，還是很快收回了目光。

因為蘇錦黎依舊只穿著底褲。

「好點了嗎？」安子晏擺弄著蘇錦黎的頭髮問。

「剛才冷得腿都抽筋了！不過現在好多了。」蘇錦黎回答完繼續津津有味地吸奶茶，只要有奶茶喝，所有的煩惱都會煙消雲散。

幫蘇錦黎吹乾頭髮後，安子晏拎起蘇錦黎的腿問：「哪條腿抽筋了？我給你捏捏。」

「右腿。」蘇錦黎坦然地將腿搭在安子晏的大腿上，他現在已經完全不怕安子晏了，甚至相處自然。

安子晏幫蘇錦黎按腿，緩解抽筋的症狀。

蘇錦黎見安子晏自己的頭髮都沒吹乾呢，於是拿來吹風機說：「我幫你吹頭髮吧。」

「嗯。」安子晏立即順從地低下頭。

蘇錦黎學著安子晏的樣子來回擺弄頭髮。

「別總吹一個地方，燙死我了。」安子晏抱怨了一句。

「喔喔。」蘇錦黎趕緊關掉吹風機，然後對著剛才燙到的地方，用嘴吹氣，又揉了揉，問：「好點了嗎？」

安子晏抬頭看向蘇錦黎，一抬眼，就跟蘇錦黎真摯的眼神四目相對。

他一直看著蘇錦黎，一瞬不瞬，然後笑了起來。

蘇錦黎如果不是下山不久的妖，接觸的人少，估計是不會單身的吧？這種天然撩的姿態，讓安子晏心口像被柔軟的羽毛刮過，癢得難受，又意外地柔軟。

真是把持不住，怎麼可能不喜歡？

「沒事了。」安子晏回答。

「那我繼續了。」蘇錦黎再次拿起吹風機，幫安子晏吹頭髮。

這回有經驗了，就不會再盯著一個地方猛吹，讓安子晏覺得還滿不錯的。

安子晏的頭髮不算長，沒一會就吹乾了，蘇錦黎剛放下吹風機，安子晏就扯住毯子，將蘇錦黎拉向自己，讓蘇錦黎幾乎是靠進他的懷裡。

「我們是不是該秋後算帳了？」安子晏問。

「嗯？」蘇錦黎愣愣地看著安子晏，有些不解。

「你早上跟我說，我們沒辦法在一起了，結果剛才又來跟我接吻了五分鐘，你這是什麼情況？嗯？」安子晏氣勢洶洶地問，讓蘇錦黎一下子傻了眼。

「對……對不起……」

「沒有用，第一次我說話刺激到你了，我可以就當什麼事都沒發生過。第二次，是我語言誘導你的，我也可以忽略不計。這次呢？你是不是該負責任？」

蘇錦黎呆若木魚地看著安子晏，已經不知道該怎麼說了。

「剛才事出緊急，我沒說什麼，但是咱們不能當成什麼都沒發生過吧？」安子晏繼續追擊，步步緊逼，讓蘇錦黎驚恐得不行。

「不、不、不行啊！我哥要是知道，他會不理我的！」

「那你就這麼輕薄我，然後就當什麼事情都沒發生過了？」

蘇錦黎搖了搖頭，然後抬手揉了揉安子晏的頭，說道：「再送你一個祝福。」

「你給我收走，我不要！」安子晏立即拒絕了，感覺就好像蘇錦黎是往他頭頂按了一頂綠帽子似的。

「你用祝福特別浪費，之後我再給你補十個，你看行不？」

「不行！我要整條魚！」

「咱倆再商量商量呢？」

「沒得商量。」

蘇錦黎糾結得表情都委屈起來，他艱難地推開安子晏，說道：「我們好說好商量，今天的確是我在利用你，是我不對，所以我一定會竭盡所能地補償你。」

「我要魚。」

「我……給你抓幾條來？」

「我就看上你這麼一條。」

「可是……我們不是兩情相悅啊。」

「渣魚。」安子晏立即罵了一句，接著就鬆開蘇錦黎，裝模作樣地起身去整理自己的東西。

蘇錦黎果然緊張地跟著起身，在他身邊一個勁地哄道：「你別這樣，我們想個兩全其美的方法行嗎？」

「那你說說看，怎麼能讓我覺得滿意？」

「我給你魚鱗吧，你可以做成護身符，關鍵時刻能保你一命。」

蘇錦黎身上的鱗片無法再生，若拔下來一片，就會有一塊一直保持原樣，影響美觀，也會很痛。如果真的將全身鱗片都拔光了，估計也是一條廢魚了，還會變得非常噁心，法力全無，再也無法送祝福。

蘇錦黎能這樣許諾，已經是他能夠想出來的最大承諾。

一般人聽到這個許諾，估計都會心動，但是安子晏不一樣，他就是在胡攪蠻纏，不然他真的一點希望都沒有了。

「不要，不然會睹鱗思人。」安子晏再次拒絕了。

安子晏收拾完東西，蘇錦黎也沒想到該怎麼補救，就披著毯子，跟著安子晏的身後一個勁地走，急得不行。

安子晏從自己的箱子裡取出一件衛生衣，給蘇錦黎套上。

蘇錦黎配合地抬起手，就像小時候沈城幫他穿衣服似的，讓安子晏順利地將衣服給他穿上。

接著又找出一條運動褲，遞給蘇錦黎，「自己穿吧。」

蘇錦黎立即穿上了，穿完捲起褲腿念叨：「我穿你的衣服有點大。」

「我應該是比你大了一號？」

「兩號吧，你看看這衣服鬆垮垮的。」蘇錦黎抖衛生衣給安子含看。

「這種衣服就是肥大款，我穿上也是大的。」

「喔……」

安子晏找來鞋子，果不其然，蘇錦黎穿著會顯得很大。

安子晏只能給蘇錦黎拿了一雙人字拖，「穿這個吧。」

蘇錦黎立即穿上了。

安子晏盯著蘇錦黎的腳丫子看了一會，忍不住感嘆：「腳這麼白？」

「因為從來不露出來啊。」

「你有腳氣？」看樣子不像啊。

「腳氣一次淨是去魚腥味的，但是我覺得不大好用，說一次淨，我這麼多次了都沒去乾淨。」

「沈城平時都帶著這個嗎？」

「我哥哥法力高，不用。」

安子晏點了點頭，表示自己知道了。

他整理完東西後，拿起另外一杯奶茶問蘇錦黎：「你還喝嗎？」

「你不喝嗎？」

「我一般喝咖啡。」

「喝。」

安子晏將奶茶遞給蘇錦黎，蘇錦黎立即插進吸管喝了起來。

「走吧，先回酒店，這個該死的地方待著不舒服。」安子晏說完，便拎著自己的隨身物品率先走了出去。

蘇錦黎捧著奶茶跟在安子晏的身後。

他們離開後，就有人進入安子晏的休息室，去取安子晏的東西，之後會直接送去酒店。

兩個人並肩走出去，上了安子晏的保姆車。

車子行駛過門口，看到還有粉絲站在雨中，等待他們的車子離開。

安子晏讓蘇錦黎坐到角落去，自己則是打開窗戶，跟粉絲們揮手示意了一陣子，才讓司機將車子開走。

「追星真的好辛苦啊……」蘇錦黎的奶茶喝完了，忍不住感嘆。

「你先別心疼別人了，先想想你的事情吧。」安子晏說完，拿出手機看消息，跟江平秋溝通這幾天的行程。

「喔……」蘇錦黎低聲應了一句。

兩個人依舊是一群人護送他們回到酒店，安全送到安子晏的總統套房才散開。

蘇錦黎站在門口說道：「你早點休息，我先回房間了。」

「事情沒解決，別想就這麼含糊過去。」安子晏將蘇錦黎帶進客廳，讓蘇錦黎坐下，「你靜靜地想，沒事，我們有一晚上的時間。」

蘇錦黎乾脆倒在沙發上，陷入絕望：「活著好艱難啊……做人好難啊……」

安子晏見蘇錦黎都絕望成這樣了，忍不住想笑。

他跟沈城之間的戰爭，最糾結的人無疑是蘇錦黎，安子晏看蘇錦黎現在的樣子也有點猶豫了，怕逼得太緊，會讓蘇錦黎太為難。

正想改口的時候，就看到原本躺在沙發上的蘇錦黎直接變成了一條魚，以此來逃避現實。

安子晏盯著這條大魚呆了一瞬間，又好氣又好笑。

「你這樣用不用我給你放到水裡啊？」安子晏問。

蘇錦黎點了點魚頭，點頭時整條魚都在上下擺動。

安子晏到浴室，往浴盆裡放水，怕蘇錦黎著涼，還特意放了溫水。用手試試水溫，覺得可以了才走出去將蘇錦黎從衣服裡捧出來，然後捧到浴室裡，放進浴盆。

浴盆是圓型的，很大，足夠三個人同時沐浴，所以蘇錦黎在裡面游得十分暢快。

安子晏站在一邊看著蘇錦黎在浴缸裡游泳，有點無奈。

接著走出去用微信問江平秋：怎樣能驅寒？

江平秋很快送來了生薑片，安子晏拿著生薑片扔進浴盆裡。

蘇錦黎整條魚都嚇傻了，這是不負責就要吃了牠啊？

蘇錦黎嚇得差點流淚，在浴缸裡驚慌地游來游去。

殺！魚！啦！

誰知道，安子晏扔完又走了出去，蘇錦黎以為安子晏是要去找鍋子，於是從浴缸裡爬出來，迅速用浴巾擦乾身體。

還沒穿上浴袍，安子晏就又走了進來，並且穿上了泳褲。

蘇錦黎趕緊可憐兮兮地說：「戀愛的事情可以再商量，你別吃我……」

安子晏的眼神在蘇錦黎身上打了個轉，忍不住感嘆：「你們變成人類的時候，該有的東西倒是一樣不少。」

蘇錦黎趕緊穿上浴袍，安子晏則是從洗手臺拿來牙刷，問他：「這種牙刷能給你刷魚鱗嗎？」

蘇錦黎一愣，想了想後點了點頭。

「過來吧。」安子晏進入浴缸坐下，「為了顯得我不耍流氓，特意去換了條泳褲。」

「那你用薑片做什麼啊？」

「薑片驅寒。」

蘇錦黎想了想後，還是走進浴盆，丟掉浴袍坐下的同時快速地變成了一條魚。

安子晏看著浴缸裡的金錦鯉，伸手摸了摸魚鱗，竟然意外地覺得手感不錯。

接著，拿著牙刷小心翼翼地幫蘇錦黎刷魚鱗。

「要塗沐浴露嗎？」安子晏問。

蘇錦黎點了點魚頭。

安子晏拿來沐浴露，擠到牙刷上，然後捧著蘇錦黎的魚身繼續認真地刷洗。

這絕對是一種神奇的體驗。

至少安子晏在他前二十三年的人生裡，從未想過自己會喜歡上一條魚。

至於蘇錦黎被刷魚鱗覺得特別爽，舒服得整條魚的身體都在一個勁地撲騰，魚尾巴還抽了安子晏好幾下。

安子晏看著忍不住笑，問蘇錦黎：「你這種狀態能說話嗎？」

「能啊！」蘇錦黎回答，將安子晏嚇了一跳，娃娃般的聲音，太稚嫩了。

「你還能做什麼？」

「我還能跑呢！」蘇錦黎說著，便歡快地游了一圈之後，魚的身體兩側突然出現了白皙的小細腿……

「收回去吧，我不想看。」安子晏便瞬間覺得幻滅了。

魚，他能接受。但是長著兩條小白腿的魚，安子晏一時半會真接受不了。說好的美人魚呢？不是上身是人，下身是魚嗎？這錦鯉精怎麼長這樣呢？

「喔。」蘇錦黎失落地把腿收了回去。

他當初能長出腿來的時候，興奮得不行，到處亂跑。結果腳丫子太嫩，磨出血來了，他也沒覺得疼。

能跑的魚多厲害啊！為什麼這些愚蠢的凡人就不懂得欣賞魚魚的美腿呢？

幫蘇錦黎刷乾淨後，安子晏站起身來，用淋浴沖洗身體。

蘇錦黎在浴缸裡仰望巨人般的安子晏，問他：「你不覺得我是條魚很可怕嗎？」

下山前，爺爺再三囑咐他要保護住自己身分的祕密。如果被人類知道他是妖精，一定會被認為是怪物，說不定會人人喊打，甚至引起騷亂。

但是安子晏似乎接受能力挺強的。

「是啊，我能接受你是一條魚，但是接受不了沈城是你哥！」安子晏說完還覺得有點絕望呢。

這得是多大的孽緣，才能碰到這種破事？

「我覺得你人挺好的。」蘇錦黎對安子晏說。

「覺得我好還不跟我在一起？」

「我覺得安子含人也挺好的。」

「你看誰都好。」

「其實你今天幫我，我挺感謝你的，你這樣做是維護人妖兩界的秩序，保持了之前的……」話還沒說完，就被安子晏打斷：「我還順便拯救了世界？」

「如果真的引起人妖大戰的話，那你真的是拯救世界了！」

「我真偉大。」安子晏特別敷衍地回答。

兩人皆沖洗乾淨後，安子晏走出去用浴巾擦乾淨自己的身體，接著用浴巾包住蘇錦黎，將蘇錦黎帶出去。

蘇錦黎在浴巾裡打了一個滾，擦乾淨之後直接蹦出來，瞬間變成了人，然後「噌噌噌」地往客廳跑。

安子晏就看到白花花的一個人從他面前跑了過去，他趕緊喊了一句：「之前那身衣服已蹭到你魚狀態的魚鱗了，換一身吧。」

蘇錦黎遠遠地喊著回答：「我不嫌自己髒。」

「我也沒嫌你髒，不會有魚腥味嗎？」

「我早上塗過腳氣一次淨了。」

「我說你去魚腥的時候，能不能用點其他的東西，怎麼聽起來這麼矬呢？」安子晏跟著走進客廳，蘇錦黎已經穿好衣服，只是底褲丟在垃圾桶裡。

嗯……真空狀態。

安子晏光想想剛才的白花花，再想想蘇錦黎現在的狀態，就又有點心裡癢癢。

蘇錦黎規規矩矩地站好，看著安子晏。

安子晏也看著他。

兩個人相對沉默了一陣子，安子晏嘆了一口氣，坐在沙發上，拍了拍身邊示意蘇錦黎也坐下。

等蘇錦黎坐下了安子晏才開口：「我也不是想逼迫你，我只是覺得，如果我不這樣做，我恐怕再也沒有機會了。我是真的很喜歡你，根本不想放棄，所以才出此下策。」

「喔……」蘇錦黎弱弱地應了一聲。

「這次不用你負責，也不需要你十幾個祝福，或者魚鱗護身符。我只想你答應我，如果有一天，你會喜歡上我，我希望你可以不考慮你哥的感受，然後接納我，讓我跟你在一起，行嗎？」安子晏問。

經歷過之前那種必須負責任的要求後，現在的要求真的很可以了，甚至可以說是通情達理。

蘇錦黎立即點了點頭。

安子晏道：「那你再陪我待一會，然後回你的房間吧，不然你明天早晨從我這裡出去，會引來不必要的麻煩。」

「好。」蘇錦黎回答：「那我們倆要做什麼？打撲克嗎？玩金J釣大魚吧！」

安子晏打賭，這是他這二十三年來玩過最無聊的遊戲。

拿著撲克牌擺一串，碰到J就全收起來，碰到其他的牌分別收幾張，比的就是誰的牌比較多。

然後，他一個倒楣蛋，跟一個錦鯉精玩這種遊戲，就眼睜睜地看著蘇錦黎興高采烈地收牌，不到十分鐘輸了六次。

這種撲克牌真的有可能半個小時不分勝負，被這麼碾壓的情況非常少見。

安子晏拿著撲克牌，問蘇錦黎：「你要不要跟我去澳門？」

「去玩嗎？」

「不，去賺錢。」

「可以啊！是不是得等節目結束之後？」

「嗯，我估計你都不願意再賣力做明星了，你有發家的捷徑。」

「我還是很想做明星的，我喜歡在舞臺上的感覺，以及有人喜歡我，就覺得我很幸福。之前在酒店外看到我的粉絲，覺得我絕對不能辜負他們，我得繼續努力，配得上他們的喜歡才行。」

「你的粉絲如果聽到你說的這些話，一定會興奮死的。」

「不用他們聽，我會做出來給他們看。」

「加油！我們小錦鯉真厲害。」安子晏抬手揉了揉蘇錦黎的頭。

「小精緻，我先回去了啊！」

安子晏起身，跟在蘇錦黎的身後送他，臨到門口，安子晏突然拉住蘇錦黎的手腕，將他拽過來靠著牆壁站好。

安子晏將手臂拄在蘇錦黎身邊，問：「陽氣吸多了你會不舒服？」

「嗯。」

「那只是親一下嘴唇有問題嗎？」

蘇錦黎看著安子晏，知道安子晏是什麼意思，思考了一下才說：「就是……只許你親一下。」

「嗯。」安子晏回答完，低下頭在蘇錦黎的嘴唇上輕輕碰了一下，然後輕聲說道：「晚安。」聲音溫柔到讓蘇錦黎心口發顫。

「嗯……」蘇錦黎回答完，趕緊打開門跑了出去。

第二天，新的一期的《全民偶像》按時播出。

這一期是波若鳳梨派人剪輯的，剪輯後的品質倒是十分不錯，張鶴鳴看過之後覺得十分安心。

這一期裡，節目組一直回避的問題也坦然地公開。

從管理失誤，未能檢查禮物，到蘇錦黎受傷送醫搶救，都被剪輯出來。

節目裡，還公開了蘇錦黎的病例以及檢查結果，證明蘇錦黎受傷的嚴重性，並非蘇錦黎矯情。

周文淵被淘汰的事情亦被弱化，不過依舊引起軒然大波，這是無法避免的。

喬諾挑戰蘇錦黎的片段，則是盡可能地保留，甚至是蘇錦黎要琵琶時的混亂場面。

果不其然，這一期播放完畢，再次引起軒然大波，《全民偶像》強勢霸屏。

首先是關於蘇錦黎受傷的事情，再次被重提。

緊接著，藏艾因為說蘇錦黎是嗓子啞了，這個片段播出後引起一群粉絲去藏艾的微博底下瘋狂攻擊。

當然，被攻擊最狠的恐怕是喬諾了。

甚至有一條專門的熱搜是給喬諾的：最噁心的練習生喬諾。

誠然，喬諾的做法可以理解，也符合流程，但是他這樣做之後導致的後果就是被瘋狂抨擊，以後出道也會因為人品，而引來一系列的罵名。

喬諾挑戰蘇錦黎的時候，也沒想到蘇錦黎受傷的事情會被公開。

如果蘇錦黎受傷的事情沒被公開，頂多是蘇錦黎「嗓子啞了」，他也不會怎麼樣，甚至會有人說蘇錦黎矯情。

但是，現在的情況是……喬諾跟節目組都是被罵得最慘的。

同時上熱搜的自然有蘇錦黎。

不過很快就出現質疑的聲音：蘇錦黎屁大點的事也能上熱搜。

緊接著，一個新的熱搜詞出現了：蘇錦黎屁大點的事也能上熱搜。

從安子晏怒摔麥克風，蘇錦黎受傷的事情被大鬧特鬧之後，喬諾的日子就沒平靜過。

被淘汰後，他就被常思音推著離開訓練營。當天因為急著收拾東西，還有幾件衣服以及洗漱用品沒拿走，還是常思音快遞給他的。

走的時候他碰到蘇錦黎，蘇錦黎沒看他一眼，他心裡還在不服，覺得蘇錦黎在裝。

在喬諾看來，他為了自己的未來，挑戰有把握挑戰得過的選手沒有任何問題。只不過是蘇錦黎跟安子含關係好，又是安子晏公司最新簽約的潛力藝人，才會被人護著。

然而事件爆發後，他就傻了眼。他拿著手機刷完所有評論，幾乎沒有幾個人幫他說話，大部分的人都在罵他。

再去看自己的微博，簡直就是大型災難片，就好像他幹了什麼傷天害理的事情。

他被淘汰後就回了公司，然而回到寢室後第二天，其他的練習生就對他議論紛紛了。實在是事情鬧得太大，他們都已經知道，畢竟公司裡的練習生沒有要求過沒收手機。

他在第二天並沒有參加練習，公司也沒給他安排任何工作，他就在經紀人的辦公室靜坐了一天，最後得到的消息是先回家休息一陣子。

「大概需要休息多久？」喬諾試探性地問，心中已經開始冰涼了。

「短則三、四個月吧。」經紀人這樣回答，表情也不大好看，明顯是剛剛被領導批評過。

「最久呢？」

「祈禱風聲趕快過去吧，你這個性質不算太惡劣，升級不到出軌、吸毒的水準，網友也健忘，估計也不會太久。」

「那出道的事情……」喬諾依舊不肯死心。

經紀人終於沒了耐心，忍不住吐槽：「我說你挑戰的時候能不能動動腦子？啊？你也間接地拿到過手機吧，知道蘇錦黎最近有多火吧？張彩妮跟他炒CP都能被粉絲罵得不行，你居然在他受傷的時候挑戰他！」

「我看節目組想要封鎖消息，沒想到他們會公開。」

「蘇錦黎剛剛簽約到世家傳奇，你不知道嗎？你還惹到人家頭上去？他能放過你？你這一下子得罪了世家傳奇、節目組，就算真留下了，你能好到哪裡去？」

「我已經後悔了……」喬諾只能這樣回答。

經紀人氣得直揉臉，接著繼續吩咐：「回家去吧，盡可能別出門。等過了這陣子，說不定能緩解一些。」

喬諾真的回家了，休息了一陣子後，等到了這一期播出。

他已經很久沒打開手機，然而還是沒忍住，用小號登陸微博看了看……

最噁心的練習生喬諾。

喬諾看到這裡後，直接在家裡咆哮起來，他只是挑戰了蘇錦黎而已，至於嗎？至於嗎？他已經後悔了！還不行嗎？

不會做人，粉絲教你做人。

喬諾這些天也在想這些事情，內心百感交集，不僅覺得委屈，也意識到自己錯了，然而最強烈的感覺竟然是恨蘇錦黎。

他也知道自己很極品，明明是他主動挑戰蘇錦黎的，卻記恨上了蘇錦黎……

然而，他進入自己的微博，看到他的微博在經紀人的操作下，發布了一條文情並茂的道歉，評論裡依舊是一片罵聲。

再去搜索蘇錦黎，則是一片陽光明媚，全是誇蘇錦黎好的。

緊接著，他就看到一條讓他震驚的新聞，蘇錦黎竟然是沈城的親弟弟。

喬諾徹底傻了，然後捂著臉哭了起來。

他曾經想過，如果想改變這種境地，就只有一種方法——以後要比蘇錦黎更紅。

這樣就有粉絲幫他說話，有人討伐，也能像其他明星那樣，粉絲出動就能大殺四方。

然而蘇錦黎哪裡那麼容易超越？史上最年輕影帝的親弟弟；娛樂圈最流氓的一家公司，搶資源界扛把子世家傳奇最看重的新人；二世祖安子含的鐵哥們，誰不知道安家兄弟最護犢子？安子含更是無法無天。喬諾要崩潰了。

木子桃裡同樣焦頭爛額的人，不僅僅是喬諾以及喬諾的經紀人，還有張古詞等人。

《全民偶像》第一期播出的時候還好，至少沒有什麼太大的反應，一切都四平八穩。

第二期播出後，大家看到這個節目逆襲的勢頭，張古詞依舊沒太在意，覺得安子含他們幾個運氣還不錯，說不定能順利出道，瞎貓碰到死耗子了。

然而越到後來，他們就越發地後悔了。真正優秀的練習生被他們留在公司裡，打算用其他的方式出道，派去的幾名練習生是去跟安子含陪練，誰知這幾個人的人氣飆升。

尤其是安子含，如今的熱度不亞於一線小生，常思音因為跟安子晏、蘇錦黎等人關係不錯，所以也蹭了一些鏡頭，人氣不低。目前主動找來的劇本、代言等，不比前陣子剛剛重點推出的新藝人少，甚至有超越的趨勢。

最重要的是，國內一線雜誌居然也發來邀請函，希望可以邀請到安子含跟常思音去拍攝封面人物。木子桃有史以來也只有三名藝人上過封面，還都是出道多年的老牌藝人。

節目越火，就越會被關注。

最開始公司老闆只詢問張古詞，為什麼不多派幾個練習生去參加節目？這麼好的機會，錯過了怪可惜的。

張古詞只能回答：「其他的練習生都安排好其他的出道方式，沒有檔期。」

公司老闆也沒太追究。

然而在蘇錦黎的事情爆發後，老闆終於知道了一些事情，外加不知是誰在老闆那裡嘲諷了幾句，讓老闆就此暴怒。

張古詞以及喬玉華、胡海高等人都被叫去辦公室。

「你們都是怎麼選人的？自詡專業，結果蘇錦黎這樣能爆紅的人放過了，簽了一個喬諾那樣的傻逼來噁心我？」老闆說話的時候，用手掌拍著桌子，聲音十分有震撼力。

胡海高只能硬著頭皮解釋：「面試那天蘇錦黎一點才藝也沒有，我們也沒想到他居然能……」

「沒有才藝，光看他長的那張臉就可以簽約了吧？」

「我們想培養有實力也有顏值的藝人。」

「你看你們給我培養出什麼了？你再看看被你們淘汰的，現在紅成什麼樣了？」說著，指著胡海高說道：「沈城倒是對你很感興趣。」

「為什麼？」胡海高覺得很奇怪。

「當初蘇錦黎只記得自己哥哥的公司名有水果，跑到我們公司來等人，想要等沈城。結果你看到了回公司到處數落蘇錦黎，現在蘇錦黎跑到沈城那裡哭訴去了，你自己跟沈城解釋去吧。」

「我並不知道是這樣的事情，他當時的確是給人這種印象。」

「什麼都不知道你就到處亂說？你跟村口吃瓜子的長舌婦有什麼區別？」

胡海高不說話了，一名年過半百的老牌老師，被公司老闆這麼一頓批評，顏面自然過不去。

「行了，你先去吧。」領導再次開口，似乎看到胡海高就煩。

「去哪裡？」

「準備準備，去跟沈城聊聊天、談談心。」

「真的要見面？」

「不然呢？這麼驚訝，還準備要個簽名？」

胡海高抿著嘴唇，最後還是扭頭離開老闆的辦公室。

張古詞看到老闆看向自己，就知道輪到自己了。

「你以前眼光可以啊，這次怎麼回事？」老闆問他。

「蘇錦黎不是我面試的。」張古詞都沒見過蘇錦黎。

「我是說看節目的眼光。」

張古詞嘆了一口氣，「其實很多公司比我們還瞎，至少我們派去四個人，其他公司乾眼饞，結果一個人都沒送過去。」

老闆聽完，吧唧吧唧嘴，醞釀了一會突然說不出什麼了。

「波若鳳梨的那個烏羽還是自己偷偷跑去的，世家傳奇一個沒送過去，只有蘇錦黎是後來簽的。華森娛樂趁機送了一個，結果送去個品行不端的，估計也氣得不行。」張古詞繼續說。

這一次，娛樂圈三大巨頭全瞎，木子桃相比較之下已經是贏家了。

之前有人數落木子桃錯過了蘇錦黎，簡直錯過了幾個億。

現在，木子桃的老闆突然心裡舒服了一些。

侯勇這些天都在看遞過來的劇本，挑選合適蘇錦黎的，然後膽戰心驚地跟安子晏討論蘇錦黎之後的規劃。

安子晏要求，蘇錦黎的一切安排都要跟他彙報。侯勇每次看到安子晏都怕怕的，但是為了自家小天使只能硬著頭皮上。

坐在辦公室裡看劇本的時候，突然有人來敲了敲他的房間門，說道：「勇哥，有客人。」

侯勇很意外，很快就看到喬琳兒拎著一堆禮物走進來，頓時心裡一沉。

喬琳兒是他之前帶的藝人，因為惹到吳娜，他為了保護喬琳兒被華森娛樂辭退。

最初，喬琳兒還表現得很好，給他轉了五千元錢，說：「勇哥，我的積蓄也不多，不過還是非常感謝你。」

然而後來，他發現喬琳兒對他遮罩自己的朋友圈。不久後有人截圖給他，說喬琳兒發了朋友圈，說都怪自己的經紀人，讓她惹到了吳娜，裝得特別無辜，侯勇頓時心灰意冷。

現在，喬琳兒突然上門來找他，明顯不是奔著他來的。

侯勇先是有一瞬間的不自然，還有就是錯愕，緊接著就笑呵呵地站起來，走過去歡迎喬琳兒。

侯勇也知道，他現在是蘇錦黎的經紀人，作為蘇錦黎的團隊成員，一言一行都會被盯著，他們如果做錯什麼，會是蘇錦黎背鍋，現在蘇錦黎風頭正旺，不能出現任何紕漏。

娛樂圈裡爾虞我詐，侯勇自然也不會去得罪任何人。萬一他招來事情，仇恨值報復在蘇錦黎身上就不好了。

所以他就裝成什麼都不知道的樣子，笑呵呵地跟喬琳兒敘舊，態度上說不出任何問題，只是打太極方面真的很讓喬琳兒頭疼。

「什麼時候我們一起去吃個飯吧，我好久沒見過你了，怪想你的。」喬琳兒熱情地問。

「嗯，可以啊！」侯勇直接答應了。

「你現在不是蘇錦黎的經紀人嘛，我跟蘇錦黎也算是同一個人帶起來的，不如把他也叫來，大家一起吃飯還熱鬧些，我請客。」

「妳也知道，他比賽還沒結束，結束後的工作安排很多，短時間內恐怕都不行。」

「沒事，什麼時候有空了聯繫我就行。」喬琳兒繼續堅持不懈。

「要是吃飯的話，不如就最近幾天我還有空，過陣子真的很忙。上級安排的工作很多，真的是……不好意思啊，哈哈哈。」

侯勇繼續說著其他的話，就是不肯帶上蘇錦黎，連空頭支票都不肯答應。

喬琳兒明顯不是奔著侯勇來的，而是想跟蘇錦黎做朋友，萬一能順便傳個緋聞就更好了，她估計能連續上幾天的頭條跟熱搜。

就算澄清了，以後蘇錦黎凡事出什麼新聞，她都能被帶一波疑似蘇錦黎前女友的新聞。

不帶，就自己炒作唄。

但是侯勇不肯答應，一直笑咪咪、客客氣氣的，她還說不出什麼來。

於是，喬琳兒又開始動用感情牌：「你不會還怪我吧，我不懂事，給你惹了麻煩，當時也只能那麼處理，一直都覺得怪對不住你的。」

「沒事，都是過去的事情了。」

「你走以後，我接到的工作不多，公司也不夠重視我，我有點堅持不住了……」說著，開始欷歔落淚。

侯勇有點尷尬，「妳現在的經紀人怎麼樣？」

「你認識的，嬌嬌姐，資源搶不過別人。」

「嬌嬌人挺好的。」

「勇哥，你能幫我出出主意嗎？」

侯勇拿出手帕來，擦了擦額頭上的汗，看到德哥又一次從門口路過，這才說道：「妳合約還有多久到期？」他是前經紀人，日期記得比誰都清楚，是故意問的。

「還有一年多。」

「換一家公司吧。」

「你說世家傳奇有可能要我嗎？」喬琳兒立即順藤摸瓜地問。

侯勇的工作室剛被安子晏收過去沒幾天，侯勇都沒去過總公司，根本說不上話，所以也都如實地跟喬琳兒說了。

喬琳兒有點失望，她一直聽說侯勇現在經常跟安子晏見面，連升三級，還以為多厲害呢。現在侯勇就靠蘇錦黎，蘇錦黎又是靠運氣火的。

喬琳兒這次來無功而返，等她走了，德哥才走進來對侯勇說：「你跟她笑呵呵的幹什麼啊？明顯是想利用你。」

「不想給小錦鯉招仇恨。」

「你就慶幸你們家小錦鯉出息吧，不然你都沒有翻身的日子，你現在這樣還不是被她害的？」

侯勇擦了擦汗，跟著嘆氣。

「我這輩子運氣最好的事情，就是遇到小錦鯉了。」侯勇感嘆。

「好在小錦鯉不是綠茶，他是沈城的弟弟，大可以去波若鳳梨，卻為了我們留下自動續約一年。不過一年後……」

一年後，蘇錦黎離開公司，他們工作室就會被放養了吧？被安排一些奇奇怪怪的工作。

「到時候再說吧，先把這一年做好了。」侯勇回答。

蘇錦黎站在寢室門口，看著烏羽收拾行李，忍不住問：「是因為安子含嗎？」

「不是。」烏羽隨口回答了一句。

「四個人一起住挺好的啊，還可以互相照應，早上叫起床。」

「早上都是我叫你們起床。」

「可是……」蘇錦黎還想勸兩句，烏羽已經將行李箱拉上拉鍊。

他們參加完第六輪比賽後，第二天宣布了最終的得票結果。

雖然上一場烏羽得到了現場第一名，獲得額外十五萬的票數。

但是在場外人氣方面遠遠不如蘇錦黎，最終公布票數的時候顯得很丟人，第二名跟第三名的票數加一塊，才能趕得上蘇錦黎一個人的票數。

十五萬的票數，也只比蘇錦黎的十四萬票多一萬，然而蘇錦黎場外得票數是兩億三千萬啊！

比較戲劇化的一幕就是，常思音的場外得票數不及張彩妮，最終張彩妮以第九名的成績踩線入圍前九名，常思音則是被淘汰了。

聽到結果的時候張彩妮十分意外，她以為她這次絕對是走到頭了，昨天已收拾好行李，今天還在跟其他選手道別，結果就晉級了，還是以最後一名的成績。

常思音被淘汰後，依舊保持微笑。

在常思音看來，他的實力相較其他的選手還是差了點，他之後還要繼續努力才行。之前能夠堅持住，全靠安子含跟蘇錦黎他們幾個時不時帶他一把，不然真的撐不到現在。

張彩妮有點內疚，哭著跟常思音擁抱了一下，常思音還在安慰張彩妮，說著沒事。

當時安子含就湊到蘇錦黎耳邊說：「其實咱所有選手裡，最適合做男朋友的就屬於常思音了，佛系還會做家務，人也體貼。最不適合做男朋友就屬於烏羽，除了臉其他沒有拿得出手的。」

這次烏羽都懶得理安子含了，只是沉默地看著結果。

等這次淘汰之後，空出了幾間寢室，烏羽就跟節目組申請，打算自己一間寢室，專心練習，得到了節目組的批准。

蘇錦黎聽說烏羽要搬寢室，還有點捨不得，於是跟在烏羽身邊勸說。

沒成想這個時候安子含跟範千霆拎著剛買的水回來，安子含看到烏羽搬走，忍不住樂：「有意思嗎？」

烏羽根本不理安子含，直接走出去。

安子含故意繼續說：「走了好啊，蘇錦黎你搬到下鋪來。」

蘇錦黎趕緊推了推安子含，讓他閉嘴，然後追著烏羽繼續說：「你是不是心情不好啊？」

「沒有。」

「你心情好的時候會跟安子含吵架，現在都不理他了，一定是生氣了。」

烏羽聽到這個分析，忍不住愣了一下，疑惑地扭頭看向蘇錦黎，這個腦回路很厲害啊！

蘇錦黎依舊緊張兮兮地看著他，眼神裡是遮掩不住的關心。

他對蘇錦黎沒轍，嘆了一口氣，解釋道：「我這個人本來就很獨來獨往，不願意跟其他人共處，最開始是因為不得不一起住。現在有機會了，就想一個人清淨幾天，找找感覺，準備好最後一場比賽。」

安子含穿著人字拖走出來，吊兒郎當地靠著牆壁，聽到了幾句，跟著說：「沒用的，你就算最後一輪怎麼努力，也頂多第二。現在蘇錦黎的人氣已經很難打敗了。你也不用這麼不服氣，我們這個比賽本來就因為前景不被看好，來的選手實力都也就那樣，真全來厲害的，你都排不上號。」

這種話直接說出來真的很傷人，蘇錦黎氣得掐了安子含一把。

烏羽將行李箱放在新寢室的門口，朝安子含走過去，「你這種養尊處優的紈絝懂個屁？」

「我操？」安子含見烏羽這架式是要打架啊，立即挺起胸脯來。

「你們只需要靠家裡就能紅了，但是我不一樣，我想要實現夢想就必須努力。我下一場比賽說不定會是我最後一次演出，我想表現出最好的狀態來。」

「是，你有夢想你牛逼，你當波若鳳梨是傻子？你現在的人氣回到公司裡，也肯定會給你安排工作，除非他們不想賺錢。」

「呵。」烏羽冷哼了一聲，「事情並不像你想得那麼簡單。」

烏羽說完就拉著行李箱進入寢室。

他這樣珍惜下一場的機會，自然不會在這個節骨眼跟安子含打架。

蘇錦黎趕緊跟著進入烏羽的房間，說道：「你別跟安子含一般見識，他就是嘴賤。而且，你有實力、有長相，肯定會發光發熱的。」

「但願吧。」烏羽沉著臉回答，接著開始收拾寢室。

「我會有現在的票數，是因為沾了光，我之前其實耍了小聰明，想利用名字讓大家注意到我，覺得我會給大家帶來好運，這樣得來的人氣。」蘇錦黎跟在烏羽的身後說道。

蘇錦黎真的覺得烏羽很厲害，只是他自己不是人類，要比人類多出一些技能，這才讓烏羽成為第二名。

如果烏羽是跟一群普通人類比賽，一定不會像這樣被碾壓。

「你是不是也誤會了？」烏羽忍不住揚起嘴角笑了笑，說道：「我還得感謝你能帶來話題度，讓大家注意到這個節目，順便注意到我。我除了會唱歌外，講話沒有梗，性格也不夠突出，甚至有點悶，能有現在的人氣很不錯了。」

「我也是……歪打正著。」

「而且，我對你的實力是服氣的。」烏羽邊說邊打開行李箱，「這個世界很糟糕，並不是你努力了就會成功。」

【第八章】

你是全世界最好的哥哥

蘇錦黎回到寢室後，有點魂不守舍，不過還是在安子含的催促下搬到下鋪。

「你們倆說，烏羽是不是有什麼難言之隱啊？我總覺得他有很多事情都沒跟我們說過。」蘇錦黎忍不住問他們兩個人。

「難言之隱……」安子含嘟囔完這個詞就想笑，笑容很有內涵。

「其實很正常，他這樣做是對的，在娛樂圈裡前一秒朋友，下一秒就有可能是對手。他跟我們也不是特別熟悉，怎麼可能什麼祕密都跟我們說。」

範千霆坐在上鋪抖腿，安子含坐在下鋪也跟著顫。

「我都把他當成最好的朋友了。」蘇錦黎回答。

「那是你朋友太少了。」安子含跟著說。

「我把你們倆也當成朋友了！」蘇錦黎補充。

安子含立即亮出大拇指來，「眼光獨到。」

「獨具慧眼。」範千霆坐在上鋪跟著說道。

他們要進行新一輪的選歌了，手機也重新發還給他們。

範千霆在上鋪拿著手機一個勁地刷，想要看看有沒有合適的歌。下鋪的安子含則輕鬆許多，直接去問江平秋就行，等著他們幫自己篩選。

蘇錦黎拿著手機跟沈城聊天，聊了幾句，沈城就又讓他睡覺了。

他嘆了一口氣，放下手機打算睡覺，就聽到安子含突然「噗哧」笑了一聲，接著道：「蘇錦黎，你看看節目組的官博，上傳了你的個人視頻。」

蘇錦黎手笨，打開微博都得找半天，才能找到官博。

上鋪的範千霆比他快，看到視頻就笑得不行了，弄得蘇錦黎更好奇了。

終於看到官博最新的微博，他就沉默了……

全民偶像：粉絲們期待的蘇錦黎睡覺特輯來了！【視頻】

整個視頻都是用蘇錦黎寢室的攝像頭剪輯的。因為選擇了固定的角度，就能清楚看出其他幾個人都睡得很老實，頂多偶爾翻個身而已，蘇錦黎在上鋪卻在一直動，身體以神奇的姿勢旋轉，最後又神奇地換了方向。

最有意思的是，其中有一段是蘇錦黎的身體卡在床上，被範千霆發現了，過來拽了蘇錦黎的腿，蘇錦黎才得以釋放。

範千霆重新躺好睡覺後，蘇錦黎再次旋轉跳躍我閉著眼。

還有一段是蘇錦黎突然翻了一個身，整個身體都面朝下掛在上鋪的欄杆上，一隻手跟一條腿都搭在床邊，垂到烏羽那裡。

烏羽半夜翻身的工夫睜開眼睛嚇了一跳，身體一顫，鎮定之後下了床，湊過去看蘇錦黎，還試了試蘇錦黎的呼吸。

確定蘇錦黎還活著，烏羽並沒有立即調整蘇錦黎的睡姿，而是圍著床換著角度看，研究蘇錦黎是怎麼睡成這樣的。

也不知最後研究出來沒，便把蘇錦黎推回到床上，全程下來，蘇錦黎居然沒醒。

蘇錦黎自己看到視頻都覺得很震驚，仔細盯著看了一會才能夠確定，那真的是自己。

「我的天啊……怎麼這樣？」蘇錦黎指著手機問。

「你問我們？」安子含好笑地問。

「我一直以為我睡覺很老實。」

「對，每天都能恢復到原來的姿勢，這是最絕的地方！」

蘇錦黎點開評論，就覺得臉都羞得通紅。

青杏釀飲酪：兒子，平時覺得你看起來安安靜靜的，沒想到你夜裡這麼活潑，不過沒事，媽媽依然愛你。

木七雙：他是在夢裡游泳嗎？這可是逆天級別的不老實了。

胡露丹：日常求好運。

天雅夜蝶：床上自由式游泳選手蘇錦黎上場了，2.0，這個動作2.0，所有的裁判都驚呆了，專家級的都知道，這個難度的睡眠泳姿十分難以掌握，沒想到蘇錦黎選手年紀不大，卻已經有了這樣的技術！

豆花叫盜灰：大家放心好了，我跟蘇錦黎睡的時候都是緊緊抱著他，他不會傷害到我的，我們在床上很和諧。

「我怎麼覺得這麼丟人呢？」蘇錦黎忍不住問。

「我覺得挺有意思，你睡姿都上熱搜了。」安子含看著手機，還在給安子晏發消息。

安子含：你看我弟弟的新視頻沒？

安子晏：嗯，看了，他睡覺那麼不老實？

安子含：沒錯，我親眼所見。

安子晏：這可怎麼辦？會不會睡覺掉下去？

安子含：他搬到下鋪了，今天搬的。對了，範千霆的事情你決定得怎麼樣了？

範千霆想換公司，然而現在的公司咬得很緊，不肯讓範千霆就這麼輕易離開公司，畢竟現在範千霆也很有人氣了。

範千霆的公司規模跟木子桃娛樂差不多，不過大多是影視劇的拍攝，順便用自己家的藝人。

這些藝人大多是主攻拍戲，公司會在文學網站上買一些小說版權，改編之後自己拍攝，用自己家培養的藝人做主演。

然而範千霆是歌手，演戲真的不行，所以在公司裡顯得很尷尬。他合約都要到期了，也沒在公司撲騰出什麼火花來，之前幾年裡，頂多算是一個網路上小有名氣的歌手，還是自己開直播搞來的粉絲。

這次的比賽公司也沒覺得他會紅，純屬讓範千霆過來刷臉熟的。

節目意外走紅後，公司自然不願意放人，最近想跟範千霆談待遇問題，不過範千霆對公司的前景不看好。人往高處走，就跟換工作跳槽似的，尋找合適自己的地方很正常，偏偏藝人有人氣後換公司，就會被粉絲炮轟一陣子忘恩負義。

真把範千霆招入公司，就得準備好公關團隊。

最近安子含也在幫範千霆問，如果安子晏不要範千霆，他就推薦給木子桃，實在不行讓蘇錦黎跟沈城說說也是一條出路。

安子晏：下次我去節目組，親自跟範千霆談，最重要還是看他個人的想法。

安子含：好。

這邊，蘇錦黎也在跟安子晏聊天，是安子晏死皮賴臉地不停申請，蘇錦黎才勉為其難地再加回好友，可惜兩個人都是強行尬聊。

安子晏：睡了嗎？

蘇錦黎：正要睡呢。

安子晏：可以跟我聊聊天嗎？

蘇錦黎：不行啊，我都跟我哥哥說完晚安了，我得聽話。

安子晏：你在這方面能不能跟安子含學學？

蘇錦黎：具體是哪方面？

安子晏：不聽哥哥的話方面。

蘇錦黎：不行的，如果我跟安子含學了，我哥哥就不會讓我跟安子含玩了。

安子晏：好吧，那早點休息。

蘇錦黎：好，晚安。

安子晏：這次不麼麼啾了？

蘇錦黎：這次你沒關心我啊。

安子晏：本來上次看到你的小視頻，我興奮了好久。結果沒過多久，就發現你的粉絲人手一份你麼麼啾的動圖，視頻滿微博的轉發，就跟過年了一樣。

蘇錦黎：為什麼啊？

安子晏：解釋的話得解釋很久，你還是早點休息吧。

蘇錦黎：嗯嗯。

蘇錦黎放下手機，躺在床上安安穩穩地睡了一會，突然又睜開眼睛看安子晏有沒有回覆他。看到安子晏發了一個微笑的表情過來，突然糾結要不要再回覆安子晏？想了想之後，最後還是放棄，繼續睡覺。

第七輪比賽就會角逐出冠亞軍了。

《全民偶像》是一檔個人賽的節目，最後的比賽結果也是個人排名。只有前三名會有個人出道資格，節目組承諾會給他們接到三百萬的代言。

其實很多人都知道，按照這些選手現在的名氣，很輕易就能接到這些工作，這個獎項只是一個獎勵機制而已。

至於前九名，肯定也會被公司以他們自己的方式送出道。

公布結果後的第二天，有人來探班，讓前九名選手都拘束起來——來的人是沈城。

沈城抵達後對著所有人微笑，對誰都很友好的樣子，然而氣質卻是拒人千里之外，就跟天生的王者似的，神聖不可侵犯。

他坐在練習室的場地旁邊看著他們訓練，第七輪比賽的時候會有一段齊舞，他們都需要在今天開始學習。

等到休息時間，沈城突然走過來，蹲在蘇錦黎的身邊，按了按蘇錦黎的鞋尖，問道：「鞋子會不會擠腳？」

「不會啊。」

「你做動作的時候大腳趾會頂到鞋尖。」

「做動作的時候腳的位置就下意識地往前了。」

「把鞋子脫了我看看。」沈城擔心是很自然的，因為蘇錦黎最開始長出腳來後，因為腳太嫩，體質又不好，腳總受傷，所以沈城很少讓他來回走動。

現在看到蘇錦黎這麼動，自然會擔心。

「喔……」蘇錦黎扶著沈城的肩膀，將鞋子脫了，抬起腳給沈城看。

一邊的張彩妮晃著手臂，假裝路過似地在他們倆旁邊徘徊，激動得臉頰微紅，看到安子含跟範千霆就跟著感嘆：「不行了、不行了，太帥了，我的天啊。」

「要個簽名去，畢竟妳是他弟弟的CP呢。」安子含笑嘻嘻地說。

「不不不，不敢，我跟他說話都跟玷污了他的美似的。」

「靠，那妳跟我們說話？」

張彩妮激動得不行，拚命用手對著臉搧風，開心道：「我在跟沈城呼吸同一間屋子的空氣，想想我就要醉了。」

「是，蘇錦黎還脫鞋了，味道醉不醉人？」範千霆跟著問。

張彩妮立即瞪了他們倆一眼。

「不過說起來，沈城人雖然不怎麼樣，但是對弟弟倒是比我家那個敗家玩意兒強多了。」安子含看著蘇錦黎跟沈城在一起的狀態，這樣評價道。

這時有節目組的人走進來，對沈城示意了一下後，對蘇錦黎說：「總決賽的時候，會安排幾首人氣票選的歌，這次網友投票，希望你跟安子晏合唱《飛鳥與魚》。」

安子晏被粉絲們稱呼為小燕子。

蘇錦黎則是被稱呼為小魚兒。

他們倆在一起，還真是「飛鳥與魚」的組合。

沈城就站在旁邊，立即說了一句：「能換歌嗎？」

「換成……什麼？」

「《手放開》。」

中場休息的時候，蘇錦黎跟沈城離開之前的練習室，到已經沒有選手的B組練習室裡單獨練習。這樣方便說話，同時也不想影響其他的選手，這裡沒有攝像機拍攝也更自在一些。

蘇錦黎沒聽過《飛鳥與魚》這首歌，拿著耳機聽歌的時候，就看到沈城沉著一張臉，滿滿的都是不爽。

「是粉絲投票選的歌曲，不唱的話他們會失望吧？」蘇錦黎小心翼翼地問沈城，只希望沈城別繼續生氣。

「他們讓你做什麼你就做什麼？他們讓你去跳樓，你跳不跳啊？」

「話也不能這麼說，畢竟被喜歡了是榮幸。而且我是在參加比賽，人家都要求了，我也不能拒絕啊。」

沈城原本雙手環胸靠著窗臺，這次乾脆跟著蘇錦黎一起盤腿坐在地板上，扶著蘇錦黎的膝蓋，讓蘇錦黎轉了個身，面對他。

「大不了你決賽的時候我跟你一起唱歌，你別跟他一起表演，不然我容易長針眼。」沈城執著於這件事情。

「可是你唱歌……真的……」

在蘇錦黎小時候，沈城曾經唱過搖籃曲，唱完蘇錦黎直做噩夢，之後沈城就再也沒唱過歌。等蘇錦黎下山後就發現沈城不是唱歌跑調那麼簡單，簡直就是一個音癡，根本沒有一個字在調子上。

沈城也知道自己的斤兩，於是不服地問：「安子晏不也假唱嗎？」

「他上次在比賽結束後唱過一回《新不了情》，其實唱得挺好的。」蘇錦黎立即想起了什麼，問哥哥：「他說是你黑他假唱，是真的嗎？」

「我一般不做這種事情，有損陰德，影響修為。」沈城回答。

蘇錦黎立即來了精神，「我就說你是好人！」

「不過事情是我經紀人做的，我知情，但是沒阻止。」

「這……跟……是你做的有什麼區別嗎？為什麼不阻止？」

「只要不是我親手做的，就不會影響到我。」沈城回答得理直氣壯。

蘇錦黎嘆了一口氣，這也難怪沈城跟安子晏關係這麼差。

沈城看了蘇錦黎半晌，這才妥協了：「唱歌可以，別跟他眉來眼去的。」

「嗯，好。」

「還有比賽時下雨的事情我知道了。」

蘇錦黎立即一縮脖子，心虛得不行，沒一會就開始打嗝。

他就這個破毛病，越心虛，越會有很強烈的反應。打嗝是其中一個，還有就是不敢直視別人，下意識地說話大聲，沈城是他哥，自然知道蘇錦黎這個毛病。

「這也是我不希望你進入娛樂圈的理由之一，以後你如果參加真人秀，估計會有很多碰到水的情況，你全部都不參加嗎？就算你走歌手的路線，若是開演唱會碰到雨天，你能堅持唱完整場嗎？」沈城繼續問。

蘇錦黎被問得沉默，回答不出來。

「或許那個大傻個子現在願意讓你吸陽氣，難不成你隨身攜帶他嗎？」沈城繼續問。

「不能……下次肯定不會找他了……」

「所以……你真的是用他的陽氣了？」沈城忍不住蹙眉。

蘇錦黎這才意識到沈城剛才是在套他的話！簡直防不勝防！

沈城越來越不爽了，繼續問：「你怎麼吸陽氣的？」

「就是用手……」

「就你那點法力，得吸幾個小時吧？」

「我非常努力地吸！」然後打了一個嗝。

沈城從來沒這麼討厭過安子晏，現在終於體會到自己努力護著幾百年的小魚，讓一頭巨熊給拱了的感覺。

生氣！非常生氣！明知道是蘇錦黎在利用安子晏，吸了他的陽氣，還是覺得安子晏那個登徒子占了弟弟的便宜。

「安子晏有沒有再糾纏你？」沈城繼續追問。

「沒有。」又打了一個嗝，還把聲音提得老高。

「你們倆還有沒有做其他的事情？」

「沒沒沒！」聲音越來越大了。

沈城單手捂著臉，氣得直發抖。

蘇錦黎又縮著脖子，眼角垂著可憐兮兮地看著沈城，緊張得心「撲通」亂跳。

「比賽只有一輪了，比賽結束後，立即搬到我家去。」沈城吩咐道。

「嗯，好。」

「你之後的行程安排，都要由我過目。」

「這個我控制不了啊。」

「我跟你經紀人說。」

「好。」

沈城伸出手來，「手機給我。」

「我還得聽歌呢……」

「又加他好友了？」

「我……」蘇錦黎不知道該說什麼了。

沈城直接把蘇錦黎的手機拿來，打開微信看了看。

蘇錦黎立即按住，慌張道：「哥，我都是大人了，你這樣……」

「你進入叛逆期了嗎？」

「沒有啊。」

「你就算跟張彩妮在一起我都不反對，你真要是喜歡男的，烏羽跟常思音我也可以接受，但姓安的全家都不行！」範千霆被沈城殘忍地PASS了，長相沒過關。

結果蘇錦黎不但沒感到心虛，反而驚訝地問道：「你都把他們的名字記住啦，我記得你的記憶力不大好來著。」

「重點是這個嗎？」

「哥，你一定認真看過我節目了對不對？」

沈城拿來手機，找到安子晏的號碼，立即發去一條簡訊：以後別再糾纏我了。

結果安子晏居然秒回：沈城？

沈城繼續打字回覆：不是。

安子晏：哦，訓練累不累？

蘇錦黎（沈城）：我要拉黑你了。

安子晏：沒事，我明天就過去了，我們當面說。

沈城看著手機螢幕，嫌棄得恨不得摔手機，跟蘇錦黎說：「你退賽吧。」

他就連一天都不想讓蘇錦黎多待了。

「哥，你冷靜一下……」蘇錦黎趕緊過去，用手順了順沈城的後背。

「我要被氣死了。」

「要不我去給你取速效救心丸來吧。」

「你先把嘴閉上吧。」

「喔。」

等了一會，見沈城還是不說話，蘇錦黎又開始小聲解釋：「我……上次也是事出緊急……我沒辦法……」

「你再這樣我只能滅口了。」沈城說這句話的時候，聲音幾乎是從牙齒縫隙裡擠出來的，帶著幾分猙獰。

「你別，我一直在拒絕的！我心裡有數。」

「你現在是在護著他嗎？」

蘇錦黎覺得很迷惑，忍不住說道：「哥，你現在是在胡攪蠻纏嗎？」

沈城又被氣到了，他以前以為蘇錦黎很乖巧，現在看來怎麼這麼不省心？

這個時候，微信又響起提示音，沈城比蘇錦黎先拿起來，就看到安子晏又發來一條訊息：你有沒有什麼想吃的？我明天帶去給你。

「這個人怎麼這麼不要臉呢！」沈城激動地問，平時的優雅形象全沒了。

蘇錦黎看完訊息之後小聲回答：「哥，你這麼討厭他，我就吃窮他吧。」

「算了，不用你這麼努力，我會解決的。」沈城說完就站起身來，將手機重新丟給蘇錦黎，「我下午還有事情，先走了。」

「喔，好的。」

等沈城離開後，蘇錦黎回到練習室，張彩妮跑過來，說話都語無倫次了：「簽名！你哥！我男神，能不能要個簽名？」

蘇錦黎往練習室裡看了看，然後回答：「其實吧，簽名很好弄到。」

「然後呢？」

「妳讓那個小姐姐幫我帶杯奶昔，我就幫妳要。」

「蘇錦黎你學壞了啊！」張彩妮忍不住感嘆，不過還是點了點頭，「好說。」

蘇錦黎往裡走的時候，還在說：「我哥哥聽力特別好。」

「啊？」

「就是你跟安子含他們說的那些話，他都聽到了。」而且，他也聽到了。

「……」張彩妮回憶自己說了些什麼，然後一臉的震驚。

「怎麼能……」

「不過我哥都記住妳名字了，我哥以前臉盲加記性差，記住名字很不容易的。」

張彩妮的表情很精彩，簡直萬分糾結：「我該高興還是該難過啊！」

「奶昔。」蘇錦黎微笑著提醒。

「……」

第二天一早安子晏就來了，抵達後第一件事就是來看選手們訓練。

總決賽會是現場直播，他不再擔任全場的主持人，這種現場直播的比賽還是需要控場能力強，經驗豐富的主持人來做。他只會在開場時出現，中間頂多有個互動。

所以他下一場大多會坐在裁判席裡，看著選手們表演，任務不重。

他跟蘇錦黎合唱的歌也不一定會唱，這是在宣布結果後，第一名的選手送給觀眾們的福利。

如果第一名不是蘇錦黎的話，就是表演其他選手準備的歌。就算是這樣，他們也需要提前準備好，總不能現場的時候太丟人。

聽說他要跟蘇錦黎合唱的時候，安子晏最開始挺高興的，結果聽到歌之後他就難受了，這首歌的調子怎麼這麼千回百轉的？他跟著唱了兩次，就覺得自己都不是自己了。

絕望的時候，安子含給他發訊息，吐槽他不是好哥哥，給他氣得夠嗆，仔細一問，才知道是沈城去了訓練營，一下子就把他比下去。

安子晏剛知道沈城去訓練營的消息不久，蘇錦黎就發來訊息，把安子晏給逗笑了，一看就是沈城又在給蘇錦黎洗腦。

於是他淡定回覆，直到蘇錦黎那邊沒聲音了，依舊不知道是個什麼情況。

現在到了訓練營，看到蘇錦黎回避他目光的樣子就知道，這回又回到起跑線上了。

追個人怎麼這麼難呢？不，追死對頭的弟弟怎麼就這麼……糟心呢？

過了沒一會，蘇錦黎就不情不願地來跟安子晏一起練歌。

他們並沒有留在練習室，而是去了小的錄音棚裡，並沒有開設備，只是在錄音棚裡練歌而已。

「我們不需要安排一些互動嗎？你跟張彩妮唱歌的時候都會拉拉小手什麼的。」安子晏問，心裡十分不平衡。

「唱的歌不一樣，之前那首歌是甜的，現在這首歌都不用對視，閉著眼睛唱就行了。」蘇錦黎回答的時候也是盯著歌詞，看都不看安子晏一眼。

明明是過目不忘，歌詞早就記住了。

「我唱不好，你歌詞多點吧。」安子晏說著拿起筆，抽走蘇錦黎手裡的歌詞單，畫了起來。

「粉絲們想看你吧？」蘇錦黎湊過去問。

「我當個花瓶就行了，他們是想看我，不是想看我唱歌跑調，這個歌真難唱。」

「你之前唱《新不了情》還行啊。」

「那首歌我經常會聽到，偶爾也跟著哼，這首我是第一次聽。」

「喔。」蘇錦黎盯著安子晏畫歌詞，補充道：「你也沒比我哥哥強多少啊，他說他也可以跟我一起唱。」

安子晏立即停下筆，沉默了一會後賭氣似地說：「不改了，咱倆練吧。」

安子晏練習明顯有些吃力，後來是找來專業的老師，對他們兩個人進行指導。

蘇錦黎唱著還好點，安子晏就一個勁地念叨：「腦袋要缺氧了。」

「我差不多了，你先繼續練，我回去了？」蘇錦黎問安子晏。

安子晏把歌詞往桌子上一丟，拿起咖啡喝了一口，沉著臉沒說話，顯然是在鬧脾氣。

蘇錦黎不知道該怎麼辦好，於是問：「要不我幫你往咖啡裡加點糖吧？」

「嗯？」安子晏不解。

「甜的會讓人心情好。」蘇錦黎回答。

安子晏忍不住揚眉，接著對蘇錦黎說道：「你對我笑一個。」

蘇錦黎立即對安子晏露出一個傻兮兮的笑。

「嗯，心情好多了。」安子晏回答。

蘇錦黎抿著嘴唇偷看了一眼老師，見老師正在認認真真地哼歌找感覺，沒注意到他們，這才放下心來。

沈城之前的警告說得非常嚴重，所以蘇錦黎一直覺得，如果安子晏追他的消息洩露出去，他跟安子晏就都完了。

安子晏伸手拿了自己的包，遞給蘇錦黎，「給你買了幾瓶香水，你身上真有味道時可以遮一遮，別弄你哥給你的那玩意了，怪膈應人的。」

「喔，謝謝，我要還禮嗎？」他聽說是需要禮尚往來的。

「你知道我想要什麼。」

「不大知道……」蘇錦黎伸手接過香水，扭頭就趕緊跑開了。

小沒良心的。

第七輪總決賽因為是現場直播，所以這一次準備的時間特別長，舞臺又換了一個地方，已經在布置了。

這期間，第五輪比賽也播出了。這輪比賽是蘇錦黎跟張彩妮組合，安子含跟烏羽組合，範千霆跟張彩妮險些被淘汰，淚灑當場的那一輪。

以及中間插了一段音樂節。

這期比賽結束後，因為節目人氣太高，導致一場大規模的粉絲掐架，最後是很多選手的公司去控場，場面才得以控制。

翻滾吧圓球球：#全民偶像##蘇錦黎#看了選組之後真的很生氣好嗎？我真不知道CP粉是怎麼想的，張彩妮明顯是想炒CP混鏡頭，還讓她得逞了？沒看到蘇錦黎有多尷尬嗎？

烏米團：#全民偶像#是蘇錦黎的粉絲控場了嗎？安子含跟烏羽組合明顯不公平，導致他們兩個人的票數都很低。單論這一場的表現，蘇錦黎不應該是第一名。

瘋狂的鯨魚：撕小錦鯉的都動動腦子行嗎？沒看到現在小錦鯉人氣多高嗎？並且他也有實力，第一名天經地義。#全民偶像#

章魚子：#全民偶像#在你們吵架的工夫，我在瘋狂截圖，依舊沒能截到蘇錦黎、安子晏、陸聞西三個人站在一起時清楚的畫面。

魚家三姑娘：#全民偶像##蘇錦黎#啊啊啊啊，小魚兒你還小，不要跟女孩子眉來眼去啊，媽媽不許你這樣！

碧蘭輕：#全民偶像#不針對任何人，只是覺得選歌很皮，完全是為了惡搞，並不適合他們唱。蘇錦黎跟烏羽的高音完全沒有展示出來，安子含的叛逆跟性感這回變成了小清新外加假笑男孩，這一輪比賽看起來就好像一場搞笑秀。

豬扒飯真的很好吃：#全民偶像#太喜歡選手們了，所以每次都心疼他們，碰上個腦殘節目組。選手們的安全保證不了，名聲護不住，現在還亂搞規則，弄得不倫不類。好幾次想棄都因為選手留下來。

藍色飄渺：#全民偶像#興高采烈地打開新一期，然後笑容慢慢凝固。除了蘇錦黎發宣傳單時的實力寵粉，其他的片段都讓我覺得很尬。

離殤：#全民偶像#為什麼你們都那麼生氣，我覺得很歡樂啊！

靈靈：#全民偶像#這是官逼同死啊！為什麼我覺得應該是蘇錦黎跟安子含一組才對啊！紫禁城女孩不服！

翹課巧克力：#全民偶像#我平時很佛系的，結果看完想罵娘，這期節目彷彿在看抖音加長版！

節目組為了控制罵聲，跟沈城方協議了之後，決定提前放出下一期的預告。

節目官方微博，在當天晚上十一點發布一條最新微博，為下一期的看點，在結尾的時候出現一段給選手們播放VCR的片段。

有範千霆得知自己房間沒有了時的仰天長嘯，還有張彩妮看到奶奶跳廣場舞後的哭笑不得。

最後一段，是蘇錦黎「家人」出現全場震驚的畫面。

至於蘇錦黎的「家人」也只放了一段，就是黑色螢幕時，沈城說的那句：「你沒打開機蓋，確定能拍到畫面？」

外加螢幕上出現的文字：是誰能讓我們的工作人員這麼緊張？

視頻就此結束，賣足了關子，評論果然也十分熱鬧。

墨然：聲音有點像沈城啊，之前就覺得他們倆長得有點像，難不成是真的？

文房四寶：你們還記不記得，前陣子沈城的粉絲跟蘇錦黎的粉絲大型掐架，說蘇錦黎為了紅蹭沈城熱度。沈城家的粉絲大多佛系，這是近幾年掐得最狠的一次了。

小團子響希：一個姓沈，一個姓蘇，而且完全是八竿子打不著的兩個人，別扯了行嗎？

藍白白是仙女：每次一出問題，就拉蘇錦黎出來遛遛，這次還帶上沈城了，你們是在消費觀眾的耐心。

青繞：為什麼都在說親戚梗？你們沒注意到蘇錦黎的紅衣造型嗎？太好看了！

千葉夜寒：上次沈城粉絲明顯是碰瓷，是沈城先關注蘇錦黎的，結果引來大量粉絲罵蘇錦黎。真不知道粉絲開罵之前有沒有問過自家主子，為什麼主動關注人家？我覺得沈城蹭蘇錦黎熱度的可能性更大。

播出結束後，前幾個小時罵得超級凶，後面則是被另外的消息刷屏了，諸如：「沈城蘇錦黎疑似兄弟？」、「蘇錦黎紅衣造型」、「安子含雨中失誤」、「烏羽高音」……等等。

蘇錦黎的粉絲又一次像過節般忙得不得了，罵著節目組亂組CP，然後各種截屏，最新宣傳視頻裡蘇錦黎穿紅色古裝的相片也被瘋狂轉載。

之前侯勇還在買圖，現在就是真的冒出層出不窮的同人圖了，基本上都是因為真的喜歡蘇錦黎才畫的。就好像畫裡走出來的少年一樣，自然引得這些資深二次元控的喜歡。

當天夜裡，前十五名選手似乎是接到節目組的要求，讓他們救場，發布微博。

蘇錦黎的微博就好像萬花叢中一點綠一樣，發的微博十分與眾不同。

蘇錦黎：媽媽妳好。【圖片.jpg】

相片是安子含幫他拍的，身體掛在上鋪的欄杆上擺拍造型，回應之前他睡覺不老實的視頻。

評論依舊是媽媽粉的天地。

涼光錦緞：被氣了一晚上，看到你的微博就被治癒了，今天晚上第一次笑。寶寶養好身體，媽媽愛你。

出門忘吃藥：自掛東南枝嗎？哈哈哈。
東都狼崽子：兒子你好。
安子含的微博，則是發了和蘇錦黎的合照。
安子含：跟蘇錦黎一起染了兄弟髮色，感覺怎麼樣？【圖片.jpg】
念經不聽：青木亞麻灰！聽說好傷頭髮，老公你別總染頭髮了。
秀殿：你帶歪了我的兒子！
陌默：我的私心是希望今天你們兩個人組合，絕對比跟烏羽組合有默契，不知道怎麼就成了這個結果。
烏羽則是發了一張自己背影的相片，相片修得很有藝術感。
烏羽：依舊在努力。【圖片.jpg】
不加醬油：所以你這麼晚發微博，是一直在修圖嗎？你不能學學安子含一鍵美容嗎？範千霆曾經被他修沒了一個鼻孔！
vip990：我們一起努力！章魚小丸子們是你的堅實後盾。
凜卿：沒事的，下一場你一定可以第一。
範千霆則發了一則：我到今天還沒確定究竟唱哪首歌好，為什麼要讓天秤座自己選歌啊！
少年兮：節目組亂安排歌曲，毀了其他選手，拯救了選擇困難症的你。
小包砸：今天看你哭好心疼，加油，轉粉了。
張彩妮也發了一段文：沒錯，這一輪是我的人生巔峰了。
各各：喜歡妳的真性情，保持下去，妳是最獨特的風景。
進擊的胡蘿蔔醬：超氣的，明明是節目組的安排，為什麼被罵得最慘的人是妳？
煙鎖池塘柳：看到妳自黑，居然沒那麼討厭了。

安子晏應該是在凌晨的時候收工了，轉發了安子含的微博。

安子晏：你怎麼不跟我染兄弟色？//安子含：跟蘇錦黎一起染了兄弟髮色，感覺怎麼樣？【圖片.jpg】

安子含很快就回覆了評論。

安子含：我哥敢吃屎！

安子晏回覆安子含：我不敢！

原本眾人以為，這一夜就會這麼平靜過去了，凌晨一點鐘突然再次出現爆款熱搜。是沈城跟蘇錦黎的互動。

原來，沈城在十二點四十七分的時候，評論了蘇錦黎最新的那條微博。

沈城：【允悲】視頻我看了，你睡覺的樣子怎麼一點沒變？

蘇錦黎回覆沈城：你跟我說完晚安，怎麼還來評論？

沈城回覆蘇錦黎：臨睡覺前來看看。

凌晨突然出現天大的巨型瓜，你說吃不吃？是當夜宵吃，還是當精神食糧吃？

這麼晚突然爆驚天大新聞，記者們是睡還是不睡？通稿是今天寫，還是明天寫？有沒有考慮過吃瓜群眾跟記者們的感受？

評論的內容沒明確說明他們倆是兄弟，但是！信息量很大啊！

睡覺的樣子一點沒變意味著什麼？沈城知道蘇錦黎以前睡覺什麼樣啊！什麼人能知道睡覺的樣子？肯定是生活在一起的人啊！

再看蘇錦黎的回覆，沈城跟蘇錦黎說晚安，就證明他們倆之前在聊天啊！私底下會聊天，關係肯定很親密。

之前就說蘇錦黎跟沈城很像，蘇錦黎的粉絲@沈城，讓沈城來認親。結果，沈城還關注了蘇錦黎的微博。

這讓前段日子沈城的粉絲瘋狂攻擊蘇錦黎的粉絲，說蘇錦黎的粉絲討厭，沈城是出於無奈才關注蘇錦黎的。

他們心疼自己男神，並且覺得兩個人一點也不像，希望蘇錦黎的粉絲不要再幫主子抱大腿了。

剛才《全民偶像》的預告微博出現後，又開始有人猜測他們倆是親兄弟了，兩邊粉絲再次有開戰的徵兆。

如果不控制，明天將會血戰一整天，不為自己的愛豆吵架，就跟沒粉過他似的。

沈城的粉絲大多是「老粉」、「死忠粉」，一般都粉了很多年，畢竟沈城出道早，以致於沈城的粉絲平均年齡大多是十八到三十五歲之間，比較成熟，在飯圈裡，沈城的粉絲已經算是佛系了。

蘇錦黎年紀小，外加會看選秀比賽的也都是年輕人，粉絲的年齡大多在十二到二十八歲之間，精力充沛，戰鬥力十足。

這也使得兩邊粉絲開撕，路人粉看到後，下意識會向著沈城的粉絲，畢竟沈城是實力派，粉絲平時也不惹事。

蘇錦黎根基不穩，外加最近實在是刷屏厲害，讓路人粉有點煩。

這個時候，兩位愛豆居然互動了，還暴露了身分。

很多人都猜測，是沈城知道了一些動靜，所以故意在這個時候出現，讓蘇錦黎少挨罵，同時也是不想兩家粉絲掐架。

沈城這條評論的單條回覆，一下子就炸開了鍋。

特家阿馨：什麼情況？難道是親哥，那我豈不是……突然多出來一個……大兒子？

秋羽墨：什麼！我老公是我兒子的親哥哥？

鄧子、鄧：深夜突然天降大瓜，一下子把我砸醒了。

胡飄飄：我有點語無倫次了，這個節目組真的神奇了，安子含的哥哥是安子晏，蘇錦黎的哥哥是沈城。一直傳說安子晏跟沈城不和，然而，蘇錦黎跟安子含好得恨不得睡一個被窩？

Athene：《全民偶像》變身《哥哥去哪兒》？

裳歌舞：在安家兄弟那裡圍觀完吃屎，剛哈哈哈完，來到這裡就0.0外加黑人問號？

阿樺田：看節目的時候覺得小錦鯉的哥哥真渣，都不去看看小錦鯉，多讓人心疼啊！現在：喔，打擾了。

另外一邊，沈城的粉絲們深夜發出來的微博也十分有意思。

薄荷冰不加水：#沈城#粉城城五年了，還是第一次擼起袖子唾沫橫飛地跟另外一個愛豆的粉絲瘋狂互撕，然後發現罵了半個月城城的親弟弟。別問我現在是什麼心情，我說不出來，忘情水失憶套餐來一套。

吶，小花花：#沈城#我刪掉罵蘇錦黎的微博，居然用了整整八分鐘，可見我之前罵得有多狠！啊，原來是城城的弟弟啊，我說怎麼越看越可愛呢！

以途歸飲：#沈城##醉夢傾城九月十五日#知道真相後在群裡刷屏要脫粉，不明白城城怎麼有這麼一個能操熱搜的弟弟，真的很失望。然後打開《全民偶像》打算找槽點罵蘇錦黎，看了一會之後發現……越看越順眼，不愧是我們城城的弟弟。

楚殿至上：#沈城##蘇錦黎#我現在的感覺，就好像在看拳擊比賽，你來我往的時候，兩名選手突然親了一個嘴，感情來得突如其來。

吹簪：#沈城#吵著吵著，就突然跟對家握手言和了，一家人，大家都是一家人。

睡夢中的蘇錦黎，自然不會知道他的粉絲跟哥哥的粉絲居然吵了起來。

更不會知道哥哥的粉絲開始大量在關注他，讓他的粉絲數量再次瘋狂增長。

他閉著眼睛，在床上表演睡姿湯瑪士迴旋的時候，記者們更是叫苦不迭。

凌晨，讓人尷尬的時間。

蘇錦黎睡在下鋪之後就沒有欄杆了，半夜他突兀地掉在地上，摔得整個人都懵了。狼狽地爬回到床上，還偷偷看看攝像機，生怕又被錄製小視頻。

拿出手機看看時間，就看到幾條留言。

侯勇：小錦鯉，你專心比賽，網上的評論你不用理，我在加班加點控制輿論，世家傳奇也出動了一個小團隊，很快就會平息下去。

沈城：最近別登陸微博。

安子晏：不用在意那些評論，這些都是成名路上在所難免的，淡定就好。

蘇錦黎看著手機覺得十分迷茫，出於好奇心，他反而沒忍住打開微博，然後就被消息轟炸了。

他看著微博消息，點開看了一些，才驚訝地發現這些人怎麼吵起來了？什麼？居然是跟哥哥的粉絲吵起來了？

然後他繼續看，越看越著急，不是那樣的啊！哥哥一點也不渣，才不是壞哥哥，也不偽善的，他哥哥超級好。

凌晨四點，蘇錦黎的粉絲跟沈城的粉絲倒是休戰了，然而名聲一直很好的沈城居然被罵了。

有心人截取了蘇錦黎在節目裡說的話，斷章取義，分析說沈城是一個非常不負責任的哥哥，一直丟棄蘇錦黎，是蘇錦黎紅了以後才肯認蘇錦黎。如果真的在意弟弟，為什麼會這麼多年連一面都不去見弟弟？不是渣是什麼？

洗不白了。

沈城一大早就看到蘇錦黎發來一連串的留言。

蘇錦黎：哥！網上的那些評論都是不對的啊，事情的真相並不是他們說的那樣，我很想挨個去解釋，但是又怕多說多錯，好著急。

蘇錦黎：你超好的，並不是壞哥哥。

沈城拿著手機，手指擺動讓手機在手裡轉了幾圈，又放回到茶几上，先去洗漱完畢，接著到廚房裡為自己準備早餐，等待的時候，才重新拿出手機發消息。

沈城：醒了？還是一直沒睡？

蘇錦黎：晚上摔下床了，之後就沒再睡著。

沈城：我出道這麼多年，有很多人迫不及待地等到我的黑料，難得有一次把柄，他們自然不會浪費。還有，我的公司會控制輿論，這些消息不到十點鐘就會被控制住。

蘇錦黎：能控制住就好。

沈城：而且，我確實不是一個稱職的哥哥。

蘇錦黎：不會啊。

沈城：唉，你該恨我才對。

沈城生來冷漠，他成妖初期，能夠感受到蘇錦黎是自己的血親，然而蘇錦黎雖然有了可以成妖的機緣，卻資質奇差。

他最開始不大想管蘇錦黎，覺得蘇錦黎是一個累贅。於是沈城大多是自己外出歷練，走南闖北，修煉修為。

偶爾回去看看蘇錦黎，其餘時間就任由蘇錦黎自生自滅。

他經常一走就是幾年、幾十年。難得一次回去，就會看到蘇錦黎興高采烈地圍著他轉悠，一點也不恨他，還很崇拜他似的。

他出於內疚，會在回去後帶著蘇錦黎出去玩一陣子，見見當時的名人，或者是去宮裡看看慶典之類的活動。

在那之後，沈城還是會獨自離開。

有一次，他走了八十餘年沒有回去。然後，只長了兩條腿的蘇錦黎穿著一雙破爛的草鞋，就跑出來找他了，因為法力不夠，經常被其他妖欺負也沒生氣。

蘇錦黎跟別人打聽的時候，問的都是：「你見過一條超級厲害的錦鯉精嗎？他是我哥哥！」

沈城聽到了消息趕去見蘇錦黎，就看到一條瘦得快成魚乾的魚，到他身邊跳來跳去，說：「哥，你看我長腳了，我就迫不及待來找你，想給你看看。」

明明腳底都有血跡了，還那麼興奮……

沈城看到蘇錦黎後說不出話來，只能沉默。

緊接著，蘇錦黎又說了一句：「哥，我想你了。」

被丟棄了卻沒有自覺，一點也不怨，這孩子是不是傻啊？沈城做妖多年，可以說得上鐵石心腸，手上也曾沾過鮮血，偏偏對蘇錦黎沒轍。

其實沈城自己也知道，他不是一個好哥哥。他很自私，以自己為重心，所有與他為敵的都不會輕易放過。

然而，蘇錦黎不怪他，依舊崇拜他。

蘇錦黎頭頂有一片青色的鱗片，這是他放棄做妖，化為人身的代價。隨著他年齡增長，他的金色鱗片會越來越少，取而代之的是青色鱗片，當青色鱗片遍布全身，蘇錦黎的壽命便會耗盡。

仔細算來，蘇錦黎的壽命與正常人類無異。

蘇錦黎身上的鱗片可以代表一段時間的壽命，如果蘇錦黎拿著金色鱗片送人，簡直是在自損陽壽，幫助別人。

沈城成為妖化作人形，可以一直存活，修為可以延長他的生命不會衰老。

蘇錦黎化作人形，卻是放棄了妖的身分，用人的壽命體驗人類的一生。

於是沈城決定先出去闖蕩，努力賺錢然後為蘇錦黎鋪墊生活。他拚搏了多年後，已經打算轉到幕後，成為波若鳳梨的股東，慢慢淡出娛樂圈。這個時候就能接蘇錦黎來了，帶他環遊世界，到處去玩。

然而蘇錦黎卻出山來找他，還誤打誤撞地進入娛樂圈。

沈城總想回避這件事情，然而回避不了，總有一天是要被公開的。與其被其他人曝光，還不如他主動說出來，還能化解兩家粉絲之間的矛盾。

這個時間正好，反正是遲早要經歷的劫，不如就現在來。

蘇錦黎：為什麼啊？你是全世界最好的哥哥。

沈城看著這句話，忍不住捂臉，鼻頭有點酸。他總覺得自己不算個好哥哥，他刻薄又冷漠，還討厭吵鬧。他對什麼事情都沒有耐心，被念叨多了就煩，說不定還會發火。

他對蘇錦黎也不算關懷備至，還是看到安子晏頭頂上的祝福才找到蘇錦黎。

他還不喜歡蘇錦黎脫離他的控制，他總覺得這個弱小的小魚是躲在自己的庇護之下的。現在蘇錦黎被安子晏追求，打破了他的步調。

他總覺得蘇錦黎用幾百年的時間修煉成人，這一世的時間就應該快樂享樂，而不是跟安子晏這種心術不正的人在一起。

在他看來，蘇錦黎從山裡出來不久，不懂很多人情世故，見過的人也少，所以才會被安子晏迷惑。他就像操心的家長一樣，覺得孩子剛進入青春期，就被一個「小混混」勾搭了。

沈城：你不用擔心，很快就會處理好，我們都有經驗。

蘇錦黎：好。

沈城：而且，黑我的人會倒楣的，我不在意。

蘇錦黎：你說得也是。

沈城：比賽準備得怎麼樣了？

蘇錦黎：本來讓我們準備三首歌，現在還多了一首得冠軍後有可能要唱的歌，就四首歌了。還要準備一段齊舞，還有一段個人的舞蹈表演，幸好練習的時間夠久。

沈城：你好好練習就行了。而且你的微博帳號會被粉絲的軟體看到你的上線時間，這個也需要注意。

沈城：等你出訓練營後，我親自教你待在娛樂圈的注意事項。你上次在酒店跑下樓跟粉絲互動就很危險，安子晏怎麼都不攔著你？

蘇錦黎：【圖片.jpg】看我的早餐！

沈城：我跟你說的話你聽進去沒有？

蘇錦黎：嗯嗯，知道了。

不過看到蘇錦黎發圖，沈城才想起來自己的早餐，快速走去關火，看著裡面燒糊的東西，鍋都不想要了。

蘇錦黎拿著手機，看著微信裡的消息轟炸，有點不會回消息了。

小咪：什麼？你跟安子含因為我打架了？我突然有種我是紅顏禍水的感覺。然後沈城是你哥這是什麼情況？你別告訴我當初你要去木子桃找沈城？

蘇錦黎：是啊。

這個時候蘇錦黎回覆的已經不知道是哪條消息了。

小咪：你是沈城弟弟，你簽什麼孤嶼啊！你簽波若鳳梨啊！

蘇錦黎：當時不知道。

小咪：你們兄弟倆挺謎啊。

蘇錦黎：？

——這句話什麼意思？

小咪：尤拉姐讓我跟你說，等她新戲上映的時候，你幫她宣傳一下。

蘇錦黎：怎麼宣傳？

小咪：用微博啊，不著急，距離上映估計還得一年多呢。

蘇錦黎：怎麼這麼早說？

小咪：怕你以後紅了不理我們了。

蘇錦黎：不會的。

小咪：想要沈城的簽名照！

蘇錦黎：好。

小咪：沈城私下裡什麼樣啊？

蘇錦黎：可好了。

小咪：他是你親哥，你怎麼跟我要聯繫方式啊，真和網上說的一樣啊？

蘇錦黎：別信他們的，我哥對我可好了。

此時安子含在旁邊吃著飯，盯著走過去的烏羽說：「這小子不但搬出寢室了，連我們幾個都不理了，你們發現沒？」

蘇錦黎抬頭跟著看，忍不住失落起來：「的確，我上次跟他搭話，他都沒怎麼理我。」

「我怎麼感覺不對勁呢？」安子含摸了摸自己的下巴，從口袋裡取出手機給江平秋發訊息，讓他幫忙調查一下烏羽的公司跟家庭背景。

從上次節目環節，VCR出來的是烏羽的朋友，安子含覺得有點不對勁。

蘇錦黎立即按住安子含的手機，「別了，既然烏羽不想說，我們也別問，這樣不好。」

安子含這才收回手機，「嗯，好，老子對他也不感興趣。」

兩個人吃了沒幾口飯，江平秋突然來訓練營，直奔他們過來。

安子含詫異地看著江平秋問：「江哥，你不至於親自過來告訴我吧？」訊息才剛發過去吧？

「喔，訊息我看到了，不過我是要接蘇錦黎出去的。」

安子含立即跟著站起來，問：「幹什麼啊，帶他不帶我？」

「安少幫他爭取了一個角色，昨天蘇錦黎古裝扮相出來後，立即得到回覆，現在我要帶蘇錦黎去見見導演。」

江平秋接著轉頭對蘇錦黎說：「你不用緊張，等一下會幫你做簡單的造型，你去了之後只要平常心對待就行。」

世家傳奇搶資源方面也算是個傳奇，安子晏更是這方面的好手，這也是沈城等人看不上安子晏的原因，這人搶資源的時候作風太流氓，就連沈城都吃過幾次癟。

能讓安子晏這麼重視，一大早就把蘇錦黎帶出訓練營，可見這個角色的重要性。

「什麼戲啊？導演是誰啊？主角嗎？」安子含好奇地跟著問。

蘇錦黎則是迷迷糊糊地跟著他們走，聽著他們說話，反正說出來導演是誰他也不知道。

「不是主角，只是第三男配角，不過戲分很重。」江平秋回答。

「還有呢？」

「導演是姜町。」江平秋見安子含一個勁糾纏，就特別小聲地回答。

「我操！」安子含的眼睛都直了，第一部戲資源就這麼牛逼？整個娛樂圈都沒聽說有幾個人能這麼一步登天的。

姜町，國內著名導演，拍的電影數量不多，但是部部都是經典大片，曾經帶著自己的電影得過國際大獎。只要拍過姜町戲的女主角，大多會被說成是町女郎，說不定還會傳出什麼花邊新聞來。

姜町導演的電影，說出來就是——巨額投資、幾十億的票房、超級良心的特效，還有就是……主角必紅！

「牛逼了我的魚。」安子含感嘆。

這次安子晏只派江平秋跟Lily過來，安子晏則是先去跟導演、製片人碰面了。

蘇錦黎被Lily帶去單獨的化妝間，直接就要他脫衣服，「我們給你準備好服裝了，你這身先脫掉吧。」

「喔，好。」蘇錦黎點了點頭，換上他們給的衣服。

他們給蘇錦黎準備的衣服是白色麻料的中國風上衣，領口是盤扣設計，中袖，沒有任何花紋裝飾，看起來很素雅。褲子是黑色的，同樣寬鬆，穿起來顯得很古典。

他走出來後，Lily看著蘇錦黎新染的頭髮發愁：「怎麼突然就染頭髮了？」

「安子含非得拉著我一起染頭髮。」

Lily嘆了一口氣：「我先用一次性染髮膏幫你弄黑了，你把這個披在肩膀上，別弄髒了衣服。」

蘇錦黎乖巧地聽話，坐下來任由Lily幫他擺弄。

這一次他雖然化了妝，但是看起來依舊很素，形象上也多了一絲沉穩。

整理好造型後他們一起出了訓練營，蘇錦黎坐在車上開始緊張，詢問江平秋：「江哥，我一會是不是得跟他們問好啊？我都說點什麼啊？我用不用表演節目啊？我是唱我自己寫的歌，還是唱他們喜歡的？」

江平秋聽完忍不住笑，回答他：「安少在呢，只要有他在，你就聽他的就行。」

「那要是他不方便說呢？」

「你陷入困境，他一定會幫你解圍的，放心大膽地相信他就行了。安少還是很可靠的。」

「喔，好的。」蘇錦黎不再說話了，不過依舊緊張，就跟第一次去木子桃面試似的。

他們並不是去公司，也不是什麼吃飯的酒店，而是一家茶樓，一樓大堂裡擺了個戲臺子，大清早的也有表演。

江平秋將蘇錦黎帶到二樓雅間，敲門後有人開門，蘇錦黎自己走進去。

掀開竹簾進去，就看到靠窗的座位坐著三個人。

一名留著嘴巴上鬍鬚的胖子，坐在靠窗的位置，一邊往樓下看，一邊吃著老北京炸醬麵。旁邊坐著一位男人，身材纖細修長，看起來四十餘歲，在蘇錦黎進來後就笑呵呵地起身，「人氣偶像啊，幸會幸會。」

安子晏跟著起身，先向蘇錦黎介紹高瘦的男人，接著介紹另一位：「這位是製片人，馮強。這位是導演，姜町。」

「馮製片，姜導，兩位好。」蘇錦黎禮貌地問好。

姜町抬頭看了看蘇錦黎，眼神在他的身上打了一個轉，接著說道：「來，坐下說，我們一起看看這段戲。」

蘇錦黎立即坐在他們安排的位置，低頭看樓下表演的梨園子弟。

「能瞧出點名堂來嗎？這可都是梨園世家出來的，底子厚，唱得也好，難得出來表演。我們幾個可是連飯都沒吃就過來了，我還是硬點了一碗麵吃，長得胖，不吃餓得慌。」姜町看起來性格不錯，說話的時候字正腔圓，聲音洪亮，笑得時候則是洪亮至極，猶如鐘鳴。

蘇錦黎聽戲聽了一會，然後嘆了一口氣：「到底還是有點丟了原本的味道。」

安子晏幫蘇錦黎倒了一壺茶，一直聽著，如果蘇錦黎說錯話了，他會立即圓場。

「怎麼？」姜町追問。

蘇錦黎自然不能說他看過公孫大娘舞劍。

「我只是早時聽過，不懂其中門道，但是能跟您學一段正宗的。」蘇錦黎認認真真地說。

「喲，你還會唱戲？」姜町眼睛一亮。

就連安子晏都詫異了，忍不住問：「你還會這個？」

「小安過來跟我介紹你的時候，可沒說這個，說了不就是加分了？」姜町大笑著繼續說道。

「只能說是會點皮毛，我唱的是古人唱腔，您要知道，古人說話其實咬字發音，跟我們是不一樣的，不是標準的普通話，也不是方言。」蘇錦黎回答。

「這倒是聽說過一些，我曾拍過唐朝的電影。不過我們拍戲的時候還是說普通話，太文謅謅的話怕觀眾看不懂。」

「我給您唱一段原版的，您自己品品，再看看如今的，如何？」蘇錦黎問。

姜町很感興趣，立即點頭，「成啊。」

「先讓他們表演完吧，其實他們也十分不錯，技藝上是到家的。」蘇錦黎說完，就繼續低頭看戲了。

他來了以後，除了問好以及姜町問他問題，其他的時候沒有故意討好的意思，也沒有看到大導演的激動，此時居然真的認認真真地聽起戲來。

姜町跟馮強對視了一眼，姜町笑了笑，繼續吃麵，馮強則是端著茶杯，跟安子晏聊天客套。

沒過多久，雅間裡又來一個人，進來後先是跟其他人打招呼，看到蘇錦黎後覺得很意外：「這不是蘇小友嗎？你怎麼也在這裡？」

這位正是上次在茶樓裡，跟時老準備下棋的棋友。

安子晏又一次意外地問：「王總，您認識我們世家傳奇的藝人？」

王總抬頭看了看安子晏，退後了一步才能順利回答：「坐下說、坐下說。」跟安子晏站著說話累頸椎。

救過時老這種事情不能隨便亂說，時老曾出現危險的事需要保密。

王總來了之後，故意坐在蘇錦黎跟安子晏的中間，安子晏也沒強求，讓開地方。

王總坐下後，就小聲對蘇錦黎說：「時老的事情我們要保密。」

蘇錦黎雖然不懂那麼多門道，卻也知道幫人保密，於是點了點頭。

「怎麼，你們倆還有什麼祕密？」姜町性子倒是直，直接問了出來。

王總笑了笑，說道：「沒，不過是曾經一起下棋的棋友，我的棋友裡有一位下不過他，還鬧了脾氣，這事不好說出來，就讓蘇小友幫忙保密。」

安子晏的驚奇真是一波接著一波，「你還會下棋？」

是不是等一下要告訴他，蘇錦黎還會飛？還能跟鋼鐵俠似的捧著個炮彈飛到外太空去？

「我是復古系男生啊！」蘇錦黎回答得理直氣壯。

「現在我越來越相信了。」安子晏瞇著眼睛回答，看著蘇錦黎的時候還是有點寵溺的感覺。

等幾位梨園世家的前輩唱完，姜町又開始執著於蘇錦黎了。

「蘇小友，你也亮亮嗓子吧。」

蘇錦黎點點頭，也不怯場：「我就哼唱兩句，讓你們感受一下早期是什麼樣的味道。」說完就真的開始唱了。

姜町起初還當蘇錦黎只是會一點皮毛，結果聽了沒一會，就忍不住收斂起笑容。他對戲曲多少有點研究，蘇錦黎的咬字他的確聽不大懂，但是唱腔絕對沒有任何問題，一聽就是真的懂，並且音色也唱得不錯。

蘇錦黎這邊一亮嗓子，居然引得大堂裡都轟動了。有幾位在大堂裡聽戲喝茶的老爺子，齊齊換了一個地方，抬頭往上望，想看看是哪位行家來了戲癮，也想亮亮嗓子。

沒成想，看到的是一名少年，長相端正，人也俊朗，唱戲的時候更是精彩絕倫。

王總聽過幾次戲，倒是懂一些，自然也覺得蘇錦黎唱得好。

馮強不懂這些，只是看了看姜町的神色，以及王總沉醉得下意識跟著搖頭晃腦的樣子，就覺得這少年不錯。

再看著樓下仰著脖子，認認真真聽戲的人，馮強沒忍住，拿出手機將這個畫面錄了下來，發了朋友圈。視頻只有十秒，還是從姜町拍到樓下，最後拍到並排坐著的蘇錦黎跟王總，安子晏只出境了一條腿而已。

發完朋友圈馮強也沒當回事，放下手機繼續聽。

蘇錦黎唱了一段就不唱了，說了一句：「獻醜了。」就伸手端起安子晏幫他倒的茶水。

一低頭就發現這茶倒得很滿，安子晏這是倒酒倒習慣了？對茶是一點都不懂，平時是怎麼談生意的？全靠陽氣？

「蘇小友真是神人……會口技、反彈琵琶，還會唱戲、下棋，長得也是一表人才。」姜町顯然是瞭解過蘇錦黎的資料，才會知道這些。

「略懂一二。」

「謙虛了，已經非常厲害了，不錯不錯，非常好。」姜町難得這麼誇人，說的時候都忍不住樂，安子晏只需要看一眼，就知道蘇錦黎的這個角色十拿九穩了。

王總則是來了棋癮，讓人送來棋盤，說什麼非得跟蘇錦黎下一盤，「上次光看你們下，我還沒跟你切磋過呢。」

蘇錦黎也不拒絕，立刻同意了。

【第九章】熱血與離情交織的總決賽

下棋的時候，幾個人換了一個位置，讓蘇錦黎跟王總可以坐在正對面的位置。

王總下棋的時候，跟時老一樣喜歡研究，半天落一子。蘇錦黎依舊是原來的模樣，幾乎不用猶豫，就落下一子，讓王總陷入僵局。

「狠啊！真狠！」姜町看著棋盤，忍不住感嘆了一句。

「你這大嗓門別總說話，打擾我思路。」王總忍不住數落姜町。

「就算我不說話你也要輸了。」姜町指了指棋盤。

「我還能再試試。」王總倔強地回答。

不過最後，王總還是輸了。

蘇錦黎拿著自己的子，指著棋盤說：「您看，我這一子下在這裡，您是一種輸法；下在這個位置，您又是一種輸法。」

安子晏伸手拽了拽蘇錦黎的衣服，想要提醒他，這位王總是電影的投資商，別得罪了。

結果就聽到蘇錦黎說：「您還不如……之前的老爺子呢。」

幹……幹得漂亮？

王總並未生氣，他跟時老那個臭脾氣可不一樣。他盯著棋盤看了一會，然後拿出手機對著棋盤照了一張相片，準備存起來回去慢慢研究。

姜町對下棋不大感興趣，便詢問蘇錦黎：「你們的私塾挺厲害啊，什麼都教？」

蘇錦黎點了點頭，「先生比較厲害。」

「這位先生是哪位大師？」

「不止一位。」

姜町來了興趣：「很著名的私塾？我有個兒子也到了快上學的年齡，被你搞得有點心動，私塾得上全天班嗎？」

蘇錦黎真不好說自己從古代起就在私塾窗外蹭課，而他只是私塾外面的觀賞魚，所以他笑了笑，說道：「您還是讓孩子上正常的學校吧，我就一句英語都不會，而且朋友很少。」

安子晏也怕蘇錦黎說錯話，所以在幫忙幫著轉移話題，很快就聊起了新戲。

姜町的新電影是一部古代動作片，插入一些降妖除魔的元素。背景在明朝，世間突然出現魑魅魍魎，需要派人去治理。

第三男配角是一名戲子，著名的花旦，長相很好，唱戲的水準更是一流，被不少世家邀請去唱戲。然而後來傳出他與某府的夫人有曖昧關係，就此落寞。

男主角要調查這位戲子，因為這些出事的世家都曾請過這位戲子唱戲，漸漸有了他其實是妖精的傳言。中間還會被人綁住，要活活燒死的片段。

最開始安子晏送來蘇錦黎的資料，姜町並未當回事。不過是最近剛剛冒頭的新秀，有點流量就往他這裡送，他需要嗎？

而且蘇錦黎的個子太高了，根本不合適這個角色。

然而節目裡蘇錦黎一身紅衣的扮相出現後，姜町就突然改了口，主動聯繫安子晏。

安子晏自然不會錯過這個機會，推掉今天的行程，特意一大早就來見姜町。

現在再看蘇錦黎，長相好，上戲了的話扮相自然也不會差。還有就是唱戲的水準也很不錯，絕對是專業水準。身高問題完全可以透過拍攝手法來彌補，這樣的藝人錯過了就可惜了。

姜町立即問了一個問題：「蘇小友演過戲嗎？」

蘇錦黎立即看向安子晏，安子晏笑了笑回答：「他是一個天賦特別好的人，做練習生也是只有半年的時間，就已經有了現在的本事。再加上距離開始拍攝還有一段時間，等比賽結束，我們會對他進行培訓。」

「也就是一點經驗都沒有，還非科班出身？」

「嗯。」安子晏只能承認。

「這部戲的特效特別多，這點你應該知道吧？」姜町繼續說下去。

其實提起這個，安子晏就明白姜町的意思了。

沒演過戲的新人，一點經驗沒有，得費盡心思地教蘇錦黎，這片酬是不會高了。安子晏微笑著跟姜町繼續談，無非就是蘇錦黎現在的人氣對票房的帶動力。

接著開始誇蘇錦黎的長相好，符合人設，還有就是會唱戲，這點在娛樂圈裡都不一定能再找出來一個。

雖然可以找配音，那是不是得全程配音？唱戲片段的拍攝，是不是也得從零開始教？

兩方開始打太極，王總聽著沒意思，又拉著蘇錦黎下棋。

蘇錦黎完虐了兩局後，安子晏終於對蘇錦黎說：「你還得回訓練營訓練吧？」

「嗯，四首歌、兩段舞呢！」蘇錦黎回答。

「我讓江平秋先送你回去。」

「好。」

蘇錦黎出去後，就看到侯勇居然也來了。

侯勇看到他之後就著急地問：「小錦鯉，裡面的情況怎麼樣？」

「挺好的。」

侯勇的資格低，無法到這種場合一起談事情，只能由安子晏親自來談，侯勇得到消息趕過來後，只能在外面忐忑。

「意願大嗎？」侯勇繼續問。

蘇錦黎想了想後回答：「我光下棋了，主要是安大哥在談，不過已經在聊片酬的問題。」

侯勇一聽眼睛就亮了，抬手拍了拍蘇錦黎的肩膀，「不錯不錯，這次的機會十分難得，你一定要珍惜，知道嗎？」

「嗯。」

蘇錦黎沒再麻煩江平秋，而是讓侯勇送他回訓練營。世家傳奇已經給蘇錦黎配了車，跟安子晏完全是同等級的房車，並且是頂配。

世家傳奇其他的藝人混了幾年都沒有這種待遇，蘇錦黎一來就有了，可見安子晏對蘇錦黎的關照程度。

蘇錦黎的個人團隊尚未準備好，因為蘇錦黎想要全都是熟人的團隊，所以侯勇現在是經紀人又是助理，什麼事情都做一些。

浩哥已經確定會加入團隊，薪酬已談好，等蘇錦黎參加完決賽就開工，所以侯勇今天還要暫時兼職司機。

蘇錦黎到了車上就來回地看，覺得自己簡直是在做夢。他也有車了！超——棒的！

等蘇錦黎終於興奮完，坐在車上後，侯勇在開車時偷看了蘇錦黎好幾眼，然後遲疑著開口：「小錦鯉啊。」

「嗯？」

「我想跟你說點事，不過說完你有可能不大高興。」

「那為什麼要說？」蘇錦黎覺得這句鋪墊很奇怪，於是問得直截了當。

侯勇尷尬了一瞬間，解釋：「不想你犯錯。」

「喔，那你說吧。」

「咱吧，可以不那麼快紅，也不用一線資源，你是沈城的弟弟，他現在在轉為波若鳳梨的股東，等你一年後真去那裡了，他也能照顧你。」

「喔……」蘇錦黎沒聽懂侯勇話裡的意思，說這些做什麼？

侯勇繼續說：「但是別搞潛規則什麼的，沒必要，就算真的紅了，你以後想起來也會嫌棄自己。前陣子有位女明星自殺了，叫鄧萱涵，就是靠這條路紅的，得了憂鬱症，後半生都不快樂，最終走向自殺。」

蘇錦黎聽完覺得奇怪，潛規則是啥？

「你還小，不懂娛樂圈，如果是真愛的話也得收斂一點。自由戀愛我不阻止，真要是……我也不歧視，不過是自己的正常選擇。可是現在對同性戀的容忍度很低，你們的事情一旦被曝光，一定會被眾人攻擊、非議，引來沒必要的麻煩。」

「這個我哥哥說過……」蘇錦黎回答。

「嗯，我只是希望你好好的，別被這些事情影響了。咱倆也是相識一場，一年後你說不定會有新的經紀人，我沒必要跟你說這些，但是……我希望你能一直在娛樂圈立足下去。你有才華、有實力，會紅的。」

蘇錦黎聽完，微微蹙眉，卻還是點了點頭，問道：「你的好意我懂，但是……你是不是誤會了什麼？」

「我就是看著安子晏對你挺好的，你這邊的態度我也能看懂，但是，我想提醒你一聲，之後你再決定你們倆的關係。」

侯勇這段時間雖然沒有跟在蘇錦黎身邊，卻也看得明白，安子晏就算是收購一家根本用不到的工作室，也要簽蘇錦黎。蘇錦黎受傷時，安子晏特意從外地回來處理這件事情。蘇錦黎被人蓄意挑戰，安子晏怒摔麥克風。

種種對蘇錦黎的上心程度，那麼好的電影機會，不是推薦公司裡長期簽約的小鮮肉，而是蘇錦黎，侯勇不相信這僅僅是對新人的關照。

「嗯。」蘇錦黎回應。

「至少……等你根基穩了再說這些事情。陸聞西就是足夠穩定，他的內心也足夠強大了，才敢這麼放肆。」

「嗯。」蘇錦黎點了點頭。

「這段時間光我一個人瞎合計了，你有沒有什麼目標？想往哪個方向發展？」

「我不大懂這些，下山沒多久什麼都不懂，而且我也沒有什麼主見。」蘇錦黎回答的時候還挺低落的。

他只有對自己特別執著的事情才會一直堅持，比如下山找哥哥是一件，現如今，他想贏得比賽繼續留在娛樂圈是一件。其他的，就沒有什麼大規劃了。

安子晏讓他來見導演，他就見了，他總覺得安子晏不會害他，還會對他很好。

「等這次比賽結束後，找個機會，我們一起碰一面吧。你和我，還有安子晏、沈城，大家一起聊聊關於你未來的事情。這不算是小事，他們倆也都有自己的想法，還是一起聊聊比較好。」

蘇錦黎光想想那個畫面，就覺得會十分恐怖，於是只含糊地應了一句。

臨下車的時候，蘇錦黎突然留下來，對侯勇說：「勇哥，謝謝你。」

「謝什麼啊？」勇哥笑呵呵地問。

「我能感受到你是真的在對我好。」

「能簽你是我的幸運，你陪我度過了低谷期。」

「勇哥，你會走運的！」

「必須的，我有錦鯉大仙保佑呢。」

蘇錦黎伸手揉了揉侯勇的頭，就下了車。

侯勇被男生摸頭摸得直愣，忍不住嘟囔：「這是把我當小姑娘了？」

回去後，安子含就開始追問蘇錦黎情況，蘇錦黎把整個過程都詳細說了，就連安子含都震驚了：「你還會下棋跟唱戲？」

「是啊。」

「你劈個叉給我看看。」

蘇錦黎搖了搖頭，「不。」

「為什麼？」

「怕前列腺崩開。」

「……」

總決賽的前兩天，所有選手們收拾東西去酒店，他們又要更換比賽場地了，這一輪比賽結束後，節目就快結束了。

這一場比賽是現場直播，節目組十分重視，光彩排就會有兩天。

因為只剩下最後九名選手，大家又十分疲憊，所以在車上都非常沉默，不像之前去音樂節時還會熱熱鬧鬧地聊天。

蘇錦黎靠著座椅小憩，安子含則是渾身不自在地來回動彈。

「你幹什麼啊？」蘇錦黎坐在他身邊，忍不住問。

「好幾天沒跟烏羽吵架了，渾身難受。」安子含忍不住嘟囔。

蘇錦黎嘆了一口氣，不理解安子含這種空虛寂寞冷的心情，就繼續睡覺了。

沒一會，他就被安子含搖晃醒，他迷茫地看著安子含問：「到地方了嗎？」

「你在車上睡覺怎麼也這麼要命？」安子含揉了揉自己的手臂問。

「我打你啦？疼不疼？」蘇錦黎立即反應過來，趕緊湊過去幫安子含揉。

烏羽在這個時候居然將椅子放躺，然後看坐在斜後排的他們倆「嘿嘿」直樂。

安子含總算逮到機會，問烏羽：「你笑什麼呢你？」

「看你挨揍我就心裡痛快。」

「你這個人怎麼這樣呢？」

「可能是因為羨慕嫉妒恨吧。」

烏羽這麼說完，安子含居然沒詞了，就好像他剛想罵一個人：「你不要臉。」結果那個人自己先說了：「我不要臉。」

安子含不可能接著說一句：「你說得對。」

烏羽看著安子含，眼神裡閃過一絲複雜情緒，不過還是笑呵呵地看著。

蘇錦黎卻在這個時候探頭過來說了一句：「烏羽，你是不是很早就在關注安子含啊？你跟我第一次吃火鍋的時候，就提起過他。」

烏羽突然被問得一愣，想了想後回答：「我就是好奇，你怎麼會跟這種紈絝關係這麼好。」

「你這人管得倒是挺多。」安子含繼續數落。

烏羽又看了安子含一眼，最終什麼也沒說，塞了耳塞準備睡覺。

安子含忍不住跟蘇錦黎小聲嘟囔：「我說他是不是犯病了？為什麼看我的眼神這樣，看得我怪不舒服的。」

那眼神太複雜了一些，讓安子含有點奇怪。

安子含自然不會知道，他跟烏羽有相似的家庭背景。安子含從小被寵大，沒進娛樂圈裡就新聞不斷，出了名的小霸王，他想進入娛樂圈，一堆人捧著他。

烏羽呢，是私生子，父親不肯認他還打壓他。烏羽自然很早就知道安子含，心情比較複雜，但是大多的心情就像剛才說的那樣，是羨慕嫉妒恨吧……
到了會場後，選手們一下車就看到自己之前的助理或者經紀人，站成一圈在等他們。
蘇錦黎走過去把自己的行李交給侯勇，問：「這次你們可以隨行啊？」
「嗯，這次你們彩排忙，安排我們來照顧你的日常起居。」侯勇回答。
小咪突然出現在人群裡，對蘇錦黎揮手，「嗨，大明星。」
蘇錦黎很驚訝，問：「妳怎麼來了？」
「安子含安排的啊。」
蘇錦黎看向安子含，就看到安子含扭著頭擺手，「別別別，我不敢看，我怕看妳一眼，蘇錦黎都揍我。」
「不至於，我覺得你應該不喜歡我這款，我全臉也只割了一個雙眼皮。」小咪說得特別坦然。
「妳雙眼皮是割的啊？」安子含終於看向小咪，仔細看了看後點頭，「還行吧，沒殘。」
烏羽一個人背著包，站在人群外看著他們，沒人來接他也不覺得驚訝，反而挺淡定的。
蘇錦黎注意到了，指了指烏羽，對小咪說：「勇哥照顧我就行了，妳幫忙照顧一下烏羽，他的行李沒地方放呢。」
小咪立即比量了一個「OK」的手勢，走過去說：「你好，你要是不介意的話，行李我幫你送到酒店去，房間裡需要準備什麼嗎？比如……浴缸裡提前放好水？」
烏羽將手裡的行李遞給小咪，交代道：「放在門口就行，房間裡就像妳從沒進去過一樣，我就十分滿意了。」
小咪立即答應了。
安子含聽完忍不住撇嘴，這人真不好伺候，招人煩。
蘇錦黎則是跟烏羽說：「小咪很靠得住的。」

「放在門口，就靠妳了。」烏羽補充，然而就好像在強調。

小咪也不在意，她在視頻裡就知道烏羽什麼樣的性格，只是拎著包對蘇錦黎說：「尤姐給你帶了不少好吃的，晚上拿給你吃啊！」

「好好好。」蘇錦黎連續答應了。

這個時候，安子晏走了過來，立即一群人跟他問好。

安子晏對蘇錦黎勾了勾手指頭，他立即跑過去。安子晏帶著他往後臺走，一邊走一邊活動自己的脖頸，似乎很疲憊。

「你哥怎麼那麼護犢子？」安子晏扭頭問蘇錦黎。

「啊？」怎麼突然問這個。

「本來那齣戲都要簽約了，結果侯勇跟你哥報告了這件事，你哥那邊的人又過來改合約細節。沈城非得讓其中比較危險的戲全部用替身，姜町那邊直接黑臉了。」

蘇錦黎不大懂，於是問：「是為了謹慎嗎？」

「我老怕姜町那個老狐狸反悔，談妥了片酬，恨不得趕緊簽約，結果你哥立即殺出來，還鬧得很尷尬，就跟攪局似的。」

「呃……他也是關心我，你別在意啊，實在不行我替他道歉。」

安子晏擺了擺手，「沒事，這都是小事，你哥也有分寸，說是會現場看你的能力，你實在不行了再用替身。他也演過姜町的戲，姜町也知道他是個什麼樣的人。其實這種事情私底下都好說，他非得強調一下，新人就用替身，會被導演覺得矯情的……」

安子晏拍戲這麼多年都沒用過替身，他這次是第一次跟沈城一起碰合約細節，兩邊的風格完全不一樣。

安子晏向來以搶到資源為首位，一些事情可以讓步，真的遇到難題了，安子晏會再想辦法，每次都能解決。

沈城則不是，習慣所有的問題都放在明面上，一開始就把條件全部談完，一板一眼地全部寫在合約上。

「那解決了嗎？」蘇錦黎跟在安子晏的身後問。

「當然解決了，你知不知道這個角色有多少人搶？」安子晏抬起手來，比了個四，「我知道的就有四個，還各個都是科班出身，風頭正旺、演過不少戲的小鮮肉。」

「喔，解決了就好。」蘇錦黎鬆了一口氣。

「你都不高興嗎？這個角色是你的了。」

蘇錦黎不大懂，於是問：「片酬高嗎？」他比較關心的是這個。

「不高，你純新人，又迫切地需要這個角色，他們給的不高。」安子晏說著擺了個手勢。

「八千啊？」蘇錦黎問，沒比他工資多多少啊，還得拍好幾個月。

「八十萬，其實按照你在戲裡的戲分，不應該這麼少。」

「八十萬啊！這麼多？」蘇錦黎眼睛都睜圓了。

安子晏看著蘇錦黎的模樣，突然覺得蘇錦黎這種少見多怪的樣子也挺好的。

「機會爭取到了，你好好演。」安子晏笑了起來，拍了拍蘇錦黎的肩膀，說道：「我們倆再練一會歌。」

蘇錦黎跟安子晏到了臺上，沒有換裝，直接彩排《飛鳥與魚》這首歌。

其實最開始跟安子晏離開，蘇錦黎有點不自在，他不知道如何面對安子晏，他甚至不知道該怎麼做，才能夠正確地處理這段關係。

好在最近安子晏都沒有再糾纏不休，也沒有提什麼過分的要求，碰面談的都是工作，也不會有親密的舉動，這樣的關係讓蘇錦黎覺得很舒服。

等他們彩排完，蘇錦黎站在臺邊問安子晏：「為什麼波若鳳梨的人那麼不重視烏羽啊？他現在也有人氣了，卻還是連個助理都不派給他。」

安子晏也覺得很奇怪：「我也挺納悶的，波若鳳梨有這麼一個實力新人，肯定會幫他接通告，然而在我幫你跟子含、範千霆詢問的時候，居然沒有一個通告烏羽會去。有一個綜藝節目邀請了前九名選手，只有波若鳳梨的拒絕了。」

「主動邀請也拒絕了？」蘇錦黎驚訝地問。

安子晏點了點頭，「就好像要……雪藏烏羽一樣，難道是因為烏羽太不受控制了？」

「烏羽的確是偷偷來參加這個節目。」

「不過他的事情我是真的管不了，我的手伸不到波若鳳梨，你真好奇的話可以問問沈城。」

「好。」

安子晏抬手看了一眼手錶，接著對蘇錦黎說：「你一會按照順序彩排吧，我要去跟範千霆聊聊，看看他本人的意思，願不願意來世家傳奇。」

「他原來的公司好像不放人。」

「放心，只要範千霆願意來，我就有辦法讓他們放人，並且和平解決。」

「喔……」

蘇錦黎他們到了現場就開始不間斷的彩排，工作人員還會帶著他們熟悉現場的環境，以防當天找錯地方，耽誤時間，每一步都要做到謹慎，節目組可不想再出現任何問題了。

晚上吃飯的時候，安子晏把安子含叫走，蘇錦黎便跟範千霆他們一塊吃飯。

「我還以為安子晏這次也會帶你。」範千霆吃飯的時候，隨口跟蘇錦黎聊天。

「不會啊。」蘇錦黎很快轉移了話題，問：「你和安大哥他談得怎麼樣了？」

「我是很想去世家傳奇的，有你在能作伴，安子含也能說得上話，至少比那些完全不知根柢的公司強一些。安大哥給我開出的條件我也基本滿意，但是吧，沒有想像中那麼……」範千霆比量了一下，卻沒能形容出來，然後看向蘇錦黎。

蘇錦黎奇怪地看著範千霆，等待他說下去，結果範千霆不說了，只是繼續吃飯。

蘇錦黎覺得很疑惑，還想再問。烏羽卻在這個時候打斷蘇錦黎，說起其他的事情：「我們決賽完畢還回訓練營嗎？」

「回去啊，收拾行李，還有補錄一些採訪，別告訴我你行李都帶了。」範千霆忍不住問烏羽。

烏羽隨意地回答了一句：「我行李本來就不多。」

「對，本來就是逃來的，有換洗的內褲就不錯了。」範千霆一聽就想樂。

「其實都是來之前臨時買的。」

「夠慘。」

這件事情就過去了。

烏羽看了看蘇錦黎，還是覺得不說的好，不然容易讓蘇錦黎心裡不舒服。

安子晏給蘇錦黎開出的條件，讓範千霆以為他如果去世家傳奇也會有那樣的待遇。雖然人氣差點，條件也可能差一些，沒想到……會差那麼多。

安子晏給的條件只能說是滿足了範千霆的要求，卻沒有顯得有多優越，讓範千霆覺得超級心動，絕對不會再考慮其他公司。

範千霆也知道自己還是不如蘇錦黎，這些話也不好說，會有些酸，範千霆不擅長搞這些唧唧歪歪的事情，乾脆不說了。行就是行，不行就是不行，跟蘇錦黎比什麼呢，只是心裡還是會不受控制地失落一下。

烏羽倒是看破了，卻沒說什麼，只當成不知道，適當的時候幫忙打圓場。

而蘇錦黎雖然很多東西不懂，卻也知道察言觀色，看著他們倆，突然覺得有點不是滋味。

原本他以為，他跟這些人都成為朋友，現在卻發現，越快到決賽，反而出現了間隙。他的朋友都有些事情，開始避諱，不會說出來。

又吃了幾口飯，蘇錦黎開始提醒自己別這麼矯情，他也一樣，一直隱瞞自己是妖精的事情，沒有告訴這些朋友，那麼又有什麼資格想這些呢？就算是朋友也不能無話不說啊。

他現在不確定，他到了凡間後究竟有沒有真正交到朋友？

晚上劇組帶著他們換裝，試穿訂製的衣服，如果有哪裡不合適會進行調整。

這個時候安子含才回來，回來就開始說準備的衣服醜。

蘇錦黎問他：「你吃飯了嗎？」

「我哥給我開小灶了。」

「喔……」

「我上次表演不是失誤了嘛，我哥把我叫過去鼓勵我來著。說起來真倒楣，我上一輪表演的時候雨勢最大，淋得我眼睛都睜不開……」

蘇錦黎捏了捏安子含的手臂，「沒事，其實我覺得你那個失誤不大，大家都能理解。」

上一場安子含舞蹈沒失誤，不過歌詞唱錯了。好在安子含表現得還行，沒有什麼破綻，只有部分細心的觀眾發現了。

「下一場就不能失誤啦……」安子含換好衣服走出來，對著鏡子照了照之後問：「我腦袋是不是有點太小了，看著有點奇怪。」

「鏡頭裡很好看啊。」

「我哥的比例就正好，不過不知道有沒有其他人注意到，他腳大，鞋必須訂製。」安子含一不小心，又暴露了安子晏的一個祕密。

蘇錦黎抿著嘴唇笑。

「我哥今天怎麼沒叫你呢？」安子含忍不住問：「我還特意拽了你一下，被江哥阻止了。」

蘇錦黎搖了搖頭，「不知道啊……可能是想跟你說悄悄話吧？」

「有個屁悄悄話……」安子含嘟囔了一句後，就又去換衣服了。

蘇錦黎站在鏡子前看著自己的打扮，歪著頭想了想後，又快速恢復，接著走過去問波波自己的造型怎麼樣。

安子晏這樣也挺好的，嗯……挺好的。

現場直播十分考驗一個節目組的能力，這一次《全民偶像》邀請了專業的團隊助陣，也有實力邀請著名的主持人來控場，陣營不會像之前那麼寒酸。

安子晏跟隨兩位主持人一同登場，是最常見的一男一女搭配，加上一個安．花瓶．子晏。

當三個人上場後各自說了今天的開場白，全場沸騰。

期待已久的畫面終於要出現了——總決賽！就在今天！

現場有五千名觀眾，場面熱鬧非常，整座體育館座無虛席，可見這場比賽的熱度。

安子晏跟兩位主持人在昨天就進行過彩排，只不過今天會有嘉賓到場，昨天他們是對著空座位彩排的。前面幾位都是娛樂公司的代表，之後就是名人了。

「這位嘉賓厲害了，史上最年輕影帝……」安子晏只說到一半，就引來全場歡呼。

沈城的人氣不是在吹牛，沈家軍每個人吐一口唾沫，都能再出現一個太平洋。

不過安子晏還是在氣氛稍稍平息後，脫稿背誦全部的介紹詞，並且微笑著對沈城說：「你有沒有什麼話想對在場觀眾說？」

「嗯，希望大家可以認真觀看這場比賽，親眼見證未來新秀們的崛起。」沈城拿到麥克風後，客氣地回答。

「還有什麼想說的嗎？」安子晏繼續問，客客氣氣，看不出任何不妥。

他以為會等到沈城給蘇錦黎拉票，結果只等到沈城微笑著說了兩個字：「真壞。」

前陣子，這檔選秀節目播出後，網路上居然有了新的流行語，就是這句「真壞」，而最開始說這句話的人是蘇錦黎。

沈城並沒有直白地幫蘇錦黎拉票，而是說了這句網紅句子，很多觀眾已知道他們的兄弟關係，自然開始一陣歡呼。好像沒拉票，結果比拉票的效果更好，還具有娛樂效果。

意外的是，沈城說完後居然引來一陣起鬨，甚至還有吹口哨尖叫的。

男主持人忍不住笑著問：「兩位相愛相殺這麼多年，沒想到粉絲們相處得倒是挺和諧的。」

安子晏只能微笑著否認：「沒有沒有，我跟沈城在臺下的關係也很和睦。」

再抬頭，就看到沈城揚起嘴角微笑，不置可否。

「下一位嘉賓也是非常厲害。」安子晏開始介紹下一位嘉賓，結果被女主持人按住手腕。

「等等，不要把我們沈男神的趴這麼快就速戰速決掉！我是第一次有機會跟男神面對面！」

這是彩排裡沒有的環節，安子晏只能微笑著看著女主持人跟沈城互動。

「我們都知道你是蘇錦黎的哥哥，對吧？」女主持人問。

「嗯，對。」沈城回答。

「網上的爭議一直很大，不理解你們兄弟兩個人為什麼會鬧得這麼僵，需要蘇錦黎到真人秀上來尋親。」女主持人的問題非常犀利，這又是現場直播，沈城沒有太多思考時間。

「我們倆只有童年的時候在一起，分開後有了各自的生長環境，當時他年紀很小，什麼都不知道，只是依稀記得他有一個哥哥。具體叫什麼啊、長大後長什麼樣子都不記得了。」沈城拿著麥克風淡定解釋。

「那你是怎麼找到蘇錦黎的呢？因為網路上@你，讓你尋親？你應該記得你有一個弟弟啊，你這些年裡都沒有想過找弟弟嗎？」

這些天裡，不少記者對沈城圍追堵截，想要採訪這件事情。

然而沈城來無影去無蹤，根本一點料都沒挖到。

這次沈城做《全民偶像》的嘉賓是難得的機會，女主持人也很想製造一個炸點，如果她問的話，她也能跟著蹭一波熱度。

「我承認我的確不算一個稱職的哥哥，家庭出現變故，後來我們又沒了父母，我曾以為他也……不在了，所以再次見到他，我真的很開心。的確是因為這個節目，讓我再次找到他，我非常感謝這個節目。」沈城說到這裡眼圈突然紅了，似乎是在強忍眼淚。

原來是家裡出現變故了啊……

安子晏看著沈城這個戲精現場飆戲，還不能砸檯子，只能跟著捧場，說道：「沒錯，我也跟蘇錦黎聊過，他無父無母，一直是被一位老先生撫養長大的，而且住得很偏僻，只能上私塾，很多事情都不懂。他其實不是網路上說的裝純，或者故意賣呆萌人設，是真的很多事情都不知道。」

安子晏跟沈城現場編瞎話，胡扯一通之後全場都動容了。

賣慘拉票，無父無母，被人領養，堅強地長大，這個環節滿分！女主持人漂亮助攻。

女主持人還想再問，就被安子晏打斷了：「每個家庭都有他們自己的故事，我們就不要在這樣的場合再揭開傷疤了。一會蘇錦黎可是第一個登場，萬一是哭著出來的怎麼辦？而且，我們下一位嘉賓剛才就在揮手示意了，我們卻一直沒有採訪到他，快點速戰速決吧。」

總決賽總是會出現很多新的花樣，這個節目組又很喜歡搞出特別的內容，為難的都是選手們。

主持人介紹完畢後，突然燈光全部暗下來，隨後出現烘托氣氛的燈海。

這時，場地中間有一個地方突然亮起燈來，一個小舞臺從觀眾席中間緩緩升起，蘇錦黎就站在臺上。

開場就是蘇錦黎的單人舞蹈，他沒有時間學新的舞，依舊是他比較擅長的Popping。

這次是編舞老師幫他整理過的舞蹈動作，比第一次的即興表演才藝時的動作連貫很多。這段舞蹈持續跳了兩分鐘，接著第二個小舞臺升起，烏羽在另外一個方向出現。

蘇錦黎這裡的燈光變暗，只能看到一個輪廓，讓蘇錦黎能夠進行短暫的休息。

等九名選手的個人表演全部結束後，大家分別從不同的方向走向主舞臺，站好隊形，音樂響起，是他們最新練習的一段齊舞。

蘇錦黎之前維持第一名的成績，所以一直站在C位，推鏡頭的時候也是從蘇錦黎先開始。大螢幕上，蘇錦黎帥氣的臉上露出漂亮又有點撩人的微笑，引來今天最洪亮的歡呼聲，撼天動地。

沈城坐在臺下，看到這一幕忍不住挑眉，然後微笑著繼續看蘇錦黎的演出，心裡突然產生一股驕傲，臺上那個光芒四射的少年是他的親弟弟。

他一開始不希望蘇錦黎進入娛樂圈，然而看了節目播出後，漸漸發覺蘇錦黎是不是跟他一樣喜歡站上舞臺的感覺。

千百年做妖的寂寞，不是人形時對人群的躲避，讓他們都有著同樣的想法——想要融入這個世界、想要被這個世界所接受、想要交朋友、想要被人關注、被很多人喜歡。

現在看來，蘇錦黎做到了。

從一個剛剛下山，什麼都不懂的少年，到現在站在臺上從容自信，拚盡全力展現自己實力的模樣，的確迷人。

他是蘇錦黎的哥哥，就要支持蘇錦黎的夢想，並且幫助他前行。

這段齊舞結束後，兩位主持人走上臺，對九名選手進行採訪。

蘇錦黎自然站在最中間，到他的時候，女主人再次燃起八卦之心：「今天是不是要比以前特別？因為你的哥哥坐在下面看你表演。」

蘇錦黎喘勻了氣，點了點頭，然後看向臺下的沈城，笑咪咪地說道：「就是感覺……我哥今天真帥啊……」

「你這是秒變小迷弟嗎？」

「一直都是，你不知道，我哥超厲害的！什麼都會，而且什麼都懂，他還對我特別好，還會給我削蘋果皮、泡燕麥。」

「這……好像都是基本的生活技能？」

「他還會給我講道理。」蘇錦黎補充。

在舞臺旁聽著的安子晏忍不住心中腹誹：這哪裡是講道理？那是在給你洗腦！洗腦方向就是別跟安子含玩、不能跟安子晏談戀愛。

「好了好了，我們不聊哥哥了，給自己拉拉票吧。」女主持人看到蘇錦黎這副迷弟的樣子，也是非常無奈了。

沈城坐在臺下依舊笑得優雅，他知道這時候肯定會給他鏡頭，他負責帥就行了。

蘇錦黎往臺下快速瞟了一眼，終於找到對準他的機位，然後揮了揮手，「大家好，我是蘇錦黎，善良的人給我投票會有好運喔！」

這一輪比賽其實對蘇錦黎十分不利，他先是跳了兩段舞，雖然說在採訪的時候能進行短暫的休息，但是他還是很快就要開始單獨演唱。

這一次是現場直播，兩位主持人不會像安子晏之前那樣對他進行照顧，所以，流程走完後，蘇錦黎趕快調整狀態進行首輪表演了。

這一次，蘇錦黎唱的是一首非常有難度的歌曲，而且是他不擅長的語言。

蘇錦黎以前上的是私塾，英文水準很差，他這次要唱《女神之舞》，對他而言是極大的挑戰，這是電影《第五元素》裡的插曲，原唱的聲音是經過電腦合成，將這首歌打造成了四個八度，其中最困難的地方恐怕就是換氣了。

電腦合成的音樂讓真假音的轉換十分自如，短短兩秒的時間內，需要有三個八度音的連續轉換，然而一個人演唱就有些難了。

蘇錦黎先唱有一段歌詞的版本，後面大部分的時間都是這首歌的海豚音。都說蘇錦黎的歌聲像被天使親吻過，這一次他的表現也沒讓人失望，原本好聽的嗓音終於回來了，一開場就放大招，沒有到投票的最後階段蘇錦黎就不會放棄。

觀眾們簡直瘋狂了，就連評審老師都紛紛站起身來，似乎很驚訝蘇錦黎的表現，還有對於蘇錦黎康復的欣喜。

全場可能只有沈城一個人的心情頗為複雜，按照他的治療，蘇錦黎恐怕不會恢復得這麼快，然而，安子晏那個就像冒著聖光的陽氣男，把蘇錦黎給餵肥了，還順便滋養了一波。

蘇錦黎表演完畢，全場歡呼持續不斷，下一名選手烏羽上來後，是在歡呼聲裡開始的演唱。

蘇錦黎回到後臺後，波波就快速到他身邊說：「過來跟我換衣服，我給你換個髮型。」

「好。」

「我跟安子晏定下來了，等節目結束就加入你的團隊。」

蘇錦黎原本還在緊張於比賽，聽到這句話之後就忍不住笑了起來，開心道：「那很好啊，我會對你很好的。」

「我也不是因為你紅了才這樣的啊！」波波立即替自己解釋。

蘇錦黎立即點了點頭，「我知道的。」

波波是一個很自由的造型師，平時只會接一些短期的工作，比如接了《全民偶像》這一期的造型工作，節目結束後，工作就完成了。

之後什麼時候再接工作全看他的心情，平時也都是有空了就去旅遊，等缺錢了才會再找工作機會，一直沒做過長期的工作。

如果跟蘇錦黎的團隊，那簡直就是沒有休息的時間了。蘇錦黎是新秀，前兩年的工作肯定忙到連軸轉，他如果是私人化妝師，就要跟著蘇錦黎全國轉悠，這麼忙碌，都沒時間護理自己，也沒有時間給自己放假，這讓波波考慮了很久。

不過越到後來，他看蘇錦黎越順眼，想到節目來到總決賽了，若錯過了，恐怕就再也沒機會了，才終於下定決心跟著蘇錦黎幹。

侯勇一直在蘇錦黎的團隊裡，浩哥明天就過來報到，現在波波也來了，估計也是明天開始加入他的團隊。小咪是個臨時工，不過他初期有小咪的幫助，估計也會相處得很好。

團隊的人員不需要很多，不然一輛車裡裝不下，也會顯得排場很大，蘇錦黎覺得這些人正好。

蘇錦黎坐在化妝間裡讓波波幫自己換髮型的工夫，烏羽就回來了，回來後就一直在喝水。

「怎麼樣？」蘇錦黎問烏羽。

「沒失誤。」烏羽回答。

他們上場前都會希望自己超常發揮，但是真到了這個時候，就祈禱自己不要失誤就好。

還有兩輪。第二輪蘇錦黎跟烏羽不會上臺，後五名的選手需要進行最後的拉票，才會上臺表演一首歌。

蘇錦黎跟烏羽的票數一直很穩定，他們在準備的時候，第二首歌曲都是準備的時間最少的。

第一輪比賽結束後，九名選手全部回到臺上。

兩位主持人公布了現在後五名的名單，並未公開具體的票數，因為投票依舊在繼續，甚至沒有公布後五名的順序。

最開始，大家都覺得像蘇錦黎、烏羽、魏佳餘、安子含這四位一直表現很穩定的選手，不會在第二輪比賽的名單內。

讓人意外的是，播出了上一期範千霆淚灑當場的比賽後，範千霆在這個時候居然進入了前四名，而安子含則掉到後五名的位置。上一次安子含的雨中失誤，果然對他的人氣打擊很大。

安子含需要在第二輪跟其他的選手一起表演節目，這對體力是一場考驗，兩段舞蹈後，要唱三首歌，就算是九個人輪換著來，依舊是一場消耗戰。

蘇錦黎下臺的時候，特意走過去抱了抱安子含，安子含抿著嘴唇接受鼓勵，然後偷偷看安子晏。

其實在比賽的時候都會有粉絲集資，在最後的關鍵時刻瘋狂砸票數，讓排名出現動盪。還有就是公司如果會捧一個人的話，也會在暗中支持。

然而安子晏在之前就說過，這次都要靠安子含自己努力，安子晏願意讓自己加班加點地工作，接了這份主持人的工作，就是對安子含最大的支援了。

安子晏沒有說謊。

安子含第一次感覺沒有家庭背景的光環、沒有外力支持，他只能靠自己的實力硬著頭皮上了，想辦法得到觀眾的認可。

這一刻，他也只是一名普通的參賽選手。

蘇錦黎回到後臺，盤腿坐在椅子上，開始做呼吸吐納，調整自己的狀態，讓自己放輕鬆。

對他來說，就剩最後一輪了。唱完最後一首歌，這場比賽就結束了，就像一場夢一樣，一切都要結束了。

他來時內心忐忑，怕自己會被淘汰、怕寢室裡的陽氣男。

然而來了之後，他卻非常開心，一輪又一輪的比賽後，他成長了很多，也收穫了很多。

多好啊……能認識他們、能得到大家的認可。

想結束，又不想結束，這就是他此刻的心情，還有就是——他要贏！

蘇錦黎在第三輪的表演，是唱跳型的歌曲。個人戰後就沒有隊員合作了，所以有給他安排伴舞，讓他在舞臺上不會顯得太單調。

如果說第一首歌蘇錦黎展現的是自己的實力以及技術，這一輪就是在盡情耍帥。

乾淨俐落的動作，跳舞時偶爾撩人的姿態，以及自信滿滿的表情，都顯得特別迷人。他的舞蹈沒有任何錯誤，節拍很準，完成得也很漂亮，無論是平衡度還是力度，都把握得很好。

歌聲同樣如此，氣息很穩，唱出來的竟然比原唱還好聽一些。

這一輪演唱完畢，主持人再次走到臺上對蘇錦黎進行採訪。

「現在心情怎麼樣？」男主持人問他。

「就是有點緊張，但是更多的是釋然，感覺……啊，都結束了！本來應該感到輕鬆了才對，但是想到明天恐怕就要跟他們分開，各自忙各自的生活了，就覺得很……很捨不得。」蘇錦黎拿著麥克風回答。

「嗯，這點我能理解，在訓練營待了幾個月，跟其他的選手相處得都很好對不對？」

蘇錦黎回道：「對。」

女主持人接著問：「這一場比賽，是你們的首秀，是選拔你們的地方，但是你們的路現在才開始而已。很多期待你們成長的粉絲們還在臺下，或者在螢幕後盼著你們的日後路更長，你有沒有什麼想對他們說的？」

主持人故意轉移了話題，大家想看的並不是選手們的依依惜別，更重要的是蘇錦黎利用最後的機會給自己拉票。

「有的時候我覺得我挺差勁的，不懂得體諒人，有的時候還笨笨的，不會說好聽的話，就是……可能不是特別好的一個人，你們卻願意喜歡我、支持我，我非常感謝你們。我只有每天都更努力一點，不會讓你們覺得失望，配得上你們的喜歡。」

「嗯，我相信粉絲們都看到你的努力了。」

「謝謝。」

等蘇錦黎下場後，特意回頭看了一眼，發現他跟安子晏四目相對了，剛才安子晏一直在看著他。然而安子晏很快就收回了目光，繼續看向舞臺，沒有再看他。

他只是沉默地下臺，然後站在等待區。時間似乎被無限拉長了，讓他總覺得過得特別慢，耳朵充斥著呼吸聲，讓他腦袋裡一片空白，也不清楚自己究竟在想些什麼。

安子含表演完後走到後臺，找到蘇錦黎，推了推他的肩膀，問：「傻了？」

「啊。」蘇錦黎回過神來，問安子含：「你比完啦？」

「嗯，總算完事了。」

「怎麼樣？」

「我覺得我表現得挺好。」

「怎麼辦啊……明天就不能一直看到你了，其實聽你嘴賤也挺有意思的。」

安子含被蘇錦黎的一句話弄得一愣，突然有點不好意思，抬手用食指蹭了蹭鼻尖，「又不是再也見不到了，就是以後得忙了，偶爾聚聚還是可以的。」

「你那邊是怎麼安排的？」

「就是有幾個綜藝節目的邀請，還會去拍一本雜誌的封面，公司給我接了一部偶像劇，還在幫我們幾個準備單曲，估計挺忙的。」

蘇錦黎點了點頭，還是有點捨不得，心裡怪不是滋味的。

「第一天來節目組，在後臺的時候，我說燈好看，你說要摳兩個燈給我。我當時還在想，這個人是不是傻啊，燈裝飾上去才好看，摳下來算什麼啊？現在卻突然想回到那個走廊裡摳兩個燈做紀念，我突然想要了。」

「你他媽的別給我弄哭了啊，我畫眼線了。」安子含趕緊提醒，還順便踹了蘇錦黎一腳。

「喔。」蘇錦黎委屈巴巴地點頭。

最後九名選手聚集在舞臺上，等候宣布最後排名。

主持人不按套路來，第一個宣布的是第五名。之前第五名是一個很尷尬的位置，估計安子含就是這個位置，這讓鏡頭給了安子含、範千霆一個特寫。

範千霆在微笑，顯得沒心沒肺的，畢竟能夠堅持到現在他就滿意了。結果聽到「第五名範千霆」時，範千霆呼出一口氣，走出去拿著麥克風問：「我還可以說兩句是嗎？」

「對。」主持人回答。

範千霆說了一大堆感謝的話，最後看向站在那邊的幾個人，說道：「我知道在比賽結束後，恐怕就不能跟你們一間寢室沾光了，以後我只能靠我自己。我只希望以後咱們再聚會的時候，別缺人。」

安子含立即打了一個響指回應，蘇錦黎也拍著手回答：「好。」

烏羽笑了笑，沒說話。

之後公布的是後面幾名，沒出意外張彩妮依舊是第九名。

留在最後公布的則是前四名。

安子含得到第四名，他還挺滿意的，站在臺上拿著麥克風說：「最開始我是因為我哥受到關注，所以一開始我曾是第一。後來事實證明，還是得看實力，我能拿到第四名已經非常不錯了，感謝大家願意支持我。」

前三名為蘇錦黎、烏羽、魏佳餘。主持人在這個時候開始念廣告詞，弄得蘇錦黎更緊張了，扭頭看了看烏羽。烏羽也挺無奈的，抬手拍了拍蘇錦黎的後背，讓他別緊張。

賣了一會關子後，終於宣布了最終排名：第一名蘇錦黎、第二名烏羽、第三名魏佳餘。

依舊是蘇錦黎的票數以碾壓的姿態，稱霸了第一名，毫無懸念。

烏羽在蘇錦黎之前發言，他拿著麥克風，看著臺下良久才說了一句：「我喜歡這個舞臺，我希望，可以在舞臺上被你們發現。現在我做到了，也希望你們不要忘記我。」

這句話就很有深意了，似乎早就預料到了什麼，接著深深地鞠了一躬。

蘇錦黎覺得奇怪，但來不及問烏羽，他隨即被請到臺上單獨發表感言。

「可能是因為我是小錦鯉，才會讓我特別幸運能夠一直留在這個舞臺上，表演節目給你們看，現在還能得到第一名。我到現在都沒緩過勁來，就是很感恩，感謝你們給我投票，也感謝各位老師教導我，還有就是我的朋友們，他們都很優秀，我非常幸運能夠認識他們。烏羽每天都會叫我們起床，還有安子含，嘴巴很壞但是心地很好，我跟他還吵過架，現在想想非常後悔，都沒好好道歉。還有範千霆，他性格很好，從來沒跟我們紅過臉。常思音也是……在我什麼都不是的時候，也願意幫助我。」

蘇錦黎說到這裡突然哭了起來，想要繼續往下說，卻哽咽著說不出話：「就是怪捨不得的，捨不得他們，也捨不得粉絲，就是……」他要語無倫次了。

「笑眼就應該笑！」安子含突然喊了一句。

「你哭真難看。」烏羽也跟著說。

「微信群還在呢！」範千霆跟著說道。

張彩妮直跳腳，「你怎麼不說我呢？」

結果蘇錦黎到最後什麼話也沒說出來，深深一鞠躬後，就到臺邊強忍著眼淚，因為皮膚白，鼻頭瞬間就紅了，看著還挺可愛的。

這個時候安子晏走了上來，路過蘇錦黎時隨手擦了一下他臉上的淚水，然後問：「你一會還能跟我合唱嗎？」

「能。」蘇錦黎回答。

安子晏開始給他們頒獎，到蘇錦黎的時候擁抱了一下，同時說：「趕緊緩緩。」

「好。」

節目最後是安子晏跟蘇錦黎的合唱，因為節目時間沒控制好，所以演唱的時候只有前半段是蘇錦黎跟安子晏在臺上，後半段其他的選手還有評審老師也一起上臺，進行最後的謝幕。

《全民偶像》在蘇錦黎跟安子晏的合唱中結束了。

安子晏其實唱得不錯，蘇錦黎也調整好情緒，兩個人站在臺上的時候互動並不多，但是其中一段對視的眼神，在後期網友做《全民偶像》精華視頻的時候流傳了很久。

那一段，蘇錦黎唱著：「你是一隻可以四處棲息的鳥，我是一尾早已沒了體溫的魚，藍的天藍的海難為了我和你……」

那一瞬間，安子晏的眼神竟然透著一股讓人心疼的悲傷。

蘇錦黎同樣眉頭微蹙，似乎內心存有千言萬語，卻因為許多原因未能說出口。

節目的最後，安子晏拿著麥克風說：「我宣布，從今天起魏佳餘、烏羽、蘇錦黎正式出道！」

全場歡呼。

安子含就算只得了第四名，還是抱起蘇錦黎，繞著舞臺跑了一圈，蘇錦黎只能扶著安子含的肩膀一個勁地讓他放自己下來。

沈城起立鼓掌，難得的沒有嫌棄安子含的胡鬧。

《全民偶像》就這樣結束了。

現場直播結束後，節目組留下所有選手還有評審老師、主持人、部分不需要立即離開的嘉賓一起開慶功宴。

時間已經接近凌晨，然而這裡依舊熱鬧，所有人都睡意全無，吵吵嚷嚷地建立微信群，還有聚在一起合影，大合影的時候更是壯觀。

安子晏個子高，被安排在後一排的最中間，所有人以他為中心點開始安排位置。

安子晏只能站好，聽著身邊的安子含念叨：「我想跟蘇錦黎站在一塊。」

「你當我願意跟你在一塊？」安子晏不爽地問。

再去看另外一對兄弟，早就手挽著手站在另外一邊等待了，差距十分巨大。

「兩對兄弟合個影吧？」大合影完畢後，攝影師主動提議。

沈城跟安子晏互看對方一眼，表情波瀾不驚，不過還是要保持友好的樣子同意了，走到一起。

安子含知道哥哥跟沈城的關係不怎麼樣，等四個人聚到一塊後，就跟蘇錦黎並肩站好，兩位哥哥一邊一個。

可能這張合影會是微博的重頭戲，攝影師連拍了好幾張才甘休。

節目組準備了大蛋糕，把主持人、評審老師還有前九名選手都做了橡皮泥人，插在蛋糕上，最上面是安子晏，還寫著慶祝的文字，第二層是評審老師，第三層是九名選手。

整個蛋糕做得非常精緻，就像一個藝術品一樣，讓不少人都圍著蛋糕照相，好半天才真的開始吃蛋糕。

安子晏當然是切蛋糕的人，切完了之後第一個遞給蘇錦黎，「來，第一名。」

「好！」蘇錦黎伸手接了過來，然後小跑著送給了沈城。

送出去後，又跑回來繼續等了。

安子晏看著這個氣，扭頭開始給其他的主持人、評審老師分蛋糕。

沈城拿著蛋糕選個安靜的角落，坐下來吃了一口就不再碰了，如果不是蘇錦黎拿來給他，他一口都不吃。

烏羽就坐在旁邊，也不想吃蛋糕、不想合影，冷淡的樣子跟現場顯得有些格格不入。

「我聽蘇錦黎說了。」沈城突然低聲開口，附近只有他們兩個人，所以這句話是對烏羽說的。

蘇錦黎剛剛下臺就開始詢問沈城，烏羽那邊是怎麼回事，為什麼烏羽悶悶不樂的？還在道別時讓觀眾別忘記他。還有，烏羽最近一個工作安排都沒有，身邊連個助理都沒安排，波若鳳梨到底怎麼回事？

沈城還以為蘇錦黎見到他後會慶祝得了第一名，沒想到最關心的卻是烏羽的事情。沈城自然知道是怎麼回事，但是他沒告訴蘇錦黎，而是表示自己會回去問問。

「喔……」烏羽回應了一聲，態度冷淡。

「需要我幫你嗎？」沈城微微側過頭，看向烏羽。

「不用，我知道你跟他鬥得厲害，如果你幫了我，他一定會拿這個做把柄的，恐怕對你非常不利吧。說不定會趁機從你的手底下搶走幾名藝人或者得力助手。」

「的確是這樣。」沈城坦然地承認了。

烏羽勾起嘴角冷笑了一聲，似乎完全不在意，「我不想你現在就損兵折將，我想你繼續壯大下去，然後搞死他。」最後幾個字，咬字極重。

「所以你和我現在算是同僚嗎？」沈城覺得有意思，追問。

「算是吧，我一直在想，你上次來這裡跟我說那個男人的心思是什麼意思，現在想想終於明白了……你是不想我被他送去當繼子，籠絡時老吧？有了時老的幫助，這樣，你想取代他的位置就更困難了。」

沈城只是微笑，什麼也不答，這樣的姿態看起來從容優雅，又有點可怕，運籌帷幄，就好像……一切盡在掌握之中。

烏羽隨意地看了沈城一眼後開始笑，他就知道是這樣，笑容有點自嘲——沈城才不是真的關心他呢。

「放心吧，我不會成為你的阻礙，關鍵時刻還可以幫你一把，你如果最後想利用我的身分打擊他，我也會主動配合你。我無所謂，只要他不痛快，我就痛快了。」烏羽說出這句話的時候，口氣十分狠絕。

「那很好啊，敵人的敵人，就是朋友。」

「我跟你註定成為不了朋友，不知道什麼時候就會被你算計了，這種感覺很不舒服，我們還是越少來往越好。」

「那蘇錦黎呢？」

烏羽被問了之後，抬頭看向蘇錦黎。

安子晏似乎在賭氣，給誰蛋糕就是不給蘇錦黎，蘇錦黎饞得不行，一個勁地圍著安子晏轉悠，似乎很想吃。誰能想到沈城跟蘇錦黎居然是兄弟啊，完全不是一個畫風的。

「他啊……」烏羽感嘆了一聲，沒回答出來，接著起身往外走，「我去抽根菸。」

「還有菸癮？」沈城詫異地問。

「沒有，煩了才會抽。」

「去吧。」沈城也沒興趣多聊了。

烏羽剛走沒一會，蘇錦黎就捧著一塊蛋糕過來，看到烏羽不在這裡還有點驚訝，問道：「哥，烏羽呢？」

「我沒看住，讓他跑了。」

「我的蛋糕就剩裡面的心了，都沒有外面的小花了。」蘇錦黎失落地眼角都嚴重下垂。

「小花就是奶油裝飾，你吃這塊。」沈城把自己的推給蘇錦黎。

「你不吃啊？」

「我不喜歡甜食。」

蘇錦黎立即美滋滋地坐下，然後開始吃蛋糕，並且一個人吃了兩塊。

沈城看著蘇錦黎吃完，才疼愛地說了一句：「魚胖了是會被吃的。」

蘇錦黎差點嘔出來，「哥！你是魔鬼嗎？」

節目拍攝完畢後，選手們會在第二天回到訓練營收拾行李，錄最後一次的採訪。

沈城打算給蘇錦黎再派一個他放心的助理，被蘇錦黎拒絕了：「我有小咪在了，而且你派一個波若鳳梨的助理來世家傳奇工作，弄得我像打入敵軍內部的間諜一樣。」

沈城很討厭世家傳奇，只能繼續吩咐：「明天我派我的助理過去幫你收拾東西，然後你就搬到我那裡去。」

「好。」

「這幾天沒有工作的時候都留在我家裡，不許亂跑。你現在是公眾人物，容易引起騷動。」

「好。」

沈城還想繼續吩咐，就看到安子晏走了過來，立即起身，帶著蘇錦黎朝自己的休息室走，「還有，不許跟安家那兩兄弟有來往。」

蘇錦黎低頭看著手機，沒注意到周圍，只是隨口回答：「不可能的，最近好幾個綜藝節目都會碰到安子含。」

「工作結束後就分開。」

「我們倆明天還要去摳燈呢。」

「摳燈？」這是什麼意思？沈城有點不解。

「哎呀，小祕密。」

蘇錦黎繼續低頭看手機，沈城稍微看了一眼，發現蘇錦黎在微信群裡聊天呢。

沈城立即拍了拍蘇錦黎後背，「走路的時候不能玩手機，很危險知不知道？」

蘇錦黎趕緊將手機收了起來。

沈城回到自己的休息室，他只在這裡化了妝，東西並不多，啾啾已經在等了，看到他們回來立即問：「我去停車場安排車？」

沈城點了點頭，啾啾立即出去了。

結果門還沒關好，安子晏就直接走進來，人已經進來了才象徵性地敲了敲門。

沈城沒好氣地瞪了安子晏一眼，問：「有事嗎？」

「聊聊天，徹夜長談都行。」安子晏臭不要臉地坐下來。

「沒空。」沈城直截了當地拒絕。

啾啾就在門口看著，想著要不要勸安子晏出去，見沈城對他擺了擺手，這才離開。

「咱倆就不能和平相處嗎？」安子晏主動問。

「不能。」沈城拒絕得依舊毫不猶豫。

安子晏這個小暴脾氣，從小到大就沒受過這麼大的委屈，坐在椅子上難受得不行，「我對於以前搶你手底下藝人資源的事情，跟你道歉行嗎？」

「用得著你這麼勉強地道歉？」沈城站在化妝臺前氣勢洶洶地問，看得出來，安子晏的道歉真的一點誠意都沒有，完全是被逼出來的。

【第十章】畢業了，出道了

蘇錦黎看著安子晏和沈城之間的氛圍，嚇得大氣都不敢喘，就是睜圓了眼睛，一臉驚恐地看著他們倆，可怕，真可怕。

他很想跟著啾啾一塊出去，或者把安子含叫過來，他真怕打架的時候他一個人拉不開。

「咱倆都是一個圈子裡的，搶資源的事情不是很常見嗎？頂級資源就那麼點，其他的全部都是破爛玩意，留給小網紅出道用的，當然得搶了，你說是不是？」安子晏試圖解釋自己的截胡行為。

「那莫依萱呢？你用得著毀了她嗎？」

「她？想蹭我手底下人的熱度，不成功就罵渣男，肯定得收拾啊。」

「你有沒有問問你手底下的人，到底有沒有跟她睡過？」

安子晏突然回答不上來了，微微蹙眉沒說話。

「你們世家傳奇護犢子，我手底下的藝人就是路邊撿的了？你們無腦護人的時候能不能有點底線？」沈城再次氣勢洶洶地質問。

「可是莫依萱給小海發的語音訊息、文字消息我都看過，莫依萱的確跟他勒索了兩千萬，這件事情你知道嗎？」

沈城突然頓住，沒回答。

安子晏從自己的口袋裡拿出手機來，「你當我傻啊？我什麼東西都錄下來當證據了，你收藝人不看人品的嗎？按照你說的，兩個人真睡過吧，這玩意我真管不了，但是勒索就是大問題了吧？」

安子晏手機的密碼資料夾裡，真的有備份證據，兩個人的聊天記錄，還有莫依萱發的語音訊息都被錄了下來。

安子晏越放，沈城的臉色越黑。

這件事情，沈城並不知道全部的詳細經過，他當時在國外拍戲，有時間處理這件事情的時候，莫依萱已經被黑到地底，無法翻身了。

當時安子晏下手又快又狠，似乎是專門挑沈城有時差的時間段下手的。沈城只能看著滿世界的黑料，氣得發抖，卻無能為力。

這是沈城這麼多年裡，被壓制得最狠的一次，一直被沈城認為是恥辱。現在兩個人直截了當地吵了一架，倒是知道了一些事情。

安子晏不知道海子跟莫依萱真的睡過，沈城不知道莫依萱威脅過海子。

在安子晏這邊，海子拿出了實錘，的確是莫依萱威脅的聊天記錄跟語音。

按照安子晏的脾氣，有這個就夠用了，外加他早就看沈城不爽了，自然會下手保護自己的藝人，順便讓沈城吃個教訓。

所以事情到這裡就明瞭了，不過是他們倆手底下的藝人因為戲而生情，或許是情吧，也有可能只是單純的一夜情，但之後決裂了，女方不依不饒，想要勒索男方一下，不然就爆出黑料來，兩個人誰都別想好。

男方則是找了老闆，拿出勒索的證據，老闆就讓女方吃了教訓。

總結就是男方渣，女方也不算好，兩邊因為一夜情鬧翻了，然後雙方老闆因為他們，原本關係就僵，一舉成為了死對頭。

沈城冷哼了一聲，不再說話。

安子晏繼續坐在休息室裡說：「這件事情是我做得太絕了，我承認我是故意讓你很沒面子的，一開始的目的不單純。」

蘇錦黎聽著就覺得不對勁，安子晏這哪裡是道歉啊，根本就是在刺激沈城啊！

果然，沈城笑了笑說：「是，讓我覺得討厭這方面，你很成功。」

「不止，我在擇偶方面也很成功。」

沈城再次憤怒起來：「你給我滾。」

安子晏不爽了，忍不住問：「我說你這個人能不能好好說話？脾氣怎麼總這麼暴躁？說你是神仙降世的粉絲都瞎了吧？我看你就是炮仗成精了，無火自燃，易燃易爆。」

「安大哥你能把嘴閉上嗎？你說話真氣人。」蘇錦黎都忍不住開口了。

「我就這樣啊，不叫我小精緻了？」安子晏見蘇錦黎跟他說話，他還樂了，好像噴完沈城他挺開心的。

沈城忍不住問：「你怎麼這麼噁心？」

「我怎麼就噁心了？」

「從長相到內心。」

「我操？」安子晏有點不爽了，他雖然性格不怎麼樣，平時也沒得到過什麼好評，但是沒被說過長相啊。

「我長相怎麼了？」安子晏不爽地問。

「串子。」沈城罵出了最近幾年最狠的話。

混血聽著好聽，但是在狗裡面就是雜交串子狗。

安子晏被氣到了，握緊了拳頭又鬆開，心裡默念未來大舅哥不能打，氣得直捶自己的胸口。

蘇錦黎看到之後趕緊攔著：「哥，你過分了。」

「我怎麼了？」沈城一聽蘇錦黎不護著自己，又不悅了幾分。

「你都人身攻擊了。」蘇錦黎說完，還走過去揉了揉安子晏的頭，「你別生氣，我哥就嘴巴壞，人……」還想說人很好，結果心虛沒說出來。

「氣得心口疼，你給我揉揉。」安子晏居然公然調戲蘇錦黎。

蘇錦黎沒反應過來，卻沒有做，而是回身拿自己的包，從裡面掏出一瓶速效救心丸，「我知道你們倆今天要見面，特意準備了這個，要不你吃點？」

安子晏可不打算亂吃藥，剛準備拒絕，就聽到沈城說：「別把我買給你的藥拿給他吃。」

安子晏一聽就急了，直接伸手拿來，還真倒出一粒直接吃了，「老子還偏得吃了，這是蘇錦黎給我的。」

結果因為沒有配水吞藥，噎得夠嗆，難受了半天。

蘇錦黎站在哥哥跟安子晏中間，難受得不得了，左右看了看，忍不住嘆氣：「你們倆……怎麼有點幼稚啊？」

「能有你跟安子含幼稚，居然還打架，然後自己又好了。」安子晏反駁。

「打架？」沈城問。

「沒，你弟弟把我弟弟揍了。」安子晏解釋。

蘇錦黎擺了擺手，「你們倆別聊天了，我提心吊膽的。」

「你這樣不行啊，典型不會處理婆媳關係的哥寶男，你哥比惡婆婆還煩人。」安子晏當著沈城的面告狀。

沈城翻了一個白眼，取出手機問啾啾車準備好了沒。

「車安排好了，啾啾馬上回來，你先回我那裡住，明天送你回訓練營。」沈城放下手機對蘇錦黎說。

「住你那裡？」安子晏蹙眉。

「怎麼？」

「我給他準備了宿舍，五星級的。」

「用不著。」

蘇錦黎趕緊插了一句話：「我是想跟哥哥住在一起的，我特別想跟我哥哥多相處，他太忙了，住在一起還能好一點。」

安子晏早就幻想過什麼夜裡突襲，找個理由不方便回去，就住在蘇錦黎那裡。或者是每天送蘇錦黎回宿舍，順便死皮賴臉地聊聊天什麼的。

因此住在沈城那裡，安子晏一萬個不同意，蘇錦黎鐵定會被沈城看得死死的。

「我去跟安子含他們說一聲，還有衣服放在化妝間那邊呢，我先去取過來。」蘇錦黎說完就快速跑出去，留下安子晏跟沈城大眼瞪小眼。

沈城看著蘇錦黎離開後，走到安子晏身前，抬手按住安子晏的額頭。

安子晏正錯愕著，就感覺到身體被轉瞬間吸空了似的，讓他的身體一晃，險些跌倒，只能扶著旁邊的檯子穩住身體。

頓時一陣心慌，心臟迅猛地跳著，就好像在跟他抗議著什麼，額頭的虛汗連續往外冒，身體內虛空一片，一點力氣都沒有了。

「我跟我弟弟不一樣，如果我想要吸你的陽氣，可以讓你在一個呼吸間變成一具乾屍。」沈城用低沉的聲音說完，看著安子晏難受的模樣，忍不住笑了起來，笑容陰森，有些可怕。

「所以呢？」安子晏按著心口，模樣狼狽地問。

「離我弟弟遠一點，不然我會讓你消失得乾乾淨淨，風一吹就散了。」

安子晏沒說話，只是看著沈城，表情非常難看。

「正好最近我妖丹虧空，感謝你的款待了。」沈城道謝完畢後就準備離開，結果安子晏居然又說話了：「我不想放棄。」

沈城回過頭來，看向安子晏，彷彿在看一個巨大的蠢貨。

「你這種人根本不懂喜歡一個人的感覺，去你媽的乾屍，要麼現在弄死我，要麼看我追到他，你自己選？」安子晏還來脾氣了，不爽地問。

他就是膽肥，看到蘇錦黎是條魚都敢表白，現在也是不怕死。

沈城正要罵安子晏執迷不悟，蘇錦黎剛好取了東西回來，探頭看了一眼後就發現了不對勁，立即瞪了沈城一眼。

沈城被瞪得立即沒了言語。

「哥，你欺負人了是不是？」蘇錦黎氣勢洶洶地問。

「沒有，我就是警告他一下。」

「有你這麼警告的嗎？他得幾天行動不便。」

「他活該。」

「哥，你再這樣我就不去你那裡了！」

沈城沒想到蘇錦黎居然護著安子晏，心裡有點不爽，卻還是趕緊哄蘇錦黎，說道：「乖，別鬧，跟我走。」

「把陽氣還回去。」蘇錦黎指了指安子晏。

沈城不情不願的，就沒聽說過哪個妖精吸了人類的陽氣還還回去，結果被蘇錦黎用拳頭捶了一下胸口。

這麼欺負人，就算是自己哥哥也不行。

真是弟弟大了不中留，沈城無奈得不行。

沈城不願意，蘇錦黎就走過去對安子晏說：「你抬起手來。」

安子晏看著想樂，美滋滋地看了沈城一眼，十分嘚瑟。

不過安子晏還是忍住了，他終於摸到了門道，想讓蘇錦黎護著，就得裝可憐，於是開始飆戲裝無助、裝弱小。

外加他也有經驗了，所以抬起食指，蘇錦黎跟他食指對著，一點點往安子晏身體裡送陽氣。

蘇錦黎本來就缺少陽氣，這麼送出去絕對會雪上加霜。

「你們倆打算靜坐一晚上是不是？」沈城看不下去了，問道。

「那就坐一晚上。」蘇錦黎倔得很。

沈城這才走過去，在安子晏的額頭彈了一下，相當於吸走了十公升的陽氣，還回去了三公升，還不情不願的，然後拉著蘇錦黎就走。

蘇錦黎跟著沈城離開，回頭看到安子晏坐在椅子上看著他微笑，他居然覺得這個笑容有點帥，突然紅了臉頰，跟著沈城趕緊走了。

沈城還是不大高興，走的時候一路沉默。

蘇錦黎則是開啟了說教模式：「哥，我們不能利用自己是妖，就隨隨便便欺負人，你說是不是？我們應該講道理，動之以情曉之以理……」

「有人調戲我，你會不會動之以情曉之以理？」

「呃……」不會。

「沒有啊。」

「你是不是有點喜歡他了？」沈城問他。

「為什麼下臺的時候掃視人群，第一個看的是他？」

「呃……」哥哥觀察得好仔細啊，「哥，你是吃醋了嗎？」

「沒。」

「喔，那我就放心了。」

沈城覺得他的弟弟是個傻子。

「那個，哥！」蘇錦黎強行轉移話題，「你怎麼找了莫依萱那樣的藝人啊？你不是能看到靈魂嗎？是不是好人一下子就能看出來。」

「我要找的是能給我賺錢、得到利益的人，而不是收集一群沒用的好人。」

蘇錦黎再也說不出來什麼了。

這就是一個利益支撐的圈子，沈城要的是有實力的藝人，而不是一個乾淨的靈魂，所以沈城無法保證自己身邊的人不會犯錯，有的時候只希望那個人不要連累到自己就行。

沈城今天沒有開保姆車來，而是一輛私人的轎車。

蘇錦黎到車邊感嘆：「這輛車跟我上次救的那位出車禍的老爺子一樣。」

沈城不知道這件事情，於是問：「什麼老爺子？」

「喔，就是有位老爺子出車禍了，我把他送去醫院。」

「沒被訛，運氣不錯。」

沈城沒當回事，更不會想到蘇錦黎救的人，是整個波若鳳梨都想巴結的時老。

啾啾回頭跟蘇錦黎打招呼：「小錦鯉，你還記得我吧？」

「記得啊，之前在醫院不是見過嗎？」

「之前在醫院人多不方便說，我是那隻野豬精啊。」

「啊！我想起來了！之前我去找我哥哥，是你幫忙傳話的吧？」

「對啊，我現在的名字就是用我之前的叫聲起的。」

蘇錦黎很快就熱烈地跟啾啾聊了起來，恨不得將腦袋插進兩個座椅中間。

沈城將蘇錦黎拽了回來，「坐車的時候要坐好。」

「喔，好。」

抵達沈城的家之後，蘇錦黎震驚極了：「大別墅！」

「嗯。」

「哇！」蘇錦黎跟著沈城進入家門，在門口將整間屋子的燈都打開，進去後興奮地問：「哥，我能去每個房間看看嗎？」

「可以。」

蘇錦黎「噌噌噌」地衝上樓，不久後又驚呼了一聲：「居然有三樓！」

沈城邊走邊解開襯衫的領口，打算上樓換睡衣，就看到蘇錦黎突然舉著一條裙子出來，問：「哥，你家裡怎麼有裙子？」

沈城腳步一頓，沒想到蘇錦黎看房子的速度這麼快，「不許去我的房間。」

「啊？你的房間？你有女朋友嗎？我有嫂子了嗎？」

「沒有。」

蘇錦黎拿著這條白色仙女裙有點疑惑，看了看裙子，又看了看沈城，百思不得其解。

「那你為什麼會有裙子？」蘇錦黎又問。

「放回去。」

「喔……」蘇錦黎又拿著裙子進入三樓沈城的房間。

三樓都是沈城的房間還有書房，臥室裡的更衣間就有蘇錦黎以前的宿舍一倍大，更衣室裡大多是男裝，但有一個別人很難發現的暗格，偏偏蘇錦黎是沈城的弟弟啊，所以一下子就打開了，將衣櫃翻轉過來，裡面出現很多女裝。

蘇錦黎掛回去後，看著這麼多的女裝，拉開抽屜又看到女用包包及飾品，另外一邊是高跟鞋。

真的沒有女朋友？不會跟安子含一樣養了炮友吧？

「哥，我覺得吧，你的私生活還是檢點一些比較好。」蘇錦黎走出來後，對沈城說。

沈城正在換睡衣，聽到後忍不住笑了起來，蘇錦黎竟跟他說教，還挺有意思的。

「三樓都是我的房間，你的房間在二樓，我很早就打算接你過來住了，所以房間是特意給你設計的，你看了嗎？」

「沒，我是從三樓開始看的。」

蘇錦黎說完就瞬間不見了，沈城扭過頭的時候只看到蘇錦黎的一道虛影，速度那叫一個快。

二樓的確是給蘇錦黎一個人設計的，因為二樓只有一扇門，進去後先是一間藍色為主色調的小客廳，布置簡單卻很鮮亮。房間裡放了很多書，有如書的海洋一般。

客廳的左邊是書房，沈城給蘇錦黎準備好了文房四寶，裝裱書畫的東西，對面卻放著電腦，呈現強烈對比。

他走出書房到對面的臥室，就看到大大的臥室裡只有張大床……床的四周有柵欄，上床的地方居然有門，可以反鎖。可以說……考慮非常周到了。

臥室的轉角處是浴室跟衣帽間，衣帽間同樣很大，浴室更是誇張。

洗手臺跟浴室是分開的，進入浴室就有一個游泳池般的大浴缸，最獨特的恐怕是浴室的上方居然是透明的鋼化玻璃，可以在浴缸裡仰望天空，果然是為他設計的，他喜歡得不行。

此時沈城走到房間裡，對蘇錦黎說：「我已經讓啾啾按照你的尺寸買了睡衣還有換洗的衣服，其實你不用帶行李過來，明天拿點必需品來就行了。」

「哥，你怎麼這麼好呢？」

「那你還天天氣我？」

蘇錦黎走過去給沈城一個大大的擁抱，然後就快速鬆開，又跑出去看其他的東西了。

沈城的別墅一樓是客廳、餐廳及廚房，還有啾啾臨時過來住的客房。還有一個大大的游泳池，一半在室內，一半在室外，也是為了蘇錦黎故意這麼設計的。

蘇錦黎看到游泳池就很高興，坐在泳池邊的椅子上「嘻嘻」傻笑。

傻坐了一會，蘇錦黎就又去找沈城了，這個時候沈城已經打算洗漱睡覺。

「哥，我可以跟你一起洗澡嗎？」蘇錦黎跟在沈城身後問。

「不可以。」

「那我可以偷看你洗澡嗎？」

沈城被問得有點好氣又好笑，問他：「你找死吧？」

「不是，我就是想看看你洗澡是怎麼控制魚鱗的。」

「我不需要控制。」

「好羨慕啊……」

「好了，我要休息了，你也去休息吧，小冠軍。」

蘇錦黎抿著嘴笑了起來，美滋滋地回了房間，一下子撲到床上，興奮地打了一個滾。

他拿出手機來，給安子晏發訊息：小精緻，我到哥哥家了！

安子晏很快回覆了：嗯，早點休息。

蘇錦黎還打算給安子晏發自己房間的小視頻呢，結果安子晏直接說晚安了，讓他一怔，這次不打算跟他一直聊天了嗎？

他很快就想起來，他拒絕安子晏了，安子晏也許諾不會讓他再為難。

他有一瞬間的失落，迅速放下手機，沒剛才那麼興奮了。

躺在床上，他開始仔細思考一些事情。回憶烏羽跟安子含說的那些喜歡一個人的特徵，再想想自己，總覺得自己有點不對勁。

重新拿出來手機翻看安子晏的微博，看到安子晏發了貼文。

安子晏：最後一期，恭喜孩子們長大了。【圖片.jpg】

安子晏的配圖是所有人的大合照，還有他跟安子含兩人的合照。

蘇錦黎遲疑著，想按一個讚，又覺得自己有點渣……最後還是放棄了。

蘇錦黎難得的失眠了。這一天有得到冠軍的喜悅、有住進哥哥家裡的興奮，還有一種陌生的情緒進入他的腦海，難以言說，有點苦澀又有點甜。

對於選秀節目的不捨還有糾結，讓他輾轉反側。

凌晨三點似乎是迷迷糊糊睡了一會，但很早又醒了，蘇錦黎拿出手機笨拙地刷著微博，看到昨天夜裡他們又一次霸屏了，一堆熱搜詞依舊掛在上面：蘇錦黎冠軍出道。沈家與安家兄弟合影。烏羽出道。安子含第四。真壞。沈城蘇錦黎兄弟隱情。

蘇錦黎看著自己的微博粉絲數，已經達到四百七十萬。剛成立的時候，粉絲數還是兩位數，這段時間變化好大啊！

他快速起身洗漱，然後在衣帽間裡選擇了一件好看的衣服換上，然後到樓下客廳裡，拿著手機錄小視頻。但他的水準總是不行，錄得非常難看，最後是沈城下樓後，拿著手機幫蘇錦黎錄製好。

蘇錦黎對著鏡頭微笑，然後做了一個手勢，說：「起床了吧？快來領取今日份的幸運吧。」

視頻錄製完，他拿著手機發布了微博。

蘇錦黎的這一條微博，在當天就以誇張的勢頭上了頭條，並在二十四小時內，轉發超過千萬。

雖然……大部分都在許願。

蘇錦黎坐在餐桌前等早餐的時候，就看到沈城從冰箱裡拿出一包食物到廚房加熱，然後裝盤子裡端了出來。

「哥，你不給我做早飯啊？」蘇錦黎問，似乎有點失望，這跟幻想中的同居生活不大一樣。

「我不會做，要不我給你泡燕麥？」沈城問得溫柔，並未在意。

「不用了……」蘇錦黎失落地開始吃早飯。

「你會做嗎？以後可以做給我吃。」沈城繼續端東西過來，同時問蘇錦黎。

「不會。」蘇錦黎回答得理直氣壯。

「那你還說我？」

「我是弟弟啊！」

「你怎麼能這麼理直氣壯？」

「你是複讀機嗎？」

蘇錦黎悶頭吃完東西，又在房子裡轉了轉，去看小花園。

沈城別墅的小花園裡種了不少觀賞花，因為沈城經常住在這裡，這些植物被沈城的妖氣滋養得很好，生機盎然，光看著就覺得心情好。

等了能有十多分鐘，侯勇就開車過來接蘇錦黎了。

侯勇似乎在之前就來過沈城家，路線門清。

去訓練營的路上蘇錦黎才知道，原來侯勇被沈城叫過來單獨培訓過。是啾啾給培訓的，見侯勇還算有點小聰明，就放過侯勇了。

「辛苦你了，我哥哥真的很……很……」蘇錦黎不想說哥哥壞話，不過他的哥哥確實很龜毛。

「瞭解的，畢竟是處女座……」侯勇嘆了一口氣，對於這件事也很無奈。

「處女座是什麼意思？」蘇錦黎問。

「啊……你可以用手機查一查，你是雙魚座的，有自己的性格特點。安子含射手座、烏羽獅子座、範千霆天秤座。喔，對了，安子晏是金牛座，生日是五月二十日，很巧吧？到了這天，他的單身粉絲就會給他慶祝生日，說跟他一起過什麼的。」

蘇錦黎拿著手機查詢起來，很快就沉迷解說中。看看自己的星座，還要看看其他幾個人的星座，看到後來就發現，他每次看完雙魚座的，就會下意識去尋找金牛座的，緊接著一愣。

為什麼……要同時找安子晏的星座？似乎比關心哥哥的星座還多。

於是他去搜索為什麼會關心一個人的星座資訊，然後查詢到一條網路文字：分手之後，終於不用連帶著看你的星座解讀了。

蘇錦黎看下面的評論，居然有人說：看到這段感同身受，這可能就是愛一個人，和放棄一個人的感受吧。

蘇錦黎愣了。放下手機，盯著車窗外的景物看，他總覺得，他似乎感悟到了什麼，卻又什麼也不明白。

會在意一個人，就是喜歡這個人嗎？

回到訓練營，這裡似乎冷清了不少，還有工人在搬運東西。

蘇錦黎跟侯勇一塊去了訓練營，路上侯勇還在介紹：「浩哥在世家傳奇接受培訓呢，波波跟著Lily去瘋狂大採購了，據說買的化妝品衣服什麼的，多到需要用貨車載回來。」

「這麼誇張？」蘇錦黎驚訝地問。

「對，因為你的各方面都要進行包裝，你每次出現在機場的衣服都會被盯著，樣式不能重複。而且世家傳奇重點培養你，包裝資金也非常雄厚。」

「喔，小咪呢？」

「今天還在跟著烏羽幫忙，下午就跟我們一起行動了。」

「喔。」

回到宿舍就看到範千霆在跟安子含一起坐在窗上拆攝像機。

「蘇錦黎，你要不要過來踩幾腳？」安子含立即招呼蘇錦黎過去。

「你們怎麼把攝像機給毀了啊？」

「我答應賠錢給他們了，我就是看它不順眼，想砸它。」安子含回答得頗為霸氣。

「喔。」蘇錦黎立即走過去，跟著踢了兩腳，「讓你拍我睡覺！」

另外兩個人立即大笑了起來。

節目組叫他們分別過去錄個人的最後採訪，會作為網路版的福利播放。

侯勇進入寢室幫蘇錦黎收拾東西，蘇錦黎發現他什麼都不捨得丟，於是就全部都帶走。

安子含錄完採訪後，帶著蘇錦黎、範千霆去了第一次他們入場的地方。原本烏羽不想跟著他們過來，然而蘇錦黎一直拽著烏羽，烏羽也跟著來了。

這裡跟訓練營不在同一個地方，難得地還沒有拆，打開門，裡面的布置依舊一樣。

四個人推開門走進去的時候，安子含就感嘆了一句：「我進來的時候是四個人，結果這次進來換了幾個伴。」

「我進來的時候是一個人，因為去波波那裡化妝了，所以是最早來的，進去時卻是二十三號。」蘇錦黎跟著說。

「第一期我看了，你是從進門起就被誇，刷屏的彈幕說吹簫小哥好帥。我是一進門就被罵，說我應該伴隨《亂世巨星》的BGM。」安子含很不爽地吐槽。

「我進來的時候就覺得這麼精心布置的走廊，不可能一點用沒有，所以還算小心，果然在鏡子裡藏著攝像頭。」烏羽回答。

「唉，現在是肯定沒有了。」範千霆快步朝前走了幾步，到了一面鏡子前往裡面指，「這裡肯定有一個，我記得我進來的時候差點平地摔也被拍到了，就是這個角度。」

「我第一天的時候說要摳兩個燈泡送蘇錦黎，還被評為土味情話了。」安子含忍不住吐槽，走到星星燈前面，開始研究怎麼摳，後來發現擰下來就行。

安子含真的擰下來了幾個燈，遞給蘇錦黎。

蘇錦黎拿在手裡，吹了吹上面的灰，分給每個人做紀念。

三個人繼續朝裡面走，看到了簽名的檯子，上面居然還有道具，蘇錦黎拿起毛筆，對他們幾個人說：「我寫你們幾個人的名字吧？」

「行，寫一個我裱起來。」安子含立即同意了。

「我要行書的那種，賊帥的那種，會寫嗎？」範千霆問。

烏羽則是到了蘇錦黎身邊，看著蘇錦黎寫。

蘇錦黎按照他們的要求，寫了三個人的名字。

安子含突然樂了問蘇錦黎：「你的名字留下了嗎？」

「在我行李箱裡呢。」

「我的早扔了，字太醜，我都不愛看。」

安子含拿著蘇錦黎寫給他的名字，「你的字真不錯。」

最後，四個人一起到等待的大廳，裡面的東西還在，依舊是四面牆的大鏡子，四個人並排坐在一起，看著空蕩蕩的鏡子靜坐。

「就我們四個人了啊⋯⋯」蘇錦黎感嘆。

「我當時坐在這裡的時候賊牛逼，心裡想著：在座的各位都是垃圾。結果事實教我做人了，我才是垃圾。」安子含嘿嘿直樂。

「年紀還沒到，我們就懷舊起來了。」範千霆忍不住感嘆。

烏羽靠著椅背，嘆了一口氣：「剛來的時候，我還以為我能因此擺脫該死的命運，不過最後似乎不大理想。」

「你都第二名了，還想怎麼樣？」安子含扭頭看向烏羽。

「並不是第二名就一定能走下去。」

「你那邊到底是什麼情況？」

烏羽沒回答，只是突兀地站起身來，「去舞臺看看吧。」

其他幾個人跟著起身，走到舞臺上，安子含突然對著臺下喊：「雖然老子第四名，但是老子照樣會出道的！」

蘇錦黎不知道說什麼，就說：「對！」

「你這個捧臭腳的。」烏羽無奈。

蘇錦黎不服氣，跟著喊了一句：「會好的！都會好的！」

「以後提起嘻哈，肯定就會想到範千霆，我發誓！」範千霆也跟著說了一句。

烏羽無奈地嘆氣，想要轉身離開，卻被另外三個幼稚鬼拽住。

「我不會放棄的。」烏羽終於跟著喊了一句，然後羞恥心作祟，喊完立即離開了。

他們往外走的時候，還在聊之後會做什麼，然後表示以後微信群聯繫，就這樣分開了。

蘇錦黎坐上侯勇的車，感嘆了一句：「結束了。」

「你表現得很優秀，最開始我們都沒想到，你居然能紅成這樣。」

小咪也坐在後面一排，立即跟著說：「對啊，我送你去孤嶼工作室的時候，就覺得你小子肯定要荒廢一年，不過你小子真走運啊。」

蘇錦黎笑了笑，「以後一起努力啊！」

「好嘞！」兩個人異口同聲地回答。
「下一個工作任務是什麼？」蘇錦黎問侯勇。
「本地，明天下午兩點鐘錄《國家文化寶藏》節目。」侯勇回答。
「好的。」

當天夜裡，《全民偶像》用神仙般的速度製作出最後的採訪視頻。
這次是前九名選手的採訪，外加一段讓人意想不到的花絮。視頻先是採訪他們，問些奇怪的問題，每個人都是單獨錄的，最後被剪輯在了一起。
例如題目問「爆料其他選手的糗事」。
蘇錦黎的回答：「啊？糗事啊……安子含天天都很糗，但是他用自己的樂觀全部解決了。」
蘇錦黎回答完，就被「哈哈哈」的彈幕刷屏了。
安子含則回答：「蘇錦黎的睡姿？換到下鋪去卻掉下床了，後來又自己爬上上鋪睡了。」
彈幕繼續一片歡樂，媽媽們充滿了慈愛。
接著題目問「你覺得選手裡誰會最怕老婆、誰會最愛欺負男朋友」。
蘇錦黎想了想後回答：「我覺得安子含嘴上凶，肯定最怕女朋友，不過我覺得常思音絕對最會照顧女朋友。」
安子含回說：「蘇錦黎肯定天天被欺負！絕對的，而且傻乎乎的還不知道自己被欺負了。」
烏羽只說了句：「啊……」沒了。
範千霆說：「魏佳餘吧，太強勢了，我的天。」

中間還插了一段安子含、蘇錦黎、範千霆一塊對著寢室的攝像機唱歌的片段，唱的是《你打不過我吧》，畫面非常魔性。

「哈哈哈追不上我吧，啦啦——哈哈哈被我打敗啦，全都一起上吧我根本沒在怕！」

三個男生就像神經病一樣，蘇錦黎完全被另外兩個人帶歪了，發瘋般地唱歌。

結果視頻播到後面，就出現了催淚的畫面。

主持人問：「還有沒有什麼想說的？」

蘇錦黎對著鏡頭，猶豫良久說：「就是……感謝吧，我覺得我們幾個人如果不是透過這個節目，根本就不會認識。昨天微信群一直在聊，我知道他們都捨不得，但是，我們還是要分開，各自成長。會想他們。」

安子含：「他們是真的一點也不慣我毛病啊，我居然……沒脾氣，其實我性格真的不大好，可是……」說到這裡他快速擦了一下眼角，換了個話題：「蘇錦黎還跟我說要去摳燈泡，他居然記到現在，我都快忘了……」

烏羽：「這可能會是我最與眾不同的記憶吧。」

範千霆：「不想分開、不想結束，再繼續比下去，萬一我有一期碰大運能贏蘇錦黎一次呢？」

張彩妮：「我覺得他們都傻乎乎的，但是人都很好，我來之前還以為會勾心鬥角的，然而沒有……最後的這些人都很好……」

節目組突然出現字幕：因為安子含透露會去初見的地方，所以節目組偷偷準備。

第二行字幕：這一次，又是全程偷偷拍攝，沒有任何彩排。

接著，就是四個人走進長廊的畫面，彈幕瞬間霸屏。

「啊啊啊啊啊，我居然看到哭了。」

「深夜哭成狗，明天怎麼辦？」

「他們四個真的關係很好！不是作秀！」

「蘇錦黎說『就我們四個人』的時候瞬間淚目。」

「你們會成功的。」

接著，就是幾個人在舞臺上喊話的橋段。

安子含喊完後，出現滿螢幕的「對！」

蘇錦黎喊完後，彈幕被「會好的！都會好的！」霸屏了。

在烏羽喊完之後彈幕又被「我不會放棄的」刷爆螢幕。

範千霆則是「以後提起嘻哈，肯定就會想到範千霆，我發誓！」

節目最開始，不被看好。節目中間，充滿了問題與爭議。節目的結尾，卻意外得到了好評。

觀眾們期待這群少男少女的未來，全部拭目以待。

當天夜裡，蘇錦黎還在跟自己的小團隊聚會，然而因為第二天就要開始工作了，他們並沒有多聚，而是簡單地吃個飯後就散了。

蘇錦黎回到家裡，沈城不在家，蘇錦黎自己洗漱完畢就睡覺了。

第二天一大早，波波帶著準備好的東西來沈城家裡，小團隊的成員全部到齊。

波波來了之後就給蘇錦黎做造型，因為要上節目，頭髮染回黑色，並且準備了白色襯衫跟淺藍色牛仔褲，白色的板鞋，最簡單無槽點的打扮，比較保守。

侯勇開始教蘇錦黎如何應對一些問題。這種綜藝節目跟選秀節目不一樣，選秀節目裡可以嘻嘻哈哈，但是上這種比較正經的談話節目就不行了，必須嚴肅。

蘇錦黎是新人，表現得乖巧一些就好，不能什麼都說，會讓人找到把柄批評。
蘇錦黎都一一應了。
「當明星也是不容易。」浩哥雙手環胸，站在一邊說道。
波波白了浩哥一眼，「你的直男審美真是讓我難受，你能不能把你的直筒肥褲子換掉？」
「這種褲子舒服。」
「還有這種翻領的條紋上衣，你出趟門都能碰到十來個撞衫的。」
「這說明是大熱款啊！」
波波又看向侯勇，侯勇頓時不安起來。
侯勇的打扮沒比浩哥強多少，看起來都很「直男審美」。
小咪本來就長得不錯，外加愛打扮自己，倒是沒被波波嫌棄，於是問：「現在小錦鯉這身也很平常啊。」
「小錦鯉至少長得帥啊！」波波回答得理直氣壯。
侯勇慫，沒說話。浩哥不想上班第一天就鬧得不愉快，然而波波真的不好相處，於是只能說：「我出去抽根菸。」
小咪吐了吐舌頭，不再說話了。
他們收拾穩妥後才上午十點多，他們沒多留，先去了電視臺。
電視臺的工作人員沒想到他們這麼早就到了，於是安排先到休息室裡等候，還客氣地說：「楊哥還有工作要處理，編導等一下會過來，需要給你們準備午飯嗎？」
侯勇客氣地說：「午飯我們可以自己解決，不用麻煩，讓編導過來告訴我們流程就行了。」
「好。」工作人員離開了。
波波坐在一邊對蘇錦黎說：「午飯別吃了，別弄髒了衣服，也會影響牙齒，錄完了再吃。晚上九點你要到機場準備明天的代言拍攝，還得換一身造型。」

「啊？」蘇錦黎有點失落，問：「以後會經常這樣嗎？」

波波點了點頭，坐在椅子上修自己的指甲，「沒錯，還需要控制身材，食物是用來擺拍的，葡萄糖都是必備的東西，以後有你受的。」

小咪則是走了一圈之後，給蘇錦黎倒了一杯水，「別怕，有我們呢，沒他說的這麼嚇人，他就是對外形要求太高了。」

蘇錦黎點了點頭，他還是第一次開始接工作，單獨作戰，所以十分緊張。初出茅廬的小子，什麼都不懂，所以特別小心翼翼的，對誰都客客氣氣。

到午休的時候楊澤華來了，沒進門就先聽到他的笑聲，走進來立即跟蘇錦黎握手，「早就想見你了，終於見到了，身體好多了嗎？」

「嗯，好多了。」蘇錦黎微笑著回答。

「侯勇是吧，我們通過幾次電話。」楊澤華一下子就認准了侯勇，對侯勇說。

侯勇也跟著楊澤華握手，寒暄了幾句。

之後就是楊澤華安慰蘇錦黎：「不用緊張，我們的節目也沒有那麼嚴肅，而且會後期剪輯，不好的部分都會被刪減掉，留下正能量的部分。像其他的綜藝喜歡留下一些有話題性的片段，惡意剪輯，我們都不會。」

蘇錦黎點了點頭，「嗯嗯。」

「緊張得都不會說話了。」楊澤華大笑起來，然後跟蘇錦黎說：「我看過你的節目，在節目裡的狀態很好，保持就行。」

正常來說，錄節目前都會有工作人員告訴他們流程，需要他們配合。楊澤華則是全程親自跟蘇錦黎他們碰流程，用的還是午休的時間，講得很詳細，並且叮囑蘇錦黎準備好一段表演。

「其實我們想去拍攝你上的私塾，結果聽說私塾已經拆了？」楊澤華問蘇錦黎。

蘇錦黎點了點頭，猜到這個可能是沈城幫忙說的謊話。

「那教書先生呢？」楊澤華又問。

「不大想見人，也別打擾他了，他不喜歡這個。」

「這就很遺憾了。」

這個節目想要瞭解蘇錦黎練習這些文化傳承時的經歷，還有學習的時候遇到的問題，有沒有想過要放棄之類的聊天。

蘇錦黎很為難啊……他都是看一次就能模仿下來，這該怎麼聊啊！他覺得自己遇到了魚生最大的難題。

他在跟楊澤華聊完流程之後，立即發訊息給沈城，沈城許久沒回，估計又進入工作狀態了。

他想了想，只能發訊息給安子晏求助。

安子晏也不知道怎麼這麼閒，居然很快就回覆了。

安子晏：套用你學舞蹈跟唱歌的歷程，實在不行把參加選秀的不容易也說了。

蘇錦黎：嗯，好，還有嗎？

安子晏：看過小說嗎？

蘇錦黎：四大名著都看過。

安子晏：跟你哥哥學學睜眼說瞎話的本事，不然問你什麼，你就回答什麼，肯定會露餡。

蘇錦黎：我不會撒謊啊！

安子晏：不是撒謊，你在保衛人間的和平，保持人妖兩界的平衡狀態，一個謊言，拯救了全世界，你可以的。

蘇錦黎：好，我試試。

此時，手機另一頭的劇組裡，整個劇組的人都在大眼瞪小眼，女主角乾脆拿出自己的臺詞小抄再熟悉一下臺詞。

導演搧著扇子，看著站在鏡頭前拿手機打字聊天的安子晏問道：「小安啊，能繼續拍了嗎？」

「我再回幾句。」

「行，你先忙，不著急。」

安子晏見蘇錦黎那邊似乎已經安穩下來了，才放下手機，掀起自己的褲管，將手機別在上面，因為是古裝，看不出褲子裡的問題。

他知道今天蘇錦黎第一天上節目，怕有問題才特意這麼準備的。

整理好之後，劇組繼續拍攝。

又拍攝了兩段後，安子晏再次示意劇組等一下。他對蘇錦黎是單獨的設定，能夠感受到手機的震動，拿出手機就看到蘇錦黎發來兩個字：謝謝。

他回覆了一句：不用謝。

之後對劇組笑了笑，「抱歉，公司裡的緊急問題，我們繼續。」

為了維護人妖兩界的和平，蘇錦黎今天算是拚了。

下午兩點鐘，蘇錦黎已經準備就緒，調整好自己的狀態，準時進入攝影棚。

他一直按照流程被進行採訪，回答不上來的時候就微笑，想一想後開始胡扯，反正就是揀好聽的說，主旨就是宣傳傳統文化、宣揚正能量，倒也沒有什麼破綻。

畢竟，楊澤華不是那種會為難人的主持人，問的都是一些關於對傳統文化的看法，還有就是如何學習的問題。並問一問蘇錦黎為什麼會喜歡這些東西，中間還插了一段蘇錦黎的才藝表演。

這個節目僅僅是一位主持人，還會有幾位固定的專家，都是各個業界的行家泰斗，會對本期的內容進行點評。

「其實我們一直都在說反彈琵琶只是一種舞蹈動作，但是傳說中確實有這種技藝。我之前也翻閱了一些典籍，對這方面的記載不多，但仍提及了反彈琵琶。上次看他的視頻，我還是第一次見識到，激動得我一晚上沒睡著。」其中一位專家這樣說道。

為此，蘇錦黎又一次現場表演，還在採訪他口技學習的時候，表演了一段口技表演。

課本裡有一篇文章，就是描寫口技的。蘇錦黎來之前特意看了一遍文章，然後按照文章裡描述的口技表演展示出來，引來滿堂喝彩。

楊澤華跟蘇錦黎聊得非常開心，問蘇錦黎：「我們注意到，你還喜歡國畫以及書法對吧？我們節目組特地準備了文房四寶，不如你給我們留一幅作品？」

蘇錦黎點了點頭，走過去看了看準備的材料，然後畫了一幅畫。

畫的主體是牡丹，枝頭落著一隻麻雀，栩栩如生，寥寥數筆，卻下筆如有神。

他曾經看過各界名畫家的原畫，也曾跟著學習，畫畫的水準自然不差，接著又寫了一排大氣磅礴的字：國家文化寶藏。

落筆後，引來楊澤華跟幾位專家的稱讚。

蘇錦黎鬆了一口氣，覺得這段採訪應該算是安全過關了，結果楊澤華採訪了他幾句之後，又提起了下棋。

「我們這裡引進了一臺人工智慧的下棋系統，不知道你感不感興趣？」楊澤華問。

「我不大懂。」他不懂人工智慧是什麼。

「就是人與電腦對戰下棋，聽說至今還沒有人戰勝過電腦，你也不必為難，只需要試試看就可以，不過是一個輕鬆的娛樂互動環節。」

蘇錦黎的確說過自己會下棋，沒想到節目組連這個都有準備，真是打算榨乾他了。

他點了點頭，走到一張小桌子前，桌面是一個螢幕，蘇錦黎只需要點擊螢幕的位置，就能落子成功。這個螢幕連接著大螢幕，棋盤上的局勢，能夠在大螢幕上同步看到，讓現場觀眾以及幾位專家邊看邊進行點評。

蘇錦黎坐下後，棋局就立即開始了。

跟以前一樣，蘇錦黎下子非常快，幾乎不用猶豫。對方是人工智慧，自然速度也不慢，很快就跟著落子，一盤棋居然沒用多久就結束了。

看著螢幕上勝利的慶祝畫面，楊澤華還有點回不過神來。

蘇錦黎戰勝了人工智慧，還是這麼短的時間。

「妙啊……」專家看到棋局之後，忍不住讚嘆起來。

楊澤華也站在大螢幕前盯著棋盤看，只能說這是一局極其精彩的棋局，蘇錦黎雖然沒有壓倒性的勝利，卻也贏得漂亮。

這……是天才吧？這種天才做什麼藝人啊，做一名圍棋選手，是可以參加比賽為國爭光的吧？

「據我所知……你恐怕是戰勝人工智慧的第一人。」楊澤華回過頭，興奮地對蘇錦黎說。

「是其他人不喜歡跟人工智慧下棋嗎？」

「呃……」楊澤華都被問住了，「並不是這樣，而是因為人工智慧有著非常強大的數學思維，人類很難超越。」

蘇錦黎點了點頭，然後微笑，「喔，是這樣啊。」就這麼輕描淡寫地過去了。

「能不能再來一局？」其中一位專家忍不住問，他似乎覺得這只是一個巧合。

他之前不喜歡邀蘇錦黎上節目，看過視頻只覺得蘇錦黎是一個唱唱跳跳的小白臉，一個戲子而已，來這裡不大合適，他們是一個非常正經的節目，不應該給這些小鮮肉做宣傳用。是楊澤華跟另外幾位專家一再堅持，他才不再反對這件事情。

然而現在蘇錦黎居然戰勝了人工智慧，這就讓他非常驚訝了。他雖然年紀大了，也不至於孤陋寡聞，有些事情還是知道的。

怎麼可能？這個小毛孩怎麼可能？

蘇錦黎來了之後一直非常乖巧，他們吩咐什麼，他就照辦，於是再次坐下開始了新一輪的挑戰。依舊是快速地落子，幾乎不用思考，不過神情專注，纖長的睫毛微微垂著，半遮住了思考中的眼眸。

一局棋結束後，蘇錦黎又贏了。這回蘇錦黎抬頭指了指棋盤，對楊澤華說：「其實贏起來沒那麼容易。」

他覺得下得還挺吃力的，好在他贏了。

楊澤華一個勁地鼓掌，對蘇錦黎充滿讚嘆。原本節目錄製已經到了尾聲，結果楊澤華又拉著蘇錦黎聊起關於圍棋的事情，讓他們比預期晚了一個小時才結束錄製。

離開的時候，楊澤華親自送蘇錦黎，並且跟他解釋：「抱歉，占用了你的時間。其實真的播放出來，你的鏡頭也只有十二到十八分鐘，其他的時候都是關於這些傳統文化的資料片。我們還是想要剪輯出精彩的部分，你今天的表現非常好，我個人跟你擔保，就算有些部分不能播放出來，也會作為花絮發布在網路上，你看怎麼樣？」

蘇錦黎並不在意，「您願意採訪我就非常感激了，謝謝您之前對我的關心，讓您擔心了。」

「沒事沒事，我也是珍惜人才。」楊澤華依舊很興奮，他總覺得蘇錦黎戰勝人工智慧這個事情會引起轟動。

蘇錦黎走出去後，看了楊澤華一會，突然說：「楊哥，逢事選左勿選右。」

「嗯？」

「就是個人的一個意見，風水上的事情，您要是信我，便聽我一句。」

楊澤華突然覺得這個少年一臉平靜地說出這句話，有些奇怪，但是他竟然記在了心裡，點了點頭，「好，我信你的，你現在給我的感覺就是一個非常神奇的人。」

「好人會有好運的。」蘇錦黎對著楊澤華微笑，然後伸手摸了摸楊澤華的頭。

楊澤華被弄得大笑起來，問：「這就是你在網上說的祝福嗎？」

「算是吧。」蘇錦黎笑得內斂，很快跟楊澤華道別離開了電視臺。

蘇錦黎很餓，他想趕緊回去。走出電視臺就看到外面圍了很多粉絲，蘇錦黎來得早，抵達電視臺時還沒有這麼大的陣仗。

浩哥是第一天上班，雖然被培訓過，也沒想到場面會這麼壯觀，忍不住「嚯」了一聲，然後開始工作，保護蘇錦黎。

電視臺裡的工作人員幫忙穩住現場，蘇錦黎在門口跟粉絲們簡單的互動，就準備離開。

「我們這裡倒是很少有這麼大的陣仗。」有工作人員感嘆了一句。

他們這裡經常有影視明星出沒，但像這麼多粉絲聚集的情況倒是不多見，可見蘇錦黎現在的人氣有多高。

蘇錦黎聽力好，聽到後立即轉身跟工作人員說：「抱歉，給您添麻煩了，我會趕緊離開的。」

工作人員沒想到蘇錦黎還會道歉，他們只是最底層的工作人員而已，立即笑呵呵地說：「沒事、沒事……」

楊澤華這天在電視臺留到晚上才離開，開著車回家，碰到在修路的路段。

這裡的道路都方方正正的，左轉或者右轉都能繞過去。

按照楊澤華以前的習慣，一定會選右轉，今天看著路口打了一個哈欠，鬼使神差地想起蘇錦黎的話，選擇從左側繞過去。

回到家裡，還沒走出車庫，就接到電視臺同事打來的電話，問：「楊哥，你到家了嗎？」

「到了啊，怎麼了嗎？」楊澤華還當是工作上的事情，停下了腳步。

「你回家的必經之路不是在修路嗎，需要繞過去，其中的華陽東路出事故了，連環車禍，我們臺的記者已經趕過去了。我怕你在那裡碰上車禍，趕緊問問。」

「什麼情況？」楊澤華嚇了一跳。

「一輛大貨車失控，衝向對向車道，那邊正在等紅綠燈，五輛車，其中的兩輛直接被壓在貨車下面了。」

楊澤華聽到這裡，一陣後怕。

掛斷電話，他看著電梯沒敢搭。電梯在右邊，樓梯在左邊，他想了想後，選擇走樓梯上樓。

蘇錦黎這小子……難不成真有點門道？

蘇錦黎在車上吃三明治的時候，接到安子含的電話。

「我都服了，烏羽絕對腦殘！」接通電話後，安子含就開始罵，語氣特別差。

「怎麼了？」

「節目結束後，節目組不是擔保了會安排你第一名三百萬、第二名兩百萬的代言嗎？」

「對啊。」

「烏羽今天去拍攝安排給他的代言廣告，結果是自己一個人坐高鐵去的，車快開了才買票，以為戴上帽子口罩就行了，結果行蹤被人賣了。到站後高鐵站內已經全是他的粉絲，他被困在裡面出不來。」

「天啊……他怎麼一個人？事先都沒安排好嗎？」

「波若鳳梨是不是有病啊？他身邊一個助理都沒有，藝人一個人坐高鐵去拍廣告，我都不知道烏羽怎麼想的，還準備下高鐵後坐地鐵去拍攝現場！」

蘇錦黎聽到之後睜大了眼睛，驚訝地問：「怎麼這樣啊？這太過分了！」

「氣得我胃疼，現在滿頭條都是他，他倒是挺會引關注的，輿論根本沒控制，罵他的人比他的粉絲還多，這是剛出道就要毀了自己？」

「我總覺得有隱情，我問過我哥了，我哥不告訴我。」

「他最開始也是逃出來進訓練營，絕對是公司不待見他，這次你別攔我，我必須搞明白是怎麼回事。」

「嗯，烏羽那邊怎麼樣了？」

安子含等了一會才回答：「我接到他的時候，他正蹲在警務室偷偷哭鼻子呢，我還當他多堅不可摧呢，操！傻逼！」

「你去接他了？」

「對，現在我們倆一起被困在這了。」

蘇錦黎忍不住蹙眉，「你也沒比他強多少……」

「就是來蹭熱度的，不行嗎？」安子含回答得理直氣壯。

「行。」

今天，安子含跟常思音根據公司的安排，過來這裡拍攝雜誌封面。

他們來得早，開工也早，最後錄了一段採訪後，他們倆今天的任務在中午就算是結束了。按照安排，他們晚上還要飛下一個地點，就提前回酒店進行短暫的休息。

安子含還是刷微博知道烏羽的事情，當時就無語了，心裡狂罵這個人腦殘吧。

然後，自己也特別腦殘地過來接烏羽，兩個人一起被困在高鐵站。

烏羽已經白了安子含好幾眼，安子含被弄得特別生氣，走過去想跟烏羽吵架，烏羽還不理他，他就打電話給蘇錦黎吐槽。

結果蘇錦黎在錄節目，晚出來了，安子含憋了半個多小時才打通電話。

掛斷電話後，烏羽立即提醒：「我沒哭。」

明顯在偷聽。

「是喔。」安子含沒好氣地回應了一句，態度很敷衍。

「你又不是沒待在這裡，這麼小的地方、這麼熱的天，流個汗都被你說成哭？」烏羽忍不住解釋道。

安子含聽完冷笑了一聲，「你要是真沒哭，頂多冷笑一聲，但是你願意跟我解釋這麼多，就證明你真哭了。」

烏羽抿著嘴唇無奈了一會，最後乾脆不解釋了：「謝謝你這麼瞭解我。」

兩人隨後在警衛的保護下走出高鐵站，安子含帶來的那幾名保鏢，都已經鎮不住這種場合了。

「高鐵車站在市中心，坐一趟公車就來了，估計後面聞訊趕來的人也不少。這追星成本低，所以才會這麼嚴重。」安子含坐在車上的時候，忍不住說了一句。

烏羽在低頭發消息，似乎是在跟拍攝方解釋情況，懶得跟安子含說話。

「你今天拍攝不了了吧？」安子含又問烏羽。

「能拍，是室內，不在乎時間，你送我過去吧。」

安子含看著烏羽的側臉，突然覺得想笑，問：「之後你怎麼打算的，繼續搞這種大陣仗？」

「反正不用你去接我，弄成了雙重屏障。」

「你兜裡的錢還夠花嗎？我聽說你進訓練營後，公司連工資都不發給你了。你的代言費用，還是打給你的公司，一時半會不會到你的手裡。」

烏羽確實沒什麼積蓄了，不然也不會搞成這副樣子。

拍攝方不派車接他，他也沒好意思提，估計誰也不會想到他居然是自己趕過來。

烏羽悶著不說話，安子含立即掏了掏口袋，拿出一張黑卡，「叫我一聲哥，我借你。」

烏羽看著安子含，說道：「蘇錦黎也能借我。」

「他？」安子含不屑地說道：「他工資五千塊錢，借你兩個月的工資他就傾家蕩產了。他現在人氣高，但是工作沒接多少呢，錢也沒到他的手，不比你富裕多少。你還有沒有備選？範千霆跟常思音也都窮逼一個。」

不僅僅是蘇錦黎，現在整個《全民偶像》的選手裡，就沒幾個富裕的，都是徒有人氣，其他什麼都沒有。

烏羽極其不爽，不過還是說了一句：「哥。」

安子含樂得啊，整個人都舒坦多了，然後把長腿一抬，搭在烏羽的大腿上，「給小爺捏捏腿，有小費賞你。」

烏羽掀起褲管就拽腿毛，安子含趕緊躲開了。

「我給你安排個臨時助理，還有兩個保鏢兼司機，費用跟上次幫你前女友洗白的算一塊了啊，記得以後還我。」安子含把卡給了烏羽，「密碼是我哥生日。」

「你跟你哥關係不錯啊。」

「不錯個屁，我哥那腦子不行，就能記住個生日，他時不時得幫我還錢啊。」

「親自去還？」

「順便查查帳，怕我幹了什麼亂七八糟的事情。」安子含無奈地回答。

「嗯。」

「用完記得還我啊，我就一張黑卡。」安子含遞出去的時候，還有點肉疼。

烏羽抬起頭看了安子含一眼，也不知道安子含究竟是故意在他面前顯擺，還是真的大方，反正現在這種肉疼的樣子倒是挺有意思。

他們到了地方之後，烏羽下了車，站在門口想了想，對安子含說：「今天謝謝你。」

「你肯定得謝謝我啊，還得發個微博，鄭重感謝安子含小哥哥對本傻逼的大力支持。」安子含扯著脖子回答，模樣極為欠揍。

這人怎麼什麼時候都那麼討人厭？

安子含剛說完，烏羽就把車門關上，讓安子含沒辦法繼續說下去了。

蘇錦黎回到沈城的別墅後，坐在沙發上笨拙地看手機，然後查詢烏羽跟安子含的消息。

他看了沒一會，侯勇拿著一個資料夾走過來，「你別看了，看了也幫不上忙，你們幾個現在的消息就是一線的關注度。你們隨便一點事情都能上熱搜，等這陣子過去，或者再有其他的節目火了，你們就過勁了。」

「過勁了是什麼意思？就是不火了嗎？」蘇錦黎疑惑地問。

侯勇見蘇錦黎是什麼都不懂，於是耐著性子跟蘇錦黎解釋：「是這樣的，你們現在比賽剛剛結束，開始出道了，關注度很高，是最近這半年裡最有熱度的一批人了。」

蘇錦黎點了點頭。

「但是呢，娛樂圈曇花一現的藝人非常多，如果你們想要站穩腳跟，就需要有作品出現，不然……很快就會過氣。」

蘇錦黎再次點頭，問：「那我需要怎麼做？」

侯勇把手裡的資料夾遞給蘇錦黎，「最近一個半月的工作內容，一共有九個代言要拍攝，節目組安排的跟自己找來的，我們篩選過剩下這些。其中，還有兩個綜藝節目的嘉賓，這個你不用擔心，安子含他們幾個也會一同過去，其中一個節目安少也是嘉賓之一，他肯定會照顧你。」

蘇錦黎翻看了一下資料夾，跟著點了點頭。

資料夾裡都是資料，每個代言產品的資料，需要去哪裡拍攝，拍攝內容是什麼，需要用幾天，會安排他們住宿的地方全部寫在上面，非常詳細。

侯勇又遞來一個平板電腦，說道：「裡面有兩個綜藝節目的以往節目，你可以看一看，事先瞭解一下。」

「好。」

「安少還給你安排了課程，需要你在閒暇時間裡自主學習，還可以給你安排老師，一個是英語口語，一個是演技課程。除去課程外，你還需要繼續練習，不能把舞蹈、歌曲落下。」

蘇錦黎翻看資料夾的手一頓，詫異地抬頭，「哪裡還有閒暇的時間啦？」

「我估計，你這一個半月內，每天只能睡五個小時，或者更少。」

蘇錦黎整個人都陷入呆滯狀態，他想過出道之後會很忙，卻沒想到會忙成這樣。

「沈先生初期也是這樣，他在飛機上的時間非常多，會在飛機上進行學習跟休息。」

「飛機……」蘇錦黎吞了一口唾沫，「坐飛機可怕嗎？」

「還可以。」

「好，我努力克服。」

波波在幫蘇錦黎整理送來的衣服，順便全部都熨燙好，聽到侯勇的話，走過來說道：「給小錦鯉留護理的時間了嗎？」

「嗯，這個只能想辦法抽時間了，好在他的皮膚狀態一直很好，在訓練營這麼久都沒有出現什麼問題。」

「這就是仗著自己年輕，他需要護理自己的皮膚，就算不用美白，也得補水補氧，不然皮膚肯定不行。實在不行就打一針，控制痘痘，影響也不大。」

蘇錦黎一聽，立即搖頭，「我皮膚沒問題的，別打針。」

「對，還是自然點好。」侯勇也是這麼覺得。

「單純的敷面膜？」波波忍不住問。

小咪蹲在小花園裡，跟花自拍了半天，才走進來跟著說道：「尤姐也保養，不過她工作沒有小錦鯉多。」

對於之後高強度的工作安排，整個小團隊，除了浩哥，都有點糾結。

浩哥就是你說去哪裡就去哪裡，給口飯吃，給他發工資就行。侯勇的關注點是蘇錦黎的工作完成度，還有就是自身的提升。波波在意的是蘇錦黎的保養問題，最近也是在所有的衣服裡，挑選蘇錦黎出現在機場時需要穿的，畢竟是全身心投入到跟蘇錦黎的工作之中。

小咪走到沒人的地方跟江平秋通電話，問他們派來的助理什麼時候過來。

沒一會，給蘇錦黎安排的助理就來了。同樣是一個小夥子，個子有一百八十多公分，皮膚算是乾淨，長相端正，身材纖細修長，看起來外形還挺不錯的。

他戴著一副黑框眼鏡，背著一個雙肩背包，看起來很學生氣息，說話的時候沒有口音，人也挺善談的。

「我叫冷淺語，大家叫我的外號就行——丟丟。」新助理自我介紹完後，又接著說：「請哥哥姐姐們把身分證及護照號碼給我，然後行程本也給我一份。」丟丟放下包，就直接坐在餐桌前，從包裡拿出本子跟筆，開始了自己的工作。

小咪就坐在丟丟對面，盯著丟丟看。

丟丟記錄完所有人的證件後，又拍照備份，接著拿出手機查詢起來，對侯勇說：「侯哥，我把機票跟酒店都訂好了，你看一下？」

「叫勇哥就行。」侯勇走過來看了看後，點點頭，沒有問題。

「你以前跟過誰嗎？」小咪忍不住問。

丟丟搖了搖頭，「我畢業就進世家傳奇了，之前是在做兼職，不過我是江平秋哥哥親自帶的，本來是留給安二少做助理的，不過現在派給蘇老大了。」

「江平秋親自帶的徒弟……」小咪感嘆了一句，好像……不需要她來帶。

「對。」

蘇錦黎則是走過來問：「你訂完票之後，我需要給你錢嗎？」

丟丟被問得一愣：「啊？安少給我打了最近的資金，都在我手裡了。」

「有多少錢啊？」

「五十萬。」

蘇錦黎又震驚了，「你比我有錢！」

侯勇忍不住捂臉，自家藝人這沒出息的樣子，真是丟人……

丟丟則是忍不住笑了，「可是這都是你的錢啊，以後是會從你的收入裡結算的。」

蘇錦黎點了點頭，然後偷偷問丟丟：「你知不知道世家傳奇什麼時候開工資？」

「啊……應該是有款項匯進來，他們審核後就會發給你了。」

「可我現在還沒有錢，你能先幫我訂份外賣嗎？」

丟丟拿著手機幫蘇錦黎訂外賣的時候，順便跟蘇錦黎說：「對了，蘇老大，你的英語老師是安少的媽媽。」

「嗯？」

「安少真的很看重你啊，親媽親自上陣，史無前例。」

蘇錦黎整個人都傻了。

另一頭也有位傻了的人。安子晏拿著手機，扶著牆，努力跟自己的母親勸說：「媽，妳能不能別這樣？」

「我挺喜歡他的，想見見他本人是什麼樣的。」

「不是……妳這樣……讓公司的人怎麼看？會被說閒話的，而且，會讓我非常尷尬。」

「那你告訴媽媽，你到底是不是GAY？」

安子晏哪裡敢說，只能勸：「媽，乖，別鬧了行嗎？聽話……」

「回答我，不然我就親自去見蘇錦黎了。」

「我還沒追上呢！妳別添亂啊！」安子晏急了，趕緊說了一句。

「媽媽幫你追啊！」安媽媽瞬間就接受了安子晏的性向。

「媽，妳……幹點正事吧！錢不夠花了我給妳打點行嗎？」

「你想打錢也行，告訴我蘇錦黎衣服的尺碼，下次逛街買你們三個人的衣服！」安媽媽似乎還挺興奮的。

「不用，安子含的審美都被妳帶歪了。」

「那我就去找蘇錦黎。」

「買買買，妳買吧，他的三圍我一會給妳發過去。」

掛電話前安媽媽還說了一句：「你趕緊追啊。」

「嗯。」安子含單手捂臉，有點崩潰，他也想快點啊。

「我還沒跟你爸爸說呢，你自己跟他說啊。」

「嗯。」他爸可不一定能接受啊。

（未完待續）

【特別收錄】

作者獨家訪談，創作祕辛大公開

Q1：墨西柯老師您好，請您先跟臺灣的讀者打個招呼吧，並想請問您筆名的由來？

A1：(。・∀・)ノ゙嗨，小可愛們，我是墨西柯，晉江的作者一枚。
筆名就是把一個地名改了一個字，將「墨西哥」變成「墨西柯」，感覺會比較容易記憶。

Q2：當初寫《錦鯉大仙要出道》的創作靈感是怎麼來的？原本是想寫個怎樣的故事？

A2：我的一個好朋友特別相信玄學，經常轉發錦鯉大王的微博。
我就想到了這個梗，錦鯉精闖蕩娛樂圈，自帶幸運光環，估計會很有意思。

Q3：書中對蘇錦黎他們參加的選秀節目《全民偶像》的錄製過程，有非常細膩生動的描述，不知平常是否也很愛看這類的綜藝節目？有參考的節目原型嗎？有沒有什麼不知為人的裡設定？

A3：這個估計要從《超級女聲》開始追憶了……看過不少選秀節目。

Q4：來談談主角蘇錦黎吧，您覺得他是一個怎樣的人？他對安子晏的感情？以及他眼中的人類世界甚至演藝圈，是個怎樣的地方？

A4：剛下山的蘇錦黎涉世未深，很多人情事故都不懂，安子晏突然說喜歡他，他也一時間不能接受。

等他發現自己會在意安子晏後，就會變得比以前主動許多。

喜歡就是喜歡了，就要在一起。

蘇錦黎很嚮往人間，但是早期是妖怪，被人人喊打，只能跟著哥哥躲在暗處偷偷看這個世界。現在他成了人類，可以站在大眾視野裡，很多人喜歡他，就是他覺得最幸福的事情。

Q5：書中蘇錦黎身為錦鯉精，會出現一些呆萌的情緒反應，或是翻滾睡姿，甚至洗澡會有魚腥味等等，描寫得很有趣，這些是一開始就想好的嗎？怎麼會想到這些設定？

A5：很多梗都是寫的時候靈光一閃！

很多時候，我都是只比讀者提前一會知道劇情，哈哈哈哈哈！

Q6：接著來聊聊安子晏吧，他一開始被蘇錦黎的氣味吸引而開始追他，但馬上對蘇錦黎體貼入微，即使發現他的真實身分也毫不猶豫地接受了，男友力爆棚啊！您覺得安子晏是個怎樣的人？對愛上錦鯉精這件事有什麼看法？怎麼設計出這樣的角色？

A6：最開始想寫一個大佬，後來寫成了醋包。

他一直是被人喜歡的，屬於那種好不容易動心了就立即投入感情的人。尤其發現蘇錦黎可以解決他陽氣男所帶來的麻煩，外加被蘇錦黎的呆萌吸引，怎麼可能不喜歡蘇錦黎呢？

怎麼可能不喜歡呢？我們魚魚這麼可愛，怎麼可能不喜歡？（反覆強調）

Q7：故事裡的攻受屬性，是開坑前就決定的，還是隨著故事進展才慢慢確定的？

A7：一開始就決定了，尤其是主角，性格是早早就設定好的，就怕崩人設。

Q8：聽說繁體版會加寫兩篇新番外，能否在不劇透的情況下，預告一下番外會有什麼令人期待的事情發生嗎？

A8：發……發情……不不不，魚魚的追星期，超級主動。

Q9：可否偷偷透露一點，這部作品裡您最喜歡的橋段？以及您最喜歡的角色？

A9：其實我喜歡安子含，嘴賤心好。
最喜歡的橋段肯定是掉馬那裡了，傻魚被問問題，還在點頭。

Q10：在連載過程中有沒有遇上什麼困難？您覺得寫娛樂圈文最大的挑戰是什麼？

A10：有啊，就是比賽結束後的劇情銜接，好多人都以為我這本書寫到選秀結束後就完結了。

Q11：本書已經上市了，請您對讀者說幾句話吧(ミ°ω°ミ)♡

A11：有點忐忑、有點緊張，希望大家能夠喜歡這本書，也能喜歡我冷幽默的風格。
還有……早睡早起，不長痘、不禿頭。
麼麼噠。

（未完待續）

i小說 008

錦鯉大仙要出道2

國家圖書館出版品預行編目（CIP）資料

錦鯉大仙要出道2 / 墨西柯著. -- 初版. -- 臺北市 :
愛呦文創出版, 2019.05
　冊；　公分. --（i小說 ; 008）
ISBN 978-986-97031-8-5（第2冊：平裝）

857.7　　　　　　　108004958

愛呦文創

作　　者　墨西柯
封面繪圖　原若森
責任編輯　高章敏
文字校對　劉綺文
行銷企劃　羅婷婷

發 行 人　高章敏
出　　版　愛呦文創有限公司
地　　址　10691台北市忠孝東路四段59號10-2樓
電　　話　（886）2-25287229
郵電信箱　iyao.kaoyu@gmail.com
愛呦粉絲團　https://www.facebook.com/iyao.book

總 經 銷　聯合發行股份有限公司
電　　話　（886）2-29178022
地　　址　231新北市新店區寶橋路235巷6弄6號2樓

美術設計　廖婉禎
內頁排版　洸譜創意設計股份有限公司
印　　刷　沐春行銷創意有限公司
初版一刷　2019年5月
定　　價　320元
I S B N　978-986-97031-8-5

原著書名《錦鯉大仙要出道》由北京晉江原創網絡科技有限公司授權出版。